전족

'중국문학전집'을 출간하면서

마오둔朱盾은 루쉰魯迅과 함께 중국 현대문학의 발전에 이바지한 진보적 선구자이자 혁명문학가로 평가받는 인물이다. 그의 뜻에 따라 1981년에 제정된 마오둔문학상은 4년을 주기로 회당 3~4편, 2015년까지 총 9회 수상작을 발표하면서 중국 문학계에서 가장 권위 있는 문학상으로 자리매김했다.

특히 중국 인민문학출판사가 1998년부터 '마오둔문학상 수상작 시리즈'를 출간하면서, 수상작들은 중국 현대 장편소설 중 최고의 걸작으로 인정받아 광범위한 독자들로부터 지속적인 사랑을 받고 있다. 노벨문학상 수상자인 중국 소설가 모옌莫言도 2012년 제8회 마오둔문학상을 수상한 바 있다.

출판사 '더봄'은 중국 최대의 출판사인 인민문학출판사의 특별한 협조를 받아 '중국문학전집'을 기획하고, 마오둔문학상 수상작과 수상작가, 그리고 당대 유명 작가의 대표작을 중심으로 중국 현대 장편소설을 지속적으로 펴낸다.

출판사 '더봄' 대표 김덕문

전족

펑지차이 장편소설 | 양성희 옮김

더봄

일러두기

1. **길이 단위** 장(丈):3.33m, 척(尺):33.3cm, 촌(寸):3.3cm, 분(分):0.33cm, 리(厘):0.033cm
2. **무게 단위** 근(斤):500g
3. 괄호 속의 설명은 모두 옮긴이의 것이다.

차례

들어가며

사람들은 전족纏足에 중국의 역사가 담겨 있다고 말한다. 참으로 허무맹랑한 소리다. 3촌三寸 크기의 발은 웬만한 손바닥보다 작다. 평생 헝겊으로 꽁꽁 싸매고 있으니 발 냄새만 날 뿐이지, 그 안에 담기긴 뭐가 담겼겠는가?

역사는 단계적인 변화의 연속이다. 한 왕조가 일어나면 다른 왕조는 망한다. 다시 다른 왕조가 일어나고 망하고, 또 일어나고 또 망한다. 왕조의 흥망성쇠가 반복될수록 민초들이 겪어야 하는 핍박과 고통은 커져만 갔다. 그런데 그렇듯 제대로 먹지도 입지도 못하고 살면서도 유독 전족의 관습만은 버리지 않고 이어왔다.

이 후주李 後主(중국 오대십국五代十國 시대, 남당南唐의 마지막 왕. 937~978)부터 선통宣統(청나라 마지막 황제 푸이溥儀 시대 연호. 1909~1911)에 이르기까지, 중국의 전족 역사는 장장 천년에 이른다. 그 세월 동안 수없이 많은 왕조가 흥하고 망했다. 무수한 연호가 등장했다가 사라졌다. 하지만 여자들의 발은 변함없이 헝겊에 꽁꽁 싸여 있었다. 황태후와 후궁에서부터 어부의 딸에 이르기까지, 문학사에 이름을 날린 이청조李淸照와 전장을 누빈 양홍옥梁紅玉까지 발에 있어서만큼은 빈부귀천이 없었다. 원숭이라면 모를까, 사람 여자라면 누구나 발을 꽁꽁 싸맸다.

청나라가 중원을 장악한 후, 만주족은 전족을 금지하며 한족 여자의 발을 자유롭게 하라는 법령을 공표했다. 그 시절 청나라의 기세는 하늘을 찌를 듯 사나웠지만 수백 년 동안 이어져 온 전족의 풍습을 바꿀 수는 없었다. 결국 한족 여자들은 변함없이 발을 싸맸고 나중에는 만주족 여자들까지 부모 몰래 헝겊으로 발을 싸매기 시작했다. 이렇게 되고 보니 전족이 마법이라도 부린 것이 아닌가 싶다.

요술인지는 둘째치고, 그동안 행해온 전족의 관례와 규정, 솜씨, 연구, 수행, 여러 가지 방법과 속임수, 절묘한 재간, 은밀한 비결에 대해 얘기하려면 사흘 밤낮 동안 떠들어도 부족할 것이다. 이것은 가히 학문의 경지에 이르렀다고 할 만하다. 이 학문을 깊이 연구해보지 않은 사람이라면 함부로 말할 수 없다. 전족이 너무나 고통스럽다고 하지만 또 얼마나 아름다운가? 전족이 흉하고 끔찍하다고? 그렇게 보는 사람의 눈이 흉한 것이다.

청나라가 망한 후 울고, 웃고, 죽고, 살고, 온갖 우여곡절을 겪으며 누군가는 전족을 풀고 또 누군가는 묶었다. 풀고, 묶고, 풀고, 묶고……. 그 시대 여자들은 얼굴보다 발이 더 중요했다. 하지만 전족을 금지시켜서 악습이 사라졌다고 생각했다면 큰 오산이다. 묶을 수 있는 것이 어디 발뿐인가? 손, 눈, 귀, 머리, 심지어 혀도 묶을 수 있다. 여기에도 똑같이 울고, 웃고, 죽고, 살고, 온갖 파란만장한 일들이 있었다. 묶고 풀고, 풀고 묶고, 또 묶고 풀고, 또 풀고 묶고……. 여기서는 발에 관한 이야기만 하기로 한다. 이 이야기는 다음의 네 구절로 압축할 수 있다.

가짜를 얘기하자면 온전히 가짜이고,

진짜를 얘기하자면 온전히 진짜이다.

푹 빠져들어 재미있게 볼 때는

진위를 논하지 않는다.

천진天津에 이상한 기운이 덮였다.

평소에 좀처럼 일어나지 않는 기이한 일들이 숨어 있는 틈 사이로 서로 밀어내는 것처럼 연이어 일어나니, 누구도 그 기세를 막을 수 없었다. 어느 날 아직 날도 밝지 않은 이른 새벽, 비가 퍼붓거나 바람이 불지도 않았는데 동남쪽 성곽 모서리가 포격이라도 맞은 것처럼 갑자기 와르르 무너졌다. 이후로 온갖 기이한 일들이 차례로 이어졌다.

먼저 하동河東 지장암地藏庵 비제사備濟社 이李 대인의 일이다. 이 대인은 갑자기 좁쌀죽 백 솥을 끓여 걸인들에게 무료로 나눠줬다. 소문이 퍼지자 온 성의 가난한 장님, 귀머거리, 벙어리, 절름발이, 반신불수, 반푼이에서 나병 환자, 언청이, 외눈박이, 꼽추, 말더듬이, 목이 비뚤어진 사람, 밭장다리, 육손이, 곰보까지 온갖 사람이 다 모여들었다. 이 많은 사람들이 죽을 나눠주는 집을 겹겹이 둘러싸고 서로 먼저 들어가려고 눈에 핏발을 세우고 얼굴이 벌겋게 달아올라 난리법석을 피웠다. 마치 수륙화水陸畵의 악귀들을 한군데 모아놓은 것 같았다. 그 기세가 너무 흉흉해 주변에 사는 사람들은 문밖으로 나가지도 못했다. 아이들은 울음을 그치고, 닭은 담장에 뛰어오르지 않고, 고양이는 지붕에 올라가지 않고, 개도 짖지 않았다. 천진에서 이렇게 해괴한 풍경은 본 적이 없었다.

같은 날, 북문 장로염운사長蘆鹽運司 원袁 나리 집에서도 기괴한 일이 벌어졌다. 원가 마님이 대추를 먹다가 목에 대추씨가 걸렸다. 밥을 삼키고, 물을 마시고, 마른기침도 해보고, 식초도 마치고, 한쪽 귀를 잡고 한발로 콩콩 뛰어보기도 했지만 다 소용없었다. 그런데 한 떠돌이 약장수가 반 척쯤 되는 길고 가느다란 뱀을 마님 목에 넣어 대추씨를 배 속으로 밀어 넣었다. 원 나리는 기뻐하며 약장수에게 은 50냥을 내놓았다. 그런데 얼마 지나지 않아 이 뱀이 마님 배 속에서 난리를 피우기 시작했다. 마님은 너무 괴로워 침대에서, 바닥에서 데굴데굴 구르고, 배를 쥐어뜯고, 벽에 머리를 박았다. 다급하게 약장수를 찾아갔지만 이미 사라진 후였다.

그때 세상사에 통달한 원가의 행랑어멈이 사람들에게 가마를 준비시켜 마님을 서쪽 오선당五仙堂으로 데려갔다. 오선당은 호狐, 황黄, 백白, 류柳, 회灰 다섯 신선을 모신 사당이다. 호는 여우, 황은 족제비, 백은 고슴도치, 류는 뱀, 회는 쥐를 뜻했다. 마님이 엉덩이를 치켜들고 바닥에 엎드려 삼배를 하는데 갑자기 똥구멍이 간질간질하더니 뱀이 미끄러지듯 빠져나왔다. 정말 기괴하지 않은가? 풍문에 따르면, 원가 마님이 그 전날 아침 우물가에서 새끼 뱀 한 마리를 밟아 죽였고, 약장수는 이 새끼 뱀의 혼이 담긴 신선이었단다.

기이한 일은 이것으로 그치지 않았다.

같은 날, 어떤 사람이 마침 이날 개업한 궁북대가宮北大街 취합성반장聚合成飯庄에서 게 요리를 주문했다. 모락모락 김이 피어오르는 게딱지

전족

를 떼어내는데, 그 안에 반짝반짝 빛나는 동그란 진주알이 떡하니 놓여 있었다. 본디 진주는 조개에서 자라는 것이니 게딱지 안에 진주가 들었으리라고 누가 상상이나 했겠는가? 이 진주는 손님에게는 행운을 줬고 식당주인에게는 개업운이 떨어진 셈이었다. 이날 이후 이 식당에는 게를 먹으려고 몰려든 사람이 게보다 많았다. 하지만 이 일은 특이하긴 하지만 기이한 정도는 아니다. 진짜 기이한 일은 그 후에 벌어졌다.

풍문에 의하면, 길이가 1장 2척─누군가는 3장 6척이라고도 했다─이나 되는 금눈 은어가 남쪽 운하를 따라 남하해 백하白河를 지나 동해로 돌아가는데, 그날 오후에 삼차하구三岔河口를 통과한다고 했다. 오후가 되어 천진의 주민 수천 명이 은어를 구경하려고 강둑에 몰려들었다. 그런데 수천 명의 무게를 견디지 못한 강둑이 우르르 무너져 내렸고, 그 바람에 강물에 빠진 사람이 백여 명이나 됐다. 대부분 구조됐지만 미처 구하지 못한 한 아이가 물결에 휩쓸려 금방 물속으로 사라져버렸다.

십중팔구 죽었으리라 생각했다. 그런데 잠시 후 낭랑궁娘娘宮(정식 명칭은 천후궁天后宮. 바다의 여신 천후신을 모시는 천진의 도교 사원) 앞의 고기잡이배가 그물을 건지는데 울긋불긋한 큰 물체가 딸려 나왔다. 큰 잉어인 줄 알았는데 방금 전 물에 빠진 아이였다. 다행히 숨이 붙어 있어 응급조치를 했더니 눈을 끔뻑거리며 살아났다. 현장에 모인 사람들은 이 기적 같은 일에 어안이 벙벙했다. 이 정도면 정말 기이한 일 아닌가?

오후가 지나서도 이상한 기운이 수그러들기는커녕 계속해서 이어졌다. 이날 오후 천진 관부에 한 사람이 뛰어들었다. 천진성 동북 모퉁이 불량배와 하북대가河北大街 불량배가 패싸움을 벌이던 중 과점가鍋店街 상점 40여 곳이 엉망진창이 됐다. 병비도兵備道의 유裕 관찰장觀察長이 이 소식을 듣고 가장 유능한 포리를 파견해 양쪽 두목 풍춘화와 정낙연을 잡아들였다. 그리고 이 둘을 참롱站籠(고대 형벌 도구)에 가둬 관아 정문 좌우에 세워 뒀다. 잠시 후 불량배 사오백 명이《혼성자회과가》混星子悔過歌를 들고 몰려왔다. 이 책은 지난해 10월 25일, 유 관찰장이 천진에 부임하면서 성내 불량배를 교화시키기 위해 나눠준 것이었다. 관아 정문 앞에 개미떼처럼 몰려든 불량배들은 한쪽 무릎을 꿇고 책을 높이 들고는 한목소리로 읽어 내려갔다.

불량배는 관부에서 많은 교훈을 받았다.
불량배는 오늘부터 잘못을 고쳐 새로워지겠다.
지난 일들을 깊이 생각해보면 고집이 많았다.
사람을 때려 다치게 하면서 생사를 전혀 생각하지 않았다.
설령 잠시 법망을 피한다 해도 일시적인 요행일 뿐,
결국 언젠가는 불잡혀 법정에 끌려갈 것이다.
족쇄와 수갑을 차고 모든 형을 다 받게 될 것이니,
수천 가지 고통, 수만 가지 형벌을 견딜 수 없으리라.
……

책을 읽어 내려가는 불량배들 목소리가 점점 커지고 얼굴이 험상궂게 변해갔다. 이마에 푸른 힘줄이 튀어나오고 사나운 눈빛을 뿜어내며 어금니를 바드득 갈았다. 마치 그만큼의 쥐떼가 한꺼번에 달려들 준비를 하는 것 같았다.

전족

안에 앉아 그 소리를 듣는 유 관찰장은 가슴이 떨리고 온몸에 소름이 돋았다. 그는 본래 다혈질이고 강심장이었지만 불량배 오백 명의 음산한 목소리는 감당하기 힘들었다. 그는 열병에 걸린 것처럼 온몸을 덜덜 떨었다. 독한 술 석 잔을 마셨는데도 떨림이 가라앉지 않았다. 결국 그는 두 사람을 풀어주라고 명했다. 그리고 불량배들이 다 물러간 후에야 떨림이 겨우 멈췄다.

생각지도 못한 기이한 일은 그 다음에 있었다. 평소 좋은 일에 앞장섰던 천진의 명망 높은 인물 열일곱 명이 서시西市 이동식 극장 납양편拉洋片의 해괴망측함에 대한 공동성명을 발표했다. 특히 서양 영화에 등장하는 여자들이 상반신, 목, 허벅지 등을 드러낸 것에 분개했다. 여기에 현혹된 난봉꾼들은 납양편 상자 안으로 들어가기라도 할 듯이 목을 길게 빼고 눈을 뗄 줄을 몰랐다.

이 성명서는 서양인이 중국 사람을 모욕하고 짓밟는다는 등 다소 과격한 어휘를 사용했다. '우리 눈을 더럽히는 것은 곧 우리 마음을 더럽히는 것이다. 우리 마음이 이성을 잃으면 우리는 나라를 잃는다', '서양 영화의 독은 아편보다 해롭다. 엄격히 금지하고 철저히 내몰아야 한다' 등등.

자고로 무인은 나라 밖에서, 문인은 나라 안에서 싸우는 법이다. 때로는 문인들의 싸움이 더 치열할 수도 있다. 이번 싸움은 서양인을 향한 것이었다. 당시 천진에는 '서양인과 싸우면 반드시 뒤에 좋은 볼거리가 있다. 이것 봐, 재앙이 다가온다!'라는 말이 유행이었다.

아니나 다를까, 이날 조계지에 다녀온 사람이 큰일 났다며 조계지 거리 곳곳에 붙은 〈조계금령〉租界禁令 여덟 개 조항을 전해줬다.

첫째, 기녀를 금한다.

둘째, 구걸을 금한다.

셋째, 도박, 폭음, 주먹질을 금한다.

넷째, 거리에 쓰레기와 오물 투척을 금한다.

다섯째, 거리에서 대소변을 금한다.

여섯째, 새 포획을 금한다.

일곱째, 마차와 가마를 아무 데나 세워 두면 안 된다.

여덟째, 길에서 시합하듯 말을 타고 질주하면 안 된다.

이 여덟 개 조항은 앞서 나온 성명서에 대항한 것이었다. 이쪽에서 하나를 금하자 저쪽에서는 여덟 개를 금하며 맞섰다. 누가 더 센지 해보자는 것이리라.

관부 사람들은 반나절 동안 내내 머리를 맞대고 서양인들의 기세를 피할 방법을 궁리했다. 그들은 서양인들이 사람을 보내와 온갖 횡포를 부릴 것이라 예상했다. 무더운 여름날이었지만 현령 나리는 의관을 차려입고 다과상을 마련한 후 상대를 달래고 구슬릴 말도 준비했다. 그러나 서쪽 성벽으로 해가 넘어가도록 서양인은 찾아오지 않았다. 현령 나리는 불안해서 가슴이 두근거렸다. 서양인이 찾아오지 않은 것은 더 무서운 일을 꾸미고 있다는 뜻이었기 때문이다.

이렇게 평소와 다른 이상한 일들이 연이어 벌어지면서 천진 사람들의 마음은 강물 한가운데서 흔들리는 작은 배처럼 한없이 불안해졌다. 어떤 사람들은 깊이 고민하고 생각하면서 각자 자신의 하루를 되돌아보았다. 그러다보니 '아, 오늘 하루는 크든 작든 이상한 일이 한둘이 아니었어!'라는 결론에 이르렀다. 예를 들어 접시나 그릇을 깨거나, 물건이나 돈을 잃어버리거나, 소인배의 심기를 건드리거나, 헛걸음을 해서 문전박대를 당하거나, 배탈이 나거나, 코피가 나거나 등등. 문득 자신에게 액운이 낀 것은 아닌지 가슴이 오그라들었다.

어떤 사람들은 문제의 근원을 해결하려 황력皇曆(절기 정보를 담은 책력冊曆, 즉 달력)을 뒤졌다. 그러고 보니 오늘이 본래 액운이 낀 사절일四絶日(입춘, 입하, 입추, 입동을 통칭하는 말) 중 하나인 입추立秋였다. 이날 황력 금기 란에는 모든 것을 금하라는 '일절'一切이 적혀 있었다. 이날은 액운이 강하니 아무것도 하지 말라는 뜻이다. 땅파기, 여행, 병문안, 무덤 안장, 혼례, 집짓기처럼 큰일은 물론이고 등산, 부부관계, 부뚜막을 짓거나 이동하는 것, 항해, 나무 심기, 성묘, 침대 들여놓기, 이발, 거래, 가축을 사들이는 것, 제사, 개업, 계약, 문 공사처럼 중요한 일이라든가 이빨 빼기, 약 구매, 차 구매, 식초 구매, 붓 구매, 장작 구매, 양초 구매, 신발 구매, 코담배 구매, 장뇌삼 구매, 말발굽 구매, 구기자 구매, 종이 구매 등등처럼 사소한 일까지 모두 해당됐다. 한마디로 이날은 아무것도 하면 안 되었다. 이날 뭔가를 하면 반드시 봉변을 당하고 후회하게 된다.

또 누군가는 황력에 적혀 있지는 않지만 이날이 특별히 액운이 심한 날이라고 했다. 사실 이날은 새벽부터 징조가 있었다. 중영中營 뒤편에 사는 나이 많은 노인이 이날 새벽, 종루鐘樓의 종소리가 평소보다 한 번 많은 109번 들렸다고 했다. 이 종소리는 본래 빠르게 18번, 느리게 18번, 빠르지도 느리지도 않게 18번을 치는데 두 차례 반복하며 총 108번을 쳤다. 노인은 99년을 사는 동안 새벽 종소리를 109번 들은 것은 이날이 처음이라고 했다.

사람들은 매일 종소리를 듣지만, 실제로 108번이 맞는지 세어

보는 사람이 몇이나 되겠는가? 직접 세어 보지 않았으니 노인의 말을 믿을 수밖에. 사람들은 종소리가 한 번 더 울린 것이 이상한 기운의 시초라고 믿었다. 하긴 대다수 어리석은 백성들은 별로 깊게 생각하지 않았다. 단순히 오늘 일어난 기이한 일들의 원인을 찾았다는 데 만족했다. 그 원인의 원인까지 따지는 사람은 아무도 없었다. 본래 세상일은 7, 8할 정도만 알면 된다. 너무 자세히 알면 정신만 사납다.

이날의 기이한 일과 말은 성 전체로 퍼져나갔다. 입은 비뚤어졌어도 말은 바로 하라고 하지만 세상에는 입이 바른 사람보다 비뚤어진 사람이 더 많은 탓에 소문은 퍼져나갈수록 점점 더 기괴해졌다. 이 소문은 하북 금가요金家窯 저수지 부근에 사는 과瘸씨 집에도 전해졌다. 이 집안의 산전수전 다 겪은 할머니는 이 소문을 듣고 누런 이를 드러내며 호탕하게 웃었다.

"액운이 든 날이라고? 무슨 소리야! 오늘은 제대로 길일이야! 방금 말한 일들은 하나도 안 이상해. 가난뱅이들이 좁쌀죽을 먹었으니 복을 받은 것 아닌가? 원씨 집안의 마님은 신선을 화나게 하고도 큰 화를 당하지 않았잖아. 버러지가 목구멍으로 들어갔다가 똥구멍으로 나왔으니 운이 좋은 거지! 병비도는 원래 흉흉한 곳인데 참롱을 열어 죄수를 풀어줬으면 좋은 일이지. 음식점 게딱지에서 큰 진주가 나왔으면 그게 행운이지, 불행인가? 물고기 밥이 될 뻔한 아이가 물고기 그물에 걸려 살았어. 그 큰 강에서 그 작은 그물에 걸렸으니, 천후신이 정말 영험한 거지, 안 그래? 그게 아니라면 왜 하필 낭랑궁 앞에서 건져 올렸겠어? 이거야말로 천년에 한 번 있을까 말까한 대단한 행운이지! 행운을 얻기도 힘들지만 전화위복은 더 힘든 거야. 문인들일은 당신네들이랑 눈곱만큼도 상관이 없어. 문인들은 할일이 없으니 뭐라도 일거리를 만드는 거야. 서양인이 말한 금령이 왜 꼭 우리 중국인을 겨냥했다고 생각해? 우리 중에 조계지에서 말을 타고 질주할 사람이 있기나 해? 그건 서양인들이 저들끼리 세운 규칙인데 그걸 왜 우리 중국인한테 갖다 붙여? 우리 스스로 서양인은 고양이고 우리는 쥐라고 생각하면서 벌벌 떠는 꼴이잖아. 내가 한 말 중에 틀린 말 있어? 그리고 종을 한 번 더 쳤다고? 아무렴 많은 게 적은 것보다 낫지. 사람들 아침잠을 못 깨우면 안 되잖아? 동남쪽 성곽 모서리가 무너져서 뭘 덮쳤나? 불길하다고? 아니, 그건 길조야! 상서로운 기운이 동쪽에서 온다는 옛말도 모르나? 어디, 더 할말 있어?"

사람들은 할머니 말을 듣고 마음이 편해졌다. 뭐가 불길해? 하나도 안 불길해! 큰 행운이고 큰 복이고, 그야말로 대길이지. 이제 사람들은 다시 '과씨네 할머니가 그러는데'라는 한마디를 덧붙여 이 말을 퍼뜨리기 시작했다. 하지만 그중에서 과씨네 할머니를 직접 본 사람은 거의 없었다.

이날 할머니는 하루 종일 매우 바빴다. 할머니에게는 곧 전족을 시작해야 할 손녀가 있었다. 어제는 밀가루 반죽에 팥소를 넣은 떡을 만들어 한 접시는 조왕신에게 올려 제사를 지내고 한 접시는 손녀에게 먹였다. 예부터 반죽한 떡은 발뼈를 부드럽게 만들어 진흙을 빚는 것처럼 원하는 대로 발모양을 만들 수 있다고 믿었다. 할머니는 천우신조라 할 만한 길일의 대운을 받아 손녀에게 훌륭한 전족을 만들어 줄 생각이었다. 이것은 할머니의 숙원이기도 했다.

제1화
어린 소녀 과향련

　　과향련戈香蓮은 오늘따라 집안 곳곳을 돌아다니며 유난히 분주한 할머니를 가만히 쳐다보다가 갑자기 머리카락 끝이 쭈뼛해졌다.

　　할머니는 커다란 하늘색 천을 길게 잘라 대야에 담가 풀을 먹이고 매끈하게 펴지도록 방망이로 두드린 후 빨랫줄에 널어 햇볕에 잘 말렸다. 바람이 불자 길게 늘어진 천 조각들이 펄럭거렸다. 나사처럼 한 방향으로 배배 꼬였다가 다시 반대 방향으로 빙그르르 풀렸다. 하나가 풀리면, 다른 하나가 꼬였다.

　　잠시 후 할머니가 밖에서 사 온 크고 작은 보따리를 가져왔다. 큰 보따리는 제쳐두고 먼저 작은 보따리를 온돌 위에 펼쳤다. 온통 향련이 좋아하는 군것질거리였다. 말린 사과, 배즙, 보리엿, 콩과자, 그리고 향련이 제일 좋아하는 솜사탕까지! 해마다 입동 무렵 준비하는 저고리용 솜처럼 하얗고 폭신폭신한 솜사탕은 입에 넣자마자 연기처럼 사라지고 달짝지근한 감촉만 맴돌았다. 섣달그믐 음식보다 가짓수는

전족

적었지만 향련이 좋아하는 군것질거리는 더 많았다.

"할머니, 내가 그렇게 예뻐?"

할머니는 말없이 웃기만 했다. 향련은 할머니 미소에 마음이 놓였다. 할머니만 있으면 무서울 것이 없었다. 할머니는 뭐든 못하는 것이 없으니까. 그래서 할머니는 동네에서 '대단한 능력자'로 통했다.

지난 겨울, 향련은 귀를 뚫는 것이 너무 무서웠다. 이미 귀를 뚫은 친구는 형벌을 받는 것 같았다고 했다. 멀쩡한 생살에 구멍을 뚫는다니, 정말 무섭지 않은가? 하지만 할머니는 별것 아니라는 표정으로 바늘에 명주실을 끼운 후 참기름 그릇에 푹 담갔다. 그리고 눈이 내리자 눈을 뭉쳐 향련의 귓불에 대고 감각이 없어질 때까지 세게 문질렀다. 이때 바늘로 찌르니 하나도 아프지 않았다. 바늘을 빼내고 실 양끝을 묶어 하루에 몇 번씩 앞뒤로 잡아당겨 피가 엉겨붙지 않게 했다. 기름 먹은 실이라 미끌미끌하고 조금 간지러웠다. 보름 후, 할머니가 파란색 유리구슬이 달린 귀걸이를 걸어줬다. 고개를 움직일 때마다 차갑고 매끈한 유리구슬이 목덜미를 스쳤다.

"할머니, 전족도 이렇게 예뻐지는 거야?"

할머니는 잠깐 당황하다가 천천히 일러줬다.

"이 할미가 다 방법이 있어."

향련은 할머니가 다음 고비도 잘 넘겨주리라 믿었다.

전날 오후, 마당에서 뛰어놀던 향련은 창틀에 놓여 있는 특이한 물건을 발견했다. 가까이 다가가 보니 빨강, 파랑, 검정, 여러 가지 색깔의 아주 작은 신발이었다. 이렇게 작은 신발은 본 적이 없었다. 오이처럼 폭이 좁고 단오절에 먹는 종자粽子 (참쌀에 대추 따위를 넣어 댓잎이나 갈잎에 싸서 쪄 먹는 단오절 음식)처럼 끝이 뾰족했다. 할머니 신발은 이것보다 훨씬 컸다. 향련은 작은 신발을 제 발바닥에 대보았다. 순간 저도 모르게 몸이 부르르 떨리고 발바닥이 움츠러들었다. 향련은 신발을 들고 방안으로 들어가 할머니에게 물었다.

"할머니, 이거 누구 거야?"

"요런 맹추, 당연히 네 거지. 어때? 예쁘지?"

향련은 신발을 내던지고 할머니 품에 뛰어들어 울며불며 소리쳤다.

"나 안 해. 안 할 거야, 전족 안 해!"

할머니는 만면에 가득하던 미소를 싹 거두고 눈꼬리와 입꼬리를 늘어뜨린 채 눈물을 흘렸다. 그리고 잠들 때까지 아무 말도 하지 않았다. 향련도 밤새도록 훌쩍거리며 잠을 자는 둥 마는 둥 했다. 어슴푸레 기억나기로는 할머니가 밤새도록 곁에 앉아 있었던 것 같았다. 딱딱하게 메마른 손으로 향련의 발을 만지작거리고 주름진 메마른 입술로 향련 발에 입을 맞추기도 했다. 다음날이 전족을 시작하는 날이었다.

전족을 시작하는 날, 할머니는 완전히 다른 사람으로 변했다. 무섭게 인상을 쓰고 향련과는 눈도 마주치지 않았다. 향련은 할머니를 부르지도 못하고 문만 빠끔히 열고 마당을 내다봤다. 왠지 마당 상황이 심상치 않았다.

할머니는 대문을 꼭 닫고 빗장을 건 후 강아지 검둥이를 말뚝에 묶었다. 그리고 어디선가 빨간 볏이 달린 수탉 두 마리를 가져왔다. 손가락 굵기만큼 얇은 닭다리가 마끈에 묶여 땅바닥에 누워 푸드득거렸다. 전족하는데 닭은 왜 있지?

수탉말고도 마당에 온갖 물건이 널려 있었다. 온돌탁자, 앉은뱅이 의자, 부엌칼, 가위, 황산염 항아리, 설탕 항아리, 물주전자, 솜, 낡은 천, 그리고 돌돌 말아놓은 풀 먹인 발싸개 헝겊이 탁자 위에 놓여 있었다. 할머니 웃옷 앞섶에 꽂힌 이불 꿰매는 큰 바늘, 그 바늘귀에 꿰어놓은 하얀 면실이 길게 늘어져 있었다. 향련은 아직 어리지만 곧 형벌이 시작될 것임을 분명히 알 수 있었다. 할머니가 향련을 앉은뱅이 의자에 눌러 앉히고 신발과 양말을 벗겼다. 향련이 퉁퉁 부은 눈으로 애처롭게 말했다.

"할머니, 제발요, 내일 해요. 내일은 꼭 할게요!"

할머니는 아무 말도 안 들리는 듯 묵묵히 수탉 두 마리를 들어 향련의 발밑에 놓았다. 수탉 목을 나란히 정리해 한쪽 발로 밟고 다른 발은 닭다리를 밟았다. 손으로 닭 가슴 털을 움켜쥐고 뽑아낸 후 칼자루를 쥐고 팍팍 수탉의 배를 갈랐다. 그리고 피가 흘러나오기 전에 얼른 향련의 발을 닭의 배 안에 집어넣었다. 후끈하다 못해 데일 것 같고 끈적끈적했다. 아직 죽지 않은 닭들이 발밑에서 버둥거렸다. 향련이 움찔하며 발을 빼려고 하자 할머니가 무섭게 소리쳤다.

"가만히 있어!"

할머니가 이렇게 화를 내는 모습은 처음이었다. 향련은 할머니가 발을 꽉 눌러 제 발이 수탉을 밟아 죽이는 모습을 멍하니 지켜봤다. 향련도, 수탉도, 할머니도 다 함께 부르르 떨었다. 할머니는 더 세게 힘을 주려고 엉덩이를 위로 치켜 올렸다. 향련은 할머니가 힘이 부쳐 자기 쪽으로 넘어오지 않을까 걱정스러웠다.

잠시 후, 할머니가 손아귀 힘을 풀고 향련의 발을 들어올렸다. 시뻘겋게 물든 발에서 끈적끈적한 닭피가 뚝뚝 떨어졌다. 할머니는 닭들을 한쪽으로 던져버렸다. 한 마리는 축 늘어진 채 죽고 다른 한 마리는 미세하게 꿈틀거렸다.

할머니가 나무 대야에 물을 받아와 향련의 발을 깨끗이 씻기고 당신 무릎에 올려놓았다. 드디어 발을 싸맬 시간이다. 향련은 고함을 질러야 할지, 울부짖어야 할지, 애원을 해야 할지, 야단법석을 떨어야 할지 몰라 할머니가 제 발에 하는 짓을 가만히 지켜보고만 있었다. 먼저 오른발부터 엄지발가락만 빼고 나머지 네 발가락을 그러모아 발바닥 쪽으로 힘껏 꺾어 내렸다. 우두둑 소리와 함께 향련이 "아!" 하고 짧은 비명을 질렀다. 할머니가 재빨리 발싸개 헝겊을 쥐고 네 발가락을 단단히 고정시켰다. 향련은 아직 크게 아프지는 않았지만 자신의 발 모양이 이상해진 것을 보고 울음을 터트렸다.

할머니는 손이 아주 빨랐다. 향련이 난리법석을 피울까봐 서둘러 발을 싸맸다. 먼저 헝겊으로 네 발가락을 고정시킨 후 발바닥과 발등을 휘감고 발꿈치 뒤로 돌린 후 네 발가락을 한 번 감았다. 그리고 발등으로 다시 올라가 헝겊을 힘껏 잡아당겨 네 발가락이 발바닥 쪽으로 말리도록 단단히 동여맸다. 향련은 이제 여기저기 살과 뼈가 다 아프기 시작했다. 할머니는 향련에게 이런저런 생각할 틈을 주지 않고 아주 빠르고 완벽하게 양쪽 발을 단단히 싸맸다. 마지막으로 헝겊을 앞쪽으로 당겨 엄지발가락마저 싸매는 김에 발 전체를 한 겹 더 감쌌다. 발바닥 쪽으로 말린 네 발가락은 마치 쇠집게로 단단히 집어놓은 양 옴짝달싹하지 못했다. 향련은 너무 무섭고 아파서 빽빽 소리를 질렀다. 철없는 동네 아이들이 대문 밖에 몰려와 고함을 질렀다.

"애들아! 향련이 전족하는 거 구경하자!"

동네 아이들이 대문을 쾅쾅 두드리고 마당으로 작은 돌멩이를 집어던졌다. 깜짝 놀란 검둥이가 펄쩍펄쩍 뛰면서 대문을 향해, 그리고 할머니를 향해 컹컹 짖었다. 어찌나 힘껏 날뛰는지 줄을 묶어놓은 말뚝이 흔들거리고 닭털이 뒤섞인 뽀얀 흙먼지가 날렸다.

발버둥치는 향련의 손톱이 할머니 팔을 파고들어 피가 흘렀다. 하지만 할머니는 아랑곳하지 않고 계속 헝겊을 돌려 감았다. 헝겊을 다 감고 나자 앞섶에 꽂아둔 바늘을 꺼내 여러 번 바느질해서 단단히 조였다. 할머니는 향련의 양쪽 발을 모두 동여맨 후 땀 때문에 이마에 달라붙은 머리카락을 쓸어 올리며 홀가분한 표정으로 담담하게 말했다.

"끝났다. 어때?"

향련은 괴상망측하게 변한 자신의 발을 보자 너무 슬퍼서 목 놓아 울고 싶었지만 이미 지치고 목이 쉬어서 소리는 나오지 않고 거친 숨만 토해냈다. 할머니가 향련에게 일어나 걸어보라고 했다. 하지만 발을 땅에 딛자 너무 아파 금방 다시 주저앉았다.

그날 밤 향련은 두 발이 화끈거려서 잠을 잘 수가 없었다. 할머니에게 조금만 풀어달라고 애원했지만 무섭게 노려볼 뿐 들은 척도 하지 않았다. 도저히 참을 수 없을 때는 발을 창틀에 올려놓았다. 시원한 바람을 쐬면 조금 살 것 같았다.

다음 날이 되자 발이 더 아팠다. 도저히 걸을 수 없을 만큼 아팠지만 걸으면서 꺾인 발가락을 짓밟지 않으면 전족 모양이 만들어지지 않는다. 할머니는 성황당 귀신처럼 살기를 내뿜으며 부지깽이를 들고 향련에게 걸으라고 다그쳤다. 울며불며 애원하고 떼를 써도 소용없었다. 향련은 병든 닭처럼 뒤뚱거리며 억지로 걸었다. 넘어져도 금방 다시 일어서야 했다. 우드득, 우드득 발가락뼈 부러지는 소리, 달각달각 뼛조각 부딪히는 소리. 처음에는 죽을 것처럼 아프다가 점점 감각이 없어지더니 나중에는 자기 발이 아닌 것 같았다. 그래도 계속 걸어야 했다.

향련은 어렸을 때 부모를 여의어 세상에 피붙이라고는 할머니뿐이었다. 자애롭던 할머니가 갑자기 악마로 돌변하자 정말 오갈 데 없는 고아가 된 기분이었다. 어느 날 밤, 향련은 집에서 도망치려고 창문을 넘었다. 이를 악물고 달려 강변에 도착했다. 도저히 더 이상 걸을 수가 없고 강을 건널 수도 없었다. 향련은 두 손으로 발을 붙잡고 이빨로 실을 뜯어내 헝겊을 풀었다. 달빛 아래 드러난 발은 흉측한 모양이 아주 끔찍했다. 도저히 볼 수 없어 흙속에 발을 묻어버렸다.

동틀 무렵, 향련을 찾아낸 할머니는 아무 말 없이 조용히 향련을 업고 집에 돌아와 다시 발을 싸맸다. 그런데 이번에는 훨씬 더 세게 동여맸다. 새끼발가락 발허리뼈까지 아래로 모두 꺾어 네 발가락이 발바닥에 딱 달라붙게 만들었다. 이렇게 하니 발이 더 가늘고 뾰족해졌고, 더 많이 아팠다. 향련은 도망친 것에 대한 벌이라고만 생각했을 뿐, 이것이 발모양을 더 뾰족하게 만들기 위한 다음 과정인 줄은 몰랐다. 발가락을 꺾는 것은 초보 단계이고 발허리뼈를 꺾어야 제대로 된 전족을 완성할 수 있다. 하지만 여전히 만족스럽지 않은 할머니는 매일 밀방망이를 들고 향련에게 걸으라고 다그쳤다.

향련의 비명과 울음소리가 온 동네를 떠들썩하게 만들자 참다못해 찾아온 온郦씨네 아주머니가 할머니에게 욕을 해댔다.

"여태 뭐하고 있다가 이제 와서 난리야? 나이 어릴 때, 뼈가 말랑말랑할 때 싸맸어야지! 일곱 살이나 먹었는데 이제 와서 싸매니 애가 어떻게 견뎌? 사람이 왜 그래? 왜 그렇게 멍청해?"

"우리 손녀 발은 작고 말랑말랑하게 태어나서 원래 훌륭한 재목이었어. 더 이상 미룰 수 없어서 이제 시작한 거라고······."

"미루다 미루다 이제야? 누가 미루래? 미루다 미루다 살도 굳고 뼈도 굳어버렸는데 그렇게 매일 밀방망이로 때린다고 해서 될 일이야? 차라리 칼로 잘라버리지 그래? 애 좀 그만 잡아. 이미 늦었는데 어쩌라고? 그냥 되는대로 내버려두라고!"

할머니는 이미 생각해둔 방법이 있었기 때문에 더 이상 대꾸하지 않았다. 깨진 접시 조각을 모아 잘게 부순 후 발을 싸맬 때 헝겊 안에 넣고 같이 싸맸다. 당연히 사금파리 조각에 발이 찢어지고 상처가 생겼다. 할머니 몽둥이질이 정말 매서웠지만 향련은 도저히 움직일 수 없었다. 몽둥이질보다 발이 훨씬 더 아팠다. 찢어지고 상처 난 발에서 피고름이 배어나왔다. 매번 발싸개 헝겊을 갈 때마다 썩은 살을 억지로 떼어냈다. 이것은 일부러 살을 썩게 하고 뼈를 상하게 해서 발 모양을 변형시키는 방법으로, 북방 지역에서 내려오는 전통적인 전족 비법이었다.

얼마 뒤, 할머니는 향련을 더 이상 억지로 걷게 하지 않고 동네 여자애들을 집으로 불러 향련과 어울려 놀게 했다. 어느 날 황黃씨네 셋째딸이 놀러왔다. 황씨네 딸은 키도 크고 덩치도 크다 보니 발도 6촌寸(약 20cm)이 넘어서 사람들이 '왕발녀'라고 놀리곤 했다. 황씨네 딸은 향련의 작은 발을 보자 부러움을 감추지 못했다.

"세상에! 이런 발은 처음 본다! 정말 작고 얇고 뾰족하잖아. 이렇게 우아하고 아름다운 발이면 엄청 사랑받을 거야! 칠선녀도 부러워할 발이야. 네 할머니 정말 대단하다. 이러니 사람들이 능력자라고 하지!"

향련이 울상을 하며 입을 삐죽거렸다. 눈물은 벌써 말라버렸다.

"너희 엄마가 좋은 사람이지. 모질게 동여매지 않은 거잖아. 큰 발이 뭐 어때서."

"이런, 망할 계집애! 빨리 침 안 뱉어? 어디 그런 재수 없는 소리를 해? 진짜 큰 발이 어떤지 바꿔 볼래? 이 큰 발을 끌고 다니면 매일 사람들한테 웃음거리가 되고 욕을 먹어. 아마 시집도 못 갈 거야. 나중에 시집을 가더라도 절대 좋은 남자는 만날 수 없어. 너는 그 노래도 못 들어봤어? 내가 불러줄게, 들어봐. 작은 발은 수재한테 시집가서 흰 쌀밥에 고기반찬 먹고요, 큰 발은 장님한테 시집가서 잡곡 찌꺼기만 먹지요. 무슨 말인지 알겠어?"

"쳇, 말은 쉽지. 넌 안 당해봐서 몰라."

"고생은 한순간이야. 이 악물고 버티면 금방 지나가. 하지만 큰 발의 고생은 일평생이라고! 전족이 완성되면 다들 예쁘다고 칭찬이 자자할 거야. 조금 더 크면 그 귀한 발 덕분에 분명히 대단한 청혼자가 나설걸? 넌 일평생 호의호식하면서 온갖 부귀영화를 다 누릴 거야."

"무슨 소리야? 봐봐, 이렇게 싸맸는데 앞으로 내가 뛸 수나 있겠어?"

"맹추야! 여자들에게 전족을 하게 하는 이유가 바로 뛰지 말라는 거야. 어떤 집 여자애가 거리를 뛰어다니는지 밖에 나가서 봐봐. 발싸개를 안 하면 여자가 아니라 그냥 애야. 발싸개를 해야 여자가 되는 거지. 너도 이제 발을 싸맸으니 완전히 달라진 거야. 더구나 넌 장래가 아주 창창하다고!"

황씨네 딸의 가느다란 눈길에 부러움이 흘러넘쳤다.

향련은 여전히 삐죽거리며 말을 얼버무렸다. 그렇지만 그 말을 듣고 보니 발을 싸맨 후로 자신이 달라졌음을 확실히 느낄 수 있었다.

전족

잘은 모르겠지만 왠지 좋아진 것 같기도 했다. 그리고 왠지 모르게 큰 것도 같았다. 어른이 된 것 같았다. 여자가 된 것 같았다.

이날 이후 향련은 울거나 소리지르지 않았다. 조용히 침대에서 내려와 구들장 가장자리, 책상 모서리, 의자 등받이, 문틀, 항아리, 벽, 창틀, 나무, 빗자루 막대 등을 짚으며 걷기 연습을 했다. 크나큰 고통을 가슴에 묻고 의지박약한 못난 말은 한마디도 하지 않았다. 발싸개 헝겊을 갈면서 피 맺힌 고름과 굳은살을 뜯어낼 때마다 하늘을 올려보며 오른손으로 왼손을 세게 꼬집었다. 이를 악물며 가능한 한 얼굴을 찡그리지 않고 할머니가 하는 대로 내버려뒀다. 할머니는 향련의 변화가 놀라웠지만, 피고름이 멈추고 굳은살이 박일 때까지 딱딱한 표정을 풀지 않았다.

어느 날, 할머니는 대문을 열고 향련과 함께 대문 앞 앉은뱅이 의자에 앉았다. 그날따라 거리에 사람이 많았다. 화려한 옷에 연지분을 바른 아가씨들이 숨을 쌕쌕 몰아쉬며 바쁘게 성곽 쪽으로 발걸음을 옮겼다. 생각해보니 오늘이 중양절이었다. 중양절에는 강 맞은편 옥황각처럼 높은 곳에 올라가야 한다.

향련이 전족을 하고 대문 밖에 나온 것은 이날이 처음이었다. 예전에는 다른 여자들 발에는 관심도 없었지만, 이제 본인 일이 되고 보니 저절로 눈길이 갔다. 그제야 사람 발도 얼굴처럼 모양이 제각각이라는 사실을 깨달았다. 얼굴은 못 생기거나 예쁘고, 넓적하거나 갸름하고, 검거나 하얗고, 야무지거나 순박하고, 곰 같거나 여우 같다. 발은 크거나 작고, 두툼하거나 갸름하고, 똑바르거나 비뚤고, 평평하거나 뾰족하고, 둔하거나 민첩하고, 무겁거나 가벼웠다.

이때 향련과 비슷한 또래의 여자애가 눈에 들어왔다. 뾰족하고 작은 빨간색 비단 신발이 마름 열매가 굴러가듯 사뿐사뿐 움직였다. 신발 겉면에 금실로 화려한 꽃무늬를 수놓았고 신발 앞코에 청록색 술 장식과 작은 은방울이 달렸다. 사뿐사뿐, 한 걸음 한 걸음 옮길 때마다 술 장식이 살랑살랑 흔들리고 딸랑딸랑 은은한 은방울 소리가 들렸다. 자기 발과는 비교도 안 될 만큼 예뻤다. 향련이 갑자기 벌떡 일어나 방안으로 들어가 발싸개 헝겊을 들고 와 할머니에게 건넸다.

"다시 묶어주세요. 더 세게요. 나도 저렇게 해주세요."

향련이 여자애를 가리켰다. 향련의 진지한 표정을 보지 않았다면 왜 이렇게 갑자기 모진 마음을 먹었는지 몰랐을 것이다. 할머니가 주르르 눈물을 흘렸다. 지난 두세 달 동안 보여주던 사나운 표정은 한순간에 사라지고 다시 자상한 할머니로 돌아왔다. 할머니는 온 얼굴의 주름을 실룩거리며 향련을 꼭 끌어안고 울먹였다.

"이 할미가 지금 모질게 안 하면 나중에 분명히 할미를 원망할 게야."

제2화
이상한 일

　세상일은 대부분 상대적이다. 예를 들면 선과 악, 성공과 실패, 진짜와 가짜, 영예와 치욕, 은혜와 원한, 옳고 그름, 순리와 역행, 사랑과 증오 등이다. 이런 것들은 얼핏 물과 기름처럼 완벽하게 분리된 것처럼 보인다. 선이 아니면 악이고, 진짜가 아니면 가짜이고, 이익을 얻지 못하면 손해이고, 성공하지 못하면 실패라고들 하니까. 하지만 선과 악, 옳고 그름, 은혜와 원한, 진짜와 가짜 사이에 숨겨진 수많은 우여곡절과 온갖 술책과 다양한 법칙을 아는 사람은 많지 않다. 그렇지 않고서야 도저히 풀 수 없는 복잡하게 뒤엉킨 갈등과 의혹이 이렇게 많을 수가 없다. 그래서 세상에는 속고, 계략에 빠지고, 사기당하는 사람이 아주 많다. 그렇게 당하고도 돌아서면 또 속고, 또 계략에 빠지고, 또 사기를 당하는 것이다.

　다른 것은 차치하고 '진짜와 가짜'만 보더라도 성인을 모시고 그 안에 감춰진 오묘함을 다 말하려면 몇 날 며칠이 걸려도 끝나지 않을 것이다. 진짜 안에도 가짜가 있고, 가짜 안에도 반드시 진짜가 있다. 가짜가 늘어나면 진짜는 줄어든다. 그러나 진짜가 늘어나면 가짜도 늘어난다.

수많은 진짜와 가짜가 뒤섞인 세상에 얼마나 많은 권모술수와 계략이 판을 쳤겠는가? 남의 눈을 속이려는 사기극이 얼마나 많았겠는가? 사기는 사기로 덮어야 하기에 사기극은 끊임없이 이어져왔다. 가짜로 진짜를 대신하는 것은 기막힌 묘수이고 가짜로 진짜를 농락하는 것은 대단한 능력이지만, 가짜를 진짜처럼 보이게 하는 것은 보는 사람의 마음과 눈이 어리석기 때문이다.

세상에는 평생 가짜를 진짜로 알고 살다가 죽을 때까지도 가짜와 진짜를 구별하지 못하는 사람이 수두룩하다. 이쯤 되면 가짜가 진짜나 다름없다. 진짜와 가짜를 대하는 세상 사람의 태도는 매우 다양한데 순박한 사람은 그냥 보기만 할 뿐이고, 똑똑한 사람은 이 둘을 구별하려 하고, 어떤 이는 이것을 밥벌이로 삼는다.

천진 궁북대가宮北大街의 골동품가게 양고재養告齋의 주인 동인안佟忍安이 바로 그런 사람이다. 능력이 있고 없고를 떠나, 그는 좀 비범한 사람이었다.

아침 일찍 집을 나선 동인안은 가게에 도착하자 직원들을 전부 밖으로 내보내고 단단히 문을 걸어 잠갔다. 가게 안에 남은 사람은 작은주인이자 아들인 동소화佟紹華와 창고지기 활수活受뿐이었다. 동인안은 숨 돌릴 틈도 없이 활수를 다그쳤다.

"그림들을 빨리 걸어봐!"

동인안은 가게에 새로 물건이 들어올 때면 늘 이렇게 직접 보고 확인했다. 골동품의 진위 여부는 절대 밖으로 새나가면 안 될 일급비

밀이다. 동소화는 아들이니 배신할 리 없고 창고지기 활수는 절대적으로 신뢰하는 것은 아니지만 몸이 불편하고 지능이 떨어지기 때문에 비교적 마음이 놓였다.

활수는 스무 살이지만 열서너 살로 보일 만큼 키가 작았다. 가슴과 어깨가 한쪽으로 크게 기울어 꼭 찌그러진 종이상자 같았다. 뜨거운 두부를 삼킨 것처럼 말을 더듬었는데 혀가 너무 긴 것인지 반 토막이어서 그런지 알 수 없었다. 한 번도 눈을 크게 뜬 적이 없고 늘 째려보는 것 같은 가느다란 눈 틈 사이로 얼핏 작은 눈동자가 보이는 것 같기도 하지만, 어쩌면 없는지도 모른다. 게다가 천식이 있어서 365일 목구멍이 꽉 막힌 것처럼 쌕쌕거리고 가만히 앉아 있어도 숨찬 사람처럼 헐떡거렸다. 태어날 때부터 이 모양이었단다. 활수는 원래 아명이었는데, 스무 살이 넘도록 이 이름으로 불리고 있다. 활수 부모가 아들이 얼마 못 살 것이라고 생각해 이름 짓는 것을 쓸데없는 일이라고 생각했기 때문이다.

동인안은 이렇게 눈도 제대로 못 뜨고, 말도 잘 못하고, 몸도 성치 않은 활수가 마음에 들어 창고지기로 고용했다. 죽은 말을 산 말처럼 치료한다더니, 동인안은 죽은 말을 산 말처럼 이용했다. 활수는 창고에서 어제 들어온 그림 묶음을 꺼내 긴 막대를 이용해 하나하나 벽에 걸었다. 동인안이 눈을 크게 뜨고 그림을 쭉 훑어본 후 아들을 돌아봤다.

"소화야, 이 그림의 가치를 품평해 보아라. 네 말을 먼저 들어보자꾸나."

동인안은 의자에 앉아 여유롭게 차를 마셨다. 동소화는 잘난 척을 하고 싶어서 벌써부터 안달이 나 있었다. 그는 아버지 말이 끝나기가 무섭게 입을 열었다.

"얼핏 보면 아주 오래된 대척자大滌子(청나라 승려 화가 석도石濤의 호)의 〈산수축〉山水軸 같지만 자세히 보면 분위기가 확연히 다릅니다. 아마도 세상을 속이려고 어쭙잖은 솜씨를 부렸겠지요. 이 〈운작개월도〉는 당연히 가짜가 아니지만 김개주金芥舟(청나라 화가) 그림은 기껏해야 중급 정도입니다. 이쪽 초병정焦秉貞(청나라의 궁정화가)의 4폭 〈궁녀미인도〉와 주세페(주세페 카스틸리오네Giuseppe Castiglione, 청나라에서 활동한 예수회 선교사 겸 화가)의 〈백원적도〉는 아주 귀한 물건인데, 여기 보세요. 둘 다 비단 표구예요. 매도자 말로는 북경 대저택에서 나온 거라더군요. 아마 거짓이 아닐 겁니다. 평범한 집에서 어디 이런 귀한 물건을 구경이나 하겠습⋯⋯."

"매도자가 문진원問津園 장림가張霖家 후손이냐?"

"아버지가 그걸 어떻게 아세요? 여기 낙관도 없는데?"

동소화가 깜짝 놀랐다. 동인안의 신통한 안목은 그림 품평 때마다 이렇게 동소화를 놀라게 하곤 했다. 동인안이 질문에는 답하지 않고 동쪽 벽에 걸린 대형 비단 중당화中堂画(거실 한가운데 거는 대형 그림)를 가리켰다.

"저 그림에 대해 말해 보거라."

동인안은 아들이 그림을 품평할 때마다 늘 고개를 흔들곤 했다. 그런데 오늘은 고개를 끄덕이지도 흔들지도 않았다. 동소화는 자기 말이 옳다고 확신하며 자신만만한 미소를 지었다.

"아버지, 아직도 저를 시험하시는 겁니까? 이걸 누가 몰라요? 가짜 전통 소주편蘇州片이잖아요. 붓놀림은 송나라 방식인데 훈증이 너무 과해서 오히려 가짜 티가 많이 나네요. 이건 뭐, 우봉장牛鳳章 다섯

째나리 실력만도 못합니다. 이것 보세요. 낙관도 제대로 안 찍었잖아요. 정체가 드러날까 봐 감췄거나 일부러 헷갈리게 하려는 꿍꿍이겠지요. 어떻습니까? 아버지 생각은 어떠신지요?"

동인안이 벌떡 일어나 눈에서 불꽃을 뿜어내며 중당화를 뚫어지게 쳐다봤다. 동소화는 아버지가 보물을 발견했을 때 이렇게 눈에서 불꽃이 튄다는 사실을 알고 있었다. 설마, 이 중당화가 진짜란 말인가?

"가까이 가서 잘 보거라. 아래 축목軸木에 뭐라고 써져 있지 않느냐?"

동인안의 손가락이 덜덜 떨렸다. 동소화가 목이 눌린 오리처럼 꽥 소리를 질렀다.

〈신범관제〉臣范寬制! 이건 송나라 그림이에요! 아버지, 정말 대단하세요! 이 그림을 사들이고 사흘 내내 꼼꼼히 들여다봤는데 여기에 이런 글씨가 있는 줄은 몰랐어요"

동소화는 멀찍이 떨어져 있던 아버지가 어떻게 이 글씨를 발견했는지 궁금했다. 사실 동인안의 눈은 원시였다. 그런데 다른 사람은 이 사실을 전혀 몰랐다.

"웬 호들갑이냐? 시끄럽다. 내가 누누이 얘기하지 않았느냐? 송나라 사람들은 그림 안에 글자가 보이는 것을 싫어해서 돌 위가 아니라 나무 사이에 낙관을 남긴다고. 숨기는 낙관, 즉 장관藏款이다. 그동안 몇 번을 얘기했는데 제대로 새겨듣지 않더니, 별것도 아닌 일에 난리법석을 떨기는!"

"엄청난 보물을 건졌는데 어떻게 가만히 있겠어요? 이게 전부 얼마인지 모르세요?"

"보물은 무슨……. 아직 제대로 보지도 않았는데 송나라 그림인지 어떻게 단정하느냐?"

동인안이 굳은 표정으로 뒤를 돌아보며 활수에게 소리쳤다.

"이 중당화, 대척자의 〈산수축〉, 김개주의 〈운작개월도〉를 잘 말아서 창고에 넣어둬라."

"여, 여기…… 나무…… 아?"

"뭐라고 중얼거리는 거야? 빨리!"

동인안이 짜증을 내며 소리치자 활수가 혀에 힘을 주고 다시 한 글자 한 글자 똑똑히 말했다.

"여, 기, 나, 머, 지, 는, 요?"

활수가 초병정과 주세페 그림을 가리켰다.

"가게에 진열하고 적당한 가격에 팔아치워!"

동인안이 이어 동소화를 돌아보며 단단히 일렀다.

"양놈들이 산다고 하면, 더 비싸게 불러!"

"아버지, 그럼 이게 모두 가짜……?"

동인안이 한심하다는 눈빛으로 아들을 응시하다가 긴 한숨을 내쉬면서 싸늘한 표정을 지었다. 문득 요즘 천진에 유행하는 말이 떠올라 저도 모르게 중얼거렸다.

"해하海河 물이 동쪽으로 흘러 천진을 떠나가듯, 부귀는 3대를 넘기지 못하고 청백리는 끝이 좋을 수 없다더니, 결국 성공할 놈은 성공하고 망할 놈은 망하는 게지. 꽃은 만개하면 시들기 마련이고, 물은 가득차면 흘러넘치는 법이야. 어느 누가 세상 이치를 거스르겠나. 으이그, 아휴……."

동인안은 말하다 보니 점점 더 답답했다. 화를 누르지 못하고 한

마디 더 하려는 순간, 자신을 향해 목을 빼들고 있는 활수를 발견했다. 마치 다음 말을 기다리는 것 같았다. 그는 얼른 그림을 창고로 가져가라며 활수를 다그쳤다.

활수가 물러간 후에야 그는 아들에게 화풀이를 시작했다.

"이게 뭔지, 저게 뭔지, 그런 걸 왜 떠들어? 진짜와 가짜를 완전히 반대로 골라내 놓고는 아랫것들 앞에서 망신까지 당하고 싶어? 더구나 남들 앞에서 진위 여부를 밝히려고? 제정신이야? 멍청한 놈! 우리가 뭘로 밥 먹고 사는데? 어서 말해봐!"

"진위지요."

"맞는 말이긴 하다만, 진위는 어디에 달렸느냐?"

"당연히 그림이죠."

"헛소리! 그림은 무슨! 네놈 눈에 달렸지! 네가 알아보지 못하면 그림이 진짜든 가짜든 다 소용없는 거야! 대단한 보물이 네놈 눈에는 휴지조각으로 보이고, 휴지조각이 네놈 눈에 보물로 보이면 그게 다 무슨 소용이야? 이 주세페, 초병정은 누가 봐도 형편없는데, 뭐? 귀한 물건? 그리고 송나라 진품을 그저 그런 소주편이라고? 이 그림 한 장이 네 놈을 평생 먹여 살릴 수도 있어! 눈알이 삐었어. 넌 손에 쥔 황금 덩어리를 개똥이라고 내다버릴 놈이야! 대척자 〈산수축〉이 뭐? 가짜라고? 대척자가 강희康熙(청나라 성조聖祖의 연호. 1661~1722) 29년에서 31년까지 천진 문진원 장가에 머문 사실을 모르는 게야? 그 그림은 강희 신미辛未, 즉 강희 30년 작품이 분명하다. 굴러들어 온 보물도 지키지 못하는 그런 어쭙잖은 실력으로 이 바닥에서 살아남을 수 있을 것 같아? 이 가게를 네놈한테 물려주느니 차라리 태워버리는 게 낫겠다! 기껏해야 3년이다. 내가 언제까지 늙은 몸을 이끌고 가게에 나올 수 있겠느냐? 잘 들어라! 당장 이부자리 들고 와서 내일부터 가게에서 먹고 자! 내 허락 없이는 집에 돌아갈 생각하지 말란 말이다. 활수더러 창고에 있는 물건들을 다 꺼내오라고 해서 하나하나 보고, 보고, 또 보고, 또 보고……."

동인안이 기계처럼 '보고, 보고'라는 말을 반복하다 슬며시 말끝을 흐렸다.

동소화는 격자 창살을 노려보며 불꽃을 내뿜는 아버지를 보고 또 뭔가 대단한 보물을 발견했음을 눈치챘다. 아버지의 시선을 따라가 보니 격자창 너머 후원에서 일하는 점원들이 보였다. 그 후원은 외부에 알려지지 않은 양고재의 비밀 위작 작업실이었다.

동인안의 사업 방식은 다른 골동품가게와는 확연히 달랐다. 골동품가게는 대부분 가짜와 진짜를 모두 파는데, 그의 가게에서는 가짜만 팔고 진짜는 팔지 않았다. 사실 골동품가게에 드나드는 손님들의 목적은 진짜를 찾는 것이다. 실제로 일부 능력자들은 빈틈을 놓치지 않고 목적을 달성했다. 그러나 동인안이 가게에 내놓는 물건은 전부 가짜이고 진짜는 절대 내놓지 않았다. 제갈량의 공성계空城計처럼 양고재는 요란한 빈 수레였다.

골동품 사업은 가짜를 진짜로 둔갑시키는 것이다. 이것이 골동품 상인의 핵심 기술이자 능력이다. 먼저 돈을 투자하고 상대방을 속여 이익을 취하는 것이다. 양고재에서 돈주머니를 여는 사람은 반드시 손해를 보게 돼 있었다. 그러나 동인안은 여기서 그치지 않고 더욱 뛰어난 능력을 발휘했다. 바로 위작 제조였다.

동인안은 위작 일꾼을 고용해 양고재 후원에 있는 비밀 작업실에서 가짜 골동품을 만들었다. 옥 제품, 구리 제품, 옛날 돈, 부채, 화로,

치아 도구, 벼루, 도자기, 법랑, 양탄자, 비석 탁본, 붓과 먹 등등 양고 재에서는 모르거나 못 만드는 물건은 없었다.

옛것을 모방하는 일은 어렵지 않지만 진짜처럼 만드는 일은 매우 어렵다. 골동품의 모양, 재료, 문양 종류는 왕조마다 한두 가지에서 많게는 수백 가지가 넘기 때문에 그 변화 과정을 완벽히 파악하고 가짜와 진짜를 정확히 구별하기는 정말 쉽지 않다. 어설픈 재주로는 내 막은커녕 수박 겉핥기도 쉽지 않다.

위작 제조에서 가장 힘든 부분은 독특한 분위기와 냄새, 시간의 흐름을 표현해 골동품 특유의 신비로움을 자아내는 일이다. 예를 들어 골동품은 크게 전승품과 출토품으로 나뉜다. 전승품은 조상 대대로 전해 내려온 물건으로, 사람 손을 많이 탔기 때문에 깊고 진한 광택에서 골동품 특유의 고아함이 느껴진다. 오랫동안 땅속에 묻혔다가 발견된 출토품은 곰팡이와 흙냄새가 강하고 녹이 많이 슬어 얼룩덜룩하기 때문에 강건하고 고풍스럽다.

조금 더 구체적으로 들어가 보자. 수백 년 혹은 수십 년 동안 땅속에 묻혀 있던 출토품들 중에는 옥 제품, 머리 장식, 피리, 가락지, 팔찌, 허리 장식, 담뱃대와 같은 부장품이 많다. 그런데 이중 상당수가 구리 같은 금속 재질이다. 오랜 세월에 걸쳐 구리를 뒤덮은 녹 얼룩을 동침銅浸이라 하고, 망자亡者의 피가 침투해 생긴 붉은 얼룩을 혈침血浸이라고 한다.

그렇다면 가짜 골동품을 만들 때 이런 동침과 혈침은 어떻게 해결할까? 대부분의 물건은 특별히 충격을 가하지 않아도 오랜 시간이 지나면 저절로 균열이 생긴다. 이런 균열이 여러 겹 겹치면서 자연스럽게 다양한 문양을 형성하는데, 억지로 만든 균열은 당연히 티가 나고 이런 문양을 구별하는 골동품 능력자가 있기 마련이다.

그러나 동인안에게는 특별한 비법이 있었다. 그의 방법은 오랜 경험, 예리한 안목, 타고난 재능의 결정체였다. 경험, 안목, 재능 중 어느하나라도 부족했다면 불가능했을 것이다.

위작에도 등급이 있어 하품, 중품, 상품, 특상품으로 분류된다. 특상품은 그 안에 빌레가 생길 때까지 오랜 시간 지켜보며 기다려야한다. 골동품은 두근거림이 사라질 때 완성된다. 동인안이 만드는 것은 이런 특상품이다.

동인안이 고용한 일꾼들은 대부분 골동품에 대해 잘 몰랐다. 그는 점원에게 골동품의 기본도 가르치지 않고 단순 심부름만 시켰다. 특히 위작 제조 일꾼들은 골동품의 '골'자도 모르는 가난한 사람들이었다. 이들에게는 위작이 오리 알을 삭히고 숯을 굽는 일과 크게 다를 것이 없었다. 그저 주인이 시키는 대로 할 뿐이었다. 양고재 후원에는 벽돌, 질항아리, 장작, 고동색 가루약 상자, 광주리, 석탄, 진흙, 녹슨 철과 녹슨 구리가 잔뜩 널려 있었다. 혹여 외부인이 보더라도 무슨일이 벌어지고 있는지 전혀 알 수 없었다.

다시 본론으로 돌아가 격자창 너머 동인안의 눈길을 사로잡은 주인공은 양탄자를 털고 있는 두 소녀였다. 두 소녀는 동인안의 비법대로 골동품 양탄자를 만드는 중이었다.

이 양탄자는 장씨네에서 만든 것인데, 검은 테두리에 파란 꽃문양을 수놓은 명나라 양식 양탄자였다. 멀쩡한 양탄자에 된장을 바른후 빨랫줄에 걸어놓고 양쪽에서 번갈아 잡아당겨 털을 마모시켰다. 중간 중간 쇠솔로 두드리거나 문지르고 부드러운 빗자루에 물을 묻혀 쓸어내리면 반질반질한 낡은 광택이 생긴다. 양탄자를 잡아당길 때는 세고 빠르면 안 되고 반드시 천천히 여러 번 문질러야 오래된 느낌이 표현된다. 그래서 일부러 힘이 약한 여자 점원을 고용해 천천히 문지르게 했다.

두 소녀는 각각 양탄자 두 귀퉁이를 잡고 번갈아 가며 잡아당겼다. 양탄자 앞쪽 소녀는 동인안을 등지고 서 있고, 뒤쪽 소녀는 양탄자에 얼굴과 몸통이 가려 작은 두 발만 보였다. 별다른 모양이 없는 평범한 빨간 헝겊신이었다. 양탄자가 빨랫줄 위로 당겨 올라갈 때 까치발을 들고, 아래로 당길 때 뒤꿈치를 꾹 누르는 동작이 마치 물고기가 헤엄치는 것처럼 보였다.

"소화야!"

"예, 무슨 일이세요?"

"저기 저 여자애가 뉘 집 딸이냐?"

"어느 쪽이요? 등지고 서 있는 아이요?"

"아니, 저기 빨간 신발 신은 아이."

"모르겠습니다. 한씨네 딸이 데려온 것 같은데…… 가서 물어보겠습니다."

"아니, 그럴 필요 없다. 내가 물어볼 것이 있으니, 지금 잠깐 데려오너라."

동소화가 얼른 달려가 소녀를 데려왔다. 주인어른 앞에 처음 불려온 소녀는 왠지 무섭고 부끄러웠다. 눈을 어디에 둬야 할지 몰라 이리지리 굴리다가 주인어른 얼굴을 힐끗 쳐다봤다. 그런데 주인어른은 그녀의 얼굴이 아니라 두 발을 뚫어져라 쳐다보고 있었다. 주인어른의 눈빛은 그녀의 발에 달라붙을 것처럼 끈적끈적했다. 소녀는 두 발을 어찌해야 좋을지 몰라 더욱 당황스러웠다.

동인안이 고개를 들자 그의 눈이 도금한 것처럼 번쩍거렸다. 소녀는 그 음흉하고 사악한 눈빛이 귀신보다 더 무서웠다. 가슴이 쿵쾅거렸다. 곁에서 지켜보던 동소화는 아버지의 뜻을 알아차리고 소녀를 다그쳤다.

　"앞으로 한 걸음 나오너라."

　그러나 상황을 전혀 이해하지 못한 소녀는 오히려 뒤로 물러섰다. 깜짝 놀란 빨간 참새가 푸드득, 푸드득 둥지로 숨어들 듯 작은 두 발이 차례로 뒷걸음질쳤다. 작은 두 발이 바짓단에 가려 뾰족한 신발 끝만 보였는데, 그 모습이 꼭 참새 머리 같았다. 동인안이 생기 가득한 얼굴로 소녀에게 물었다.

　"몇 살이냐?"

　"열일곱……."

　"성이 뭐냐? 이름은?"

　"성은 과, 이름은 향련입니다."

　동인안이 눈을 동그랗게 뜨더니 저도 모르게 목소리를 높였다.

　"좋구나! 좋은 이름이야. 누가 지어줬느냐?"

　향련은 부끄러워 입을 떼지 못하고 속으로만 이상하다고 생각했다. 향련이란 이름이 좋긴 뭐가 좋아? 그런데 주인어른의 목소리나 표정을 보고 있자니 왠지 안개에 휩싸인 것처럼 눈앞이 희미해졌다.

　동인안은 즉시 아들을 시켜 향련에게 3개월치 급료를 주고 집으로 돌려보내라고 했다. 앞으로 일하러 나오지 말라는 말과 함께.

　향련은 너무 황당했다. 아무 말 없이 열심히 일만 했을 뿐인데 왜 갑자기 나오지 말라는 것일까? 그런데 주인어른의 태도는 해고가 아니라 승진이라도 시켜주는 분위기였으니 더욱 헷갈렸다. 주인어른이 무슨 생각을 하는 것인지, 이것이 좋은 일인지 나쁜 일인지 도무지 종잡을 수가 없었다.

어떻든 이상한 일인 것만은 분명했다. 그리고 이상한 일은 이제 겨우 시작이었다. 👣

제3화
이상한 일의 시작

보름 후, 결혼 길일. 이날 과향련이 동가佟家 맏며느리로 시집간다는 사실이 온 동네에 알려졌다. 동네 사람들은 대부분 이 갑작스러운 결혼에 반신반의했다. 어떻든 향련의 집 대문 앞에는 이미 커다란 꽃가마가 등장했다.

천진 동가 정도의 명성이면 시장에서 생선 고르듯 며느리를 원없이 고를 수 있었다. 향련은 피부가 하얗고 이목구비가 수려한 데다 몸매도 가늘어서 선녀처럼 예뻤다. 하지만 동가에서 왜 이런 가난한 집 딸을 원하는지는 의문이었다. 더욱이 큰돈을 들여 천진에서 가장 유명한 중매쟁이 곽霍씨네 셋째할머니를 보내 유세까지 했다는데, 굳이 그럴 필요가 있었을까? 향련의 집에 벌써 청혼서까지 보냈다고 한다.

소문을 듣자니, 두 집안이 사주단자를 교환했는데 생년월일시가 아주 상극이었단다. 동가 큰아들은 닭띠이고 향련은 원숭이띠인데, 전통적으로 '백白말띠가 청靑소띠를 잡아먹고, 닭띠와 원숭이띠는 끝

전족

이 좋지 않다'고 했다. 그런 점에서 이 결혼은 전통의 금기를 어기는 일이었지만 동인안은 괘념치 않았다. 정혼 날, 동가에서 관례에 따라 귀걸이, 반지, 팔찌, 비녀, 목걸이, 하트 모양 목걸이 장신구, 머리 장신구, 허리 장신구 등 여덟 가지 금붙이를 보내왔다. 그리고 동네에 답례품으로 돌릴 하얀 찐빵 500근도 따로 보내줬다.

만약 두 집안 형편이 엇비슷하게 부유했다면 서로 예의를 갖추고 체면을 세우기 위해 이렇게 하는 것이 당연했다. 하지만 이번 혼사는 다르다. 동가에서 왜 그렇게까지 할까? 도대체 뭘 잘못 먹었나? 사람들은 동가 큰아들이 반푼이라 멀쩡한 집안 처자들은 시집가려 하지 않기 때문에 이렇게 돈으로 며느리를 사가는 것이라고 수군거렸다. 그런데 자세히 들여다보면 꼭 그렇지만도 않았다.

동가는 딸 없이 아들만 넷인 소위 '사호파문'四虎把門이었다. 이름 가운데 '소'紹는 돌림자여서 아들들의 이름은 각각 소영, 소화, 소부, 소귀였다. 마지막 네 글자를 합하면 '영화부귀', 즉 부귀영화富貴榮華란 의미다. 사람들은 동인안 부인이 정말 아들을 잘 낳았다고 입을 모았다. 하지만 그녀는 '영화부귀'가 완성되자마자 저세상 사람이 됐고, 아들 넷 중 둘은 정상이 아니었다. 큰아들 동소영은 반푼이고, 막내아들 동소귀는 어려서부터 심장이 좋지 않았는데 결혼한 지 3년 만에 염라대왕이 데려가버렸다. 넷째며느리 동추용董秋蓉은 진화振華 소금 가게 주인 동정백董亭白이 금지옥엽으로 키운 딸이다. 동정백은 동소귀가 조만간 엄라대왕의 부름을 받으리라는 사실을 알았지만 귀한 딸을 시집보냈다. 왜 그랬을까? 다 동가의 재산 때문이다. 동인안은 며느리를 돈으로 샀지만 절대 가짜는 사지 않았다. 향련 할머니는 동가의 청혼을 받고 너무 기뻐서 잇몸을 드러내며 이렇게 말했다.

"그 집에서는 우리 손녀의 작은 발을 사가는 게야!"

사실 이 말은 조금도 틀린 말이 아니었다. 향련의 작은 발은 보는 사람마다 입에 침이 마르도록 칭찬하는 훌륭한 전족이었다. 당시에는 며느리를 고를 때 얼굴이 아니라 발을 먼저 봤다. 얼굴은 타고나는 것이지만 전족은 후천적인 노력의 결과물이기 때문이다. 하지만 그 시절에는 전족을 한 여자가 대부분이었고, 부모 혹은 본인이 각별히 정성을 기울이는 경우가 많아 보기 좋게 작은 발이 한둘이 아니었는데, 동인안은 왜 하필 향련을 선택했을까?

사람들이 이러쿵저러쿵 함부로 지껄였지만 할머니는 아랑곳하지 않았다. 사실 호박이 넝쿨째 굴러온 셈이니 할머니 자신도 어안이 벙벙했다. 하지만 뭐 좀 이상하면 어떠랴? 동가에서 보내온 어마어마한 혼수를 생각하면, 어떻든 향련이 시집을 가면서 크게 한몫 챙긴 셈이었다. 동가 하인 둘이 커다란 옷 보따리 두 개에 비단 이불 두 채, 원앙을 수놓은 비단 베개 한 쌍, 금으로 된 요강 등을 가져왔다.

향련은 가마에 오르기 전, 할머니를 부둥켜안고 한바탕 울었다. 할머니도 눈물범벅이 된 채 이것저것 당부를 잊지 않았다.

"할미가 못나서 널 따라가지 못하니 조심해서 잘 가려무나. 네가 천국이나 다름없는 집으로 시집을 가니, 이제야 할미는 마음이 놓이는구나. 그동안 오랜 시간 함께 살았으니 할미가 널 얼마나 사랑하는지 잘 알지? 딱 하나 마음에 걸리는 게 있는데, 전족을 처음 시작했을 때 할미를 미워했잖니? 할미 말 막지 말고 끝까지 들어. 지난 십 년 동안 이 일로 얼마나 가슴앓이를 했는지 몰라. 오늘은 꼭 말해야겠어. 사실 이 일은 네 엄마의 유언이었단다. 네 발을 잘 싸매주지 않으면 귀신이 되어서라도 찾아올 거라고……."

향련은 할머니 입을 손으로 막으며 눈물을 줄줄 흘렸다.

"알아요. 그때 할머니가 날 사랑하는 만큼 더 독했다는 거. 그때 그렇게 하지 않았으면 오늘 같은 날도 없었을 거예요."

할머니는 그제야 미소를 지으며 눈물을 닦고 베개 밑에서 빨간 보자기를 꺼냈다. 보자기를 펼치자 작고 예쁜 신발 세 켤레가 나왔다. 바닥이 하얀 자주색 비단 신, 오색 비단실로 수놓은 바닥이 말랑말랑한 신, 그리고 나머지 하나는 조금 특이했다. 바느질을 하지 않고 노란색 천을 접어 만든 신이었다. 할머니가 왜 이 신발들을 내놓는 것인지 궁금하던 차에 할머니의 입술이 향련의 귓가에 닿았다.

"이 신발들은 우리 동네에서 제일 복이 많은 앞집 흑자 엄마가 만든 거란다. 이 신발을 어떻게 신어야 하는지 말해줄 테니, 할미 말 잘 들어. 조금 있다가 먼저 이 자주색 비단 신으로 갈아 신어. 이 신발은 '백자'百子라고 부르는데 나중에 아들을 낳을 수 있게 해준단다. 그리고 이 노란색 신은 가마에 탈 때 자주색 비단 신 밖에 덧신는 황도혜黃道鞋란다. 꼭 기억하렴. 이 신발을 신고 절대 친정집 땅을 밟으면 안 돼. 조금 이따 할미가 가마까지 안아서 데려다 줄 거야. 그리고 시댁에 도착하면 꼭 붉은 양탄자 위로만 걸어야 한다. 절대 흙을 밟지 말고 곧장 혼례장으로 들어가야 한다. 혼례를 치를 때 신는 거라 채당혜踩堂鞋라고도 해. 신방에 들어가면 이 채당혜를 벗어서 보이지 않는 곳에 잘 숨겨둬야 한다. 절대 다른 사람이 보지 못하게 해야 해. 이 신을 잘 감춰둬야 평생 무탈하고 복을 받을 수 있어. 불길한 기운이 황도혜를 피해간단다."

향련은 할머니의 장황한 이야기가 신기하고 재미있었다. 눈물이 그렁그렁한 눈으로 할머니를 보고 미소를 지으며 무의식적으로 나머지 신발 바닥을 뒤적거렸다. 그러자 할머니가 신발을 확 뺏으며 미묘한 표정을 지었다.

"함부로 보는 거 아니야! 이건 수면화란다. 신방에 들어가면 채당혜랑 백자를 모두 벗고 이 수면화로 갈아 신으렴. 잘 기억해둬. 이 신발은 침대에 올라갈 때 신랑이 벗겨주는 것이니, 부끄러워할 필요 없다. 혼례를 치를 때는 다들 그렇게 한단다. 그리고 지금 하는 말 잘 새겨들어. 가장 중요한 일이야. 이 신발 안에 그림이 들어 있는데, 꼭 새 신랑이랑 같이 봐야 한다."

할머니는 이 말을 하며 눈을 가늘게 뜨고 야릇하게 웃었다. 향련은 이렇게 이상한 할머니의 미소를 처음 봤다.

"무슨 그림인데 지금 보면 안 돼요?"

향련이 신발을 향해 손을 뻗자 할머니가 탁! 하고 쳐냈다.

"신방에 들어가기 전에는 보면 안 돼! 일단 품에 넣어두고 꼭 신방에 들어가서 봐야 한다."

할머니가 신발을 향련의 옷 사이에 쑤셔 넣었다. 이때 밖에서 요란한 풍악소리가 들려왔다. 할머니가 서둘러 향련에게 자주색 비단 신발을 신기고 그 위에 황도혜를 덧신겼다. 그리고 연지 곤지를 찍고 머리에 봉황관을 올린 후 붉은 천을 내려 얼굴을 가렸다. 할머니는 비단으로 만든 꽃을 양쪽 귀 뒤에 꽂고 허리를 굽혀 향련을 품에 안고 대문 밖으로 나갔다. 원래 신부의 아버지나 오빠가 하는 일이었지만 향련은 아버지도 오빠도 없으니 할머니가 할 수밖에.

향련은 두꺼운 천으로 얼굴을 가린 탓에 앞이 잘 보이지 않고 숨 쉬기도 답답했다. 사람들이 웅성거리는 소리, 악기 소리, 폭죽 소리만으로 대략적인 분위기를 짐작할 뿐이었다. 향련은 갑자기 감정이 북받쳐 할머니의 앙상한 어깨를 꼭 붙잡고 나지막이 속삭였다.

"할머니랑 헤어지기 싫어!"

연로한 나이에 다 큰 손녀를 안고 꿋꿋하게 걸음을 옮기던 할머니는 향련의 애끓는 목소리를 듣자 가슴이 뭉클하면서 두 다리에 힘이 풀려 그만 가마 앞에 풀썩 주저앉아버리고 말았다. 그러자 주변 사람들이 우르르 달려와 두 사람을 일으켜줬다. 할머니는 가마에 이마를 부딪쳐 큰 혹이 나고 양쪽 무릎이 흙투성이가 됐다. 그러나 제 몸을 돌보지 않고 다급하게 소리쳤다.

"난 괜찮아! 향련이 발! 향련이 발에 흙이 묻지 않게 해! 잘 안아서 얼른 가마에 태워!"

향련은 갑자기 바닥에 내동댕이쳐지자 정신이 없고 얼떨떨했다. 무슨 일인가 싶어 얼굴을 가린 천을 들어 올렸는데 이미 가마 안이었다. 웅성웅성 부산스러운 소리가 들리더니 몸이 휘청거렸다. 마치 뿌리 뽑힌 나무가 된 기분이었다. 이제 아무 데도 기댈 곳이 없다는 생각에 왈칵 눈물이 쏟아졌다. 잠시 눈물을 쏟다가 갑자기 화장이 지워질지 모른다는 생각이 들어 손수건을 꺼내려 품을 더듬는데 비단실로 수놓은 바닥이 말랑말랑한 신발이 만져졌다. 할머니의 당부가 떠오르는 순간 호기심이 일어 그림을 펼쳐봤다.

노란 비단 위에 빨간색, 검은색 실로 수놓은 작은 사람이 여럿 보였다. 처음에는 뛰어노는 어린 아이들인 줄 알았는데 자세히 보니 발가벗고 부둥켜안은 남자와 여자였다. 검은색은 남자, 빨간색이 여자였다. 향련은 이 그림이 무슨 의미인지 잘 이해할 수 없었지만 왠지 고양이나 개, 닭들이 이런 비슷한 행동을 하던 모습이 떠올랐다. 순간 얼굴이 확 달아오르고 심장이 마구 두근거렸다. 그리고 저도 모르게 소리를 질렀다.

"나 집에 갈래! 돌아갈래요. 할머니 불러주세요!"

그러나 향련의 외침은 그대로 사라졌다.

가마는 요란한 풍악소리에 둘러싸인 채 한참을 이동하다가 갑자기 멈췄다. 동시에 가마 안으로 불쑥 들어온 손이 향련의 팔을 잡아끌었다. 가마 밖으로 두 발을 내딛자 부드러운 양탄자가 밟혔다. 얼굴을 가린 천 때문에 보이는 것이라고는 발밑에 깔린 양탄자의 붉은 빛뿐이었다. 양탄자를 따라 걸으며 문턱을 하나 넘고, 또 하나 넘고, 다시 또 하나 넘었다. 문턱을 넘으려고 향련이 발을 들어 올릴 때마다 주변에서 찬사가 끊이지 않았다.

"세상에! 저 작은 발 좀 봐!"

"정말 작아!"

"어디? 어디? 얼마나 작은데?"

"잘 안 보여."

향련은 부잣집 여자들은 걸을 때 발끝만 보이게 걷는다는 할머니의 당부를 떠올렸다. 지금 향련은 정신이 하나도 없었지만 할머니 말씀대로 문턱을 넘을 때 발을 안으로 당겼다가 옷자락 끝을 살짝 차냈다. 구경꾼들이 허리를 굽히고 고개를 숙이며 애를 썼지만 향련의 발은 보일 듯 말 듯 보이지 않았다.

어느덧 넓은 방에 도착했다. 아마도 혼례장이리라. 향초 냄새, 분 냄새, 꽃 냄새가 한데 뒤엉켜 더욱 정신이 없었다. 갑자기 눈앞에 울긋불긋한 빛이 어른거리더니 꽃무늬 두루마기에 사모를 쓴 뚱뚱한 남자가 달려들었다. 남자가 향련의 얼굴을 가린 붉은 천을 잡아당기며 기름진 입술로 소리를 질렀다.

"어서 발을 보여줘!"

주위 사람들이 웃음을 터트렸다. 향련은 이 남자가 신랑이구나 생각하며 주위를 둘러봤다. 울긋불긋 비단 옷에 화려한 금은보화로 치장한 남녀 수십 명이 빙 둘러 있고 나무 기둥만큼 두꺼운 대형 양초 열댓 개가 마치 태양처럼 뜨겁게 타오르고 있었다. 향련은 난생 처음 보는 광경에 넋을 잃고 휘청거렸다. 다행히 그녀를 부축하고 있던 여자가 신랑을 떼어냈다.

"큰도련님, 혼례를 마치면 얼마든지 볼 수 있어요."

향련은 그제야 이 여자를 눈여겨봤다. 마치 미인도에서 튀어나온 것처럼 늘씬하고 아름다웠다. 그녀의 목에 걸린 작은 쌈지에 알록달록 여러 가지 실을 꿴 작은 바늘들이 꽂혀 있었다.

"도아桃兒, 너 이럴 거야? 넌 우리 둘 시중을 들어야 하는데 신부만 도와주고 왜 난 안 도와줘? 좋아, 도아 네 발부터 봐야겠다!"

신랑이 달려들어 바짓단을 잡아당기자 깜짝 놀란 도아가 펄쩍펄쩍 뛰었다. 그 바람에 목에 건 쌈지에서 늘어진 실들이 춤추듯 나풀거렸다. 주변 사람들이 달려와 겨우 신랑을 떼어놓았다. 이때 향련은 화려한 두루마기를 입고 안락의자에 앉아 있는 주인어른을 발견했다. 남자 두셋이 신랑을 바닥에 꿇어앉혀 향련과 맞절을 하게 했다. 신랑 신부가 고개를 숙인 그때 카랑카랑한 여자 목소리가 들려왔다.

"멍청하긴. 큰도련님, 치마를 들춰야 발이 보이지요!"

향련이 어리둥절해 하는 사이, 신랑이 그녀의 치마를 확 들추었다. 그녀의 작은 발이 드디어 모습을 드러냈다. 혼례장에 모인 사람들은 잠시 당황하는 듯하더니 일제히 향련의 발로 시선을 돌렸다. 대부분 놀라워하며 멍한 표정으로 넋을 잃고 숨을 죽였다. 도아도 고개를 숙인 채 시선을 떼지 못했다. 안색이 누런 노부인이 사람들 틈을 비집고 나와 향련의 발을 주시했다. 목을 길게 뺀 것도 모자라 눈알이 튀어나올 것 같았다. 사방에서 온갖 감탄사가 쏟아졌지만 향련은 마치 벌거벗기라도 한 것처럼 수치스럽고 부끄러워 온몸을 덜덜 떨었다. 그녀는 무릎을 꿇은 채 꼼짝도 하지 못했다.

"소영아, 얌전히 굴어라! 도아는 멍청히 서서 뭐 하는 게냐? 어서 큰아씨를 신방으로 모셔야지!"

도아가 서둘러 향련을 일으켜 세워 신방으로 데려갔다. 신랑이 뒤따라오며 계속 발을 보겠다며 향련의 옷자락을 잡아당겼다. 결혼식장에 모였던 사람들은 재미있는 구경을 하겠다며 실랑이를 벌이다가 늦은 밤이 되어서야 돌아갔다.

동소영이 도아를 신방에서 쫓아냈다. 향련이 할머니 당부대로 신발을 갈아 신으려는데 신랑이 그녀를 침대에 넘어뜨리고 억지로 신발을 벗기고 발싸개 헝겊을 뜯어냈다. 동소영은 향련의 작은 발을 만지작거리며 한참 동안 크게 소리지르고 웃고 떠들었다.

연약한 향련은 신랑의 완력을 이겨낼 수가 없었다. 억지로 버티며 밀어내고 피하고 때리다가 문득 이 남자에게 시집을 왔으니, 이 발도 이 남자 것이려니 싶었다. 반푼이라도 남편은 남편이다. 화도 나고 답답하고 억울하고 원망스러웠지만 두 눈을 질끈 감고 반푼이 남편이 마음껏 두 발을 주무르도록 내버려뒀다.

동가에 시집온 지 며칠 지나지 않아 이상한 일이 벌어졌다. 아침에 거울 앞에 앉아 머리를 빗을 때마다 창호지에 작은 구멍 서너 개가 뚫려 있었다. 높낮이로 보아 아이들 장난은 아니고 손가락으로 뚫은 것 같지도 않았다. 구멍 주위의 종이털 흔적을 보니 혀로 핥아 침

전족

을 묻혀 뚫은 것 같았다. 오늘 종잇조각으로 때워놓으면 다음 날 그 옆에 구멍 두 개가 새로 뚫렸다. 도대체 누구지?

어느 날 정오 무렵 동소영이 새 시장에 간 후, 향련이 달게 낮잠을 자고 있는데 어렴풋이 누군가 발을 만지작거리는 느낌이 들었다. 처음에는 반푼이 남편이 장난치는 줄 알았다. 그런데 갑자기 그게 아니라는 생각이 들었다. 남편의 손길은 이렇게 점잖지 않았다. 먼저 손가락 하나를 세워 그녀의 새끼발가락을 살짝 누른 후 발뒤꿈치까지 천천히 부드러운 곡선을 그렸다. 그와 동시에 나머지 손가락으로 발바닥을 가볍게 문질렀다. 이상하게도 간지럽지 않고 아주 편안했다. 잠시 후 방법이 바뀌었다. 엄지손가락으로 발등을 누르고 나머지 손가락으로 발을 휘감고 발바닥으로 꺾인 네 발가락을 움켜쥐었다. 강약을 조절해가며 계속 발가락을 만지작거렸다. 가볍게 만질 때는 달콤하면서 부드럽고 세게 누를 때는 심장이 두근거렸다. 문득 솜씨가 아주 좋다는 생각이 들었다. 분명히 꿈은 아니다. 하지만 대낮에 신방에 숨어들어 이상한 방법으로 자기 발을 만지작거리는 간 큰 인간이 누군지 향련은 알지 못했다. 겁나고 부끄러웠지만 한편으로는 신기하고 기분이 좋았다. 저도 모르는 사이 욕망이 솟구치면서 얼굴이 확 달아오르고 심장이 두근거렸다.

천천히 눈을 뜬 향련은 너무 놀라 까무러칠 뻔했다. 이상한 손길의 주인공은 바로 시아버지 동인안이었다. 술에 취한 듯 몽롱한 표정으로 눈을 반쯤 감고 있었다. 술주정인가? 무슨 나쁜 짓을 하려는 거지? 향련은 심장이 떨려 소리도 지르지 못했다. 두 발이 저도 모르게 움츠러들었다. 동인안이 움찔하며 퍼뜩 정신을 차렸다. 술에 취한 것이 아니었다. 향련은 얼른 눈을 감고 자는 척했다.

잠시 후 향련이 눈을 떴을 때 동인안은 이미 방을 나가고 없었다. 방문이 꼭 닫히지 않아 회랑에 누군가 서 있는 것이 보였다. 동인안은 아니었다. 혼례를 올리던 날 사람들 틈을 비집고 나와 그녀의 발을 주시하던 누런 안색의 노부인이었다. 노부인은 향련의 심장을 뚫어버릴 것처럼 날카롭게 그녀를 노려봤다. 왜 날 노려보는 거지? 잠시 다른 생각을 하다가 문밖을 보니 노부인은 어느새 사라지고 없었다.

　　향련은 그저 어리둥절하기만 했다. 👣

제4화
나리들의 학문 대결

음력 8월 15일, 이날 향련은 새로운 세상을 경험했다. 이 세상의 얼굴은 한 가지가 아니었다. 동가에 시집오지 않았다면 이런 세상이 있는 줄 죽을 때까지 몰랐을 것이다.

동인안은 중추절 저녁 달맞이에 손님들을 초대했다. 아침 일찍부터 남녀 하인이 총동원되어 정원에 물을 뿌리고 대나무 빗자루로 온 집안을 깨끗이 쓸어냈다. 이도원二道院 중청中廳으로 통하는 유리 칸막이를 모두 열고 자개병풍, 탁자와 의자, 긴 탁자, 화분 선반에 반듯하게 비단을 씌우고 곳곳에 화초를 배치했다.

향련은 동가에 시집온 지 한 달 동안 귀신만 못 봤을 뿐 온갖 이상한 일을 다 겪었다. 화초, 새, 물고기를 키우는 것만 해도 듣도 보도 못한 방법들이 있었다. 대표적인 예로 풍성하게 늘어진 절학란折鶴蘭을 자세히 들여다보면 겉 포기 안에 새 포기가 삐져나온 것이 보였다. 잎을 헤치고 조금 더 들어가 보면 그 안에 또 다른 포기가 자라 있었다.

듣자니 절학란 촉은 한 세대가 지나야 새로 나온다고 하니 총 다섯 촉이 단번에 자랐을 리 없다. 아버지에서 아들로, 손자로, 증손자로, 다시 고손자로 다섯 세대를 이어왔을 텐데 그 안에 수많은 우여곡절과 파란만장한 동가의 역사가 담겨 있으리라.

국화 배양법은 더 특이했다. 황금인黃金印이라고 부르는 이 국화는 찬란한 황금색에 꽃모양이 사각형이라 이름 그대로 황금으로 만든 인장처럼 생겼다. 정말 신기하지 않은가? 또 정원 한쪽에 놓인 사람 키만 한 대형 어항은 산호석을 쌓아 만든 가산假山을 밟고 올라가야 안을 들여다볼 수 있었다. 어항 안에는 툭눈붕어가 가득했다. 대략 1척 길이에 양볼에 달걀만 한 풍선이 달린 툭눈붕어가 유유히 헤엄치고 있었다. 자세히 보면 머리쪽 부력이 너무 커서 머리가 수면 위로 올라와 있고 몸통은 거의 수직으로 선 상태였다. 얼핏 보면 죽은 것 같아 몹시 징그러웠다. 세상에 이렇게 희한한 물고기가 있다니, 아마 말로만 들어서는 아무도 믿지 않을 것이다.

점심 식사 후 계집종이 와서 주인어른의 말을 전했다. 주인 가족과 하인 할 것 없이 집안의 모든 여자는 머리부터 발끝까지 말끔하게 단장하고 방에서 대기하라는 명령이었다. 방밖으로 나가 돌아다니거나 창밖으로 고개를 내밀어서는 안 된다. 향련은 손님이 오나보다 생각했다. 도대체 누가 오기에 이렇게 떠들썩하게 온 집안 여자들을 단장시키는 것일까? 밖에 나가지도 못한다니, 정말 이상한 것투성이다.

그 시간 이후로 집안 분위기가 크게 바뀌었다. 동가 주인 가족은 모두 삼도원三道院에 살았다. 동인안이 본채 방 세 칸을 사용했다. 늘 문이 활짝 열려 있지만 대부분 인기척이 없었다. 그리고 본채 동서 양쪽으로 각각 방 세 칸이 있다. 향련 부부가 동쪽 곁채 방 두 칸을 사용했고 나머지 하나는 비어 있었다. 이 빈방은 양주揚州에서 사업하는 셋째아들 동소부와 아내 이아연亦雅娟이 천진에 돌아왔을 때 머무는 용도로, 평소에는 문을 꼭 닫아뒀다. 맞은편 서쪽 곁채 방 두 칸은 둘째아들 동소화와 아내 백금보白金宝, 두 딸 월란月蘭과 월계月桂가 살고 있다. 나머지 방에는 과부살이 중인 넷째며느리 동추용과 두 살배기 딸 미자美子가 살고 있다. 한 건물에 여럿이 모여 살면서 서로 불편하지 않도록 방 사이에 안으로 연결된 문은 막아두고 밖으로 난 방문만 사용했다.

향련은 창문을 살짝 열고 좁은 문틈으로 밖을 내다봤다. 백금보와 동추용의 방문이 꼭 닫혀 있었다. 평소에는 회랑을 오가는 하녀들이 많았지만 오늘은 한 명도 보이지 않았다. 심지어 정원과 방 앞에 날아다니던 나비와 잠자리 같은 풀벌레조차 보이지 않았다. 오늘 집안 분위기는 확실히 특별했다. 문득 둘째며느리 백금보가 떠올랐다. 평소 향련에게 가식적인 미소만 지을 뿐 전혀 말을 섞지 않던 백금보가 오늘 아침나절에는 두 번이나 그녀에게 머리 모양을 어떻게 할 거냐, 어떤 신발을 신을 거냐 하며 꼬치꼬치 물었었다. 도대체 뭘 알고 싶은 것일까? 골똘히 생각하던 중 흐릿한 머릿속에 한 줄기 빛이 번쩍했다.

동가에 시집온 후로 이해 못할 일이 한두 가지가 아니었지만 한 가지만은 분명했다. 자신이 이 집안에 들어올 수 있었던 이유는 오로지 이 작은 빌 딕분이다. 이 집안사람들은 늘 다른 사람 발을 주시하는 이상한 버릇이 있었다. 다른 곳을 보다가도 결국엔 다른 사람 발로 시선이 옮겨갔다.

향련은 바보가 아니다. 백금보와 동추용의 눈에서 사나운 질투심을 느꼈다. 이 질투는 어금니로 갈고 갈아 날카로운 칼이 되어 날 아들었다. 어려서부터 승부욕이 강했던 향련은 오늘 밤 자신의 작은 발로 사람들 앞에서 두 여자의 콧대를 꺾어놓으리라 다짐했다.

마침 반푼이 남편이 새 시장에 가고 없었다. 향련은 서둘러 머리를 빗고 옷을 갈아입고 발을 정리했다. 먼저 머리는 얌전히 빗질해서 잘 말아 올리고 앞머리를 가지런히 정리해 볼록 튀어나온 이마를 반쯤 가리고 거울을 보며 얼굴을 예쁘게 단장했다. 다음으로 발싸개 헝겊을 풀었다가 할머니가 가르쳐준 방법대로 반듯하게 다시 싸맸다. 그리고 친정에서 가져온 보따리에서 앞코가 화려하고 바닥이 부드러운 작은 신발을 꺼냈다. 바탕은 선명한 빨간색 비단이고 발이 들어가는 구멍에 밝은 비취색 비단을 둘렀다. 나머지 부분에는 모란과 나비 모양 천 조각을 덧댔다. 신발 양면에 울긋불긋 모란꽃이, 신발 앞쪽에 날개를 활짝 펴고 긴 더듬이 끝이 날개 쪽으로 우아하게 구부러진 화려한 10색 나비가 붙어 있었다. 향련은 신발을 신고 방안을 걸어봤다. 사뿐사뿐 걸을 때마다 나비 날개가 나풀거리며 살아 움직이는 것처럼 보였다. 아주 만족스러웠다. 제 눈으로 봐도 너무 사랑스러운 발이었다. 그녀는 나비가 잘 보이도록 바지허리를 추켜올렸다. 이때 문이 열리고 도아가 얼굴을 들이밀었다.

"큰아씨, 어서 발을 잘 정리하세요. 오늘 밤 전족 경연을 한대요!"

향련이 무슨 말인지 몰라 다시 물어보려는데 도아가 아무 소리 말라는 듯이 손을 내젓고 가슴 앞에 늘어진 실을 휘날리며 쌩하고 내뺐다. 전족 경연이라니, 듣도 보도 못한 일이다.

집 안팎에 양각등羊角燈이 내걸리고 손님들이 줄줄이 들어오기 시작했다. 키가 큰 사람, 작은 사람, 뚱뚱한 사람, 마른 사람……. 손님들은 외모도 표정도 제각각이었다. 소주蘇州 골동품상인 둘이 자리에 앉은 후, 동소화가 모작 화가 우봉장牛鳳章을 데리고 동인안에게 다가갔다.

"우 나리가 좋은 물건을 몇 개 가져왔는데 가게에 들여놓을지 봐주세요."

우봉장은 평소 여기저기 돌아다니면서 작은 골동품을 수집했지만 진위는 전혀 구분하지 못했다. 그저 싸게 사서 동인안에게 되팔 뿐이었다. 동인안은 우봉장이 가져오는 물건을 대부분 사들였다. 우봉장은 산 가격보다 비싸게 팔아서 이익을 남겼다. 그러나 동인안은 우봉장보다 훨씬 많은 이익을 남겼다. 이 세계는 똑똑한 놈이 있으면 반드시 멍청한 놈이 있기 마련이다.

이번에 가져온 물건은 작은 은색 상자 두 개였다. 한 상자에는 의비전蟻鼻錢(중국 전국시대 초楚나라의 청동 화폐) 몇 개가, 다른 상자에는 환희불歡喜佛이 들어 있었다. 동인안은 물건을 제대로 보지도 않고 상자를 밀어내며 백금보의 방을 빤히 쳐다봤다. 서서히 얼굴 주름이 펴졌다. 지금 동소화가 가게에서 지내고 있으니 빨리 기회를 만들어 저 방으로 달려가 문을 걸어 잠그고 며느리와 뜨거운 시간을 보내고 싶었다. 그러나 눈치 없는 우봉장은 동인안이 어떤 기분인지도 모르고 상자를 다시 그의 눈앞에 들이밀었다. 동인안은 너무 화가 나서 상자를 바닥에 휙 내던지고 싶었다.

이때 문 앞이 시끌벅적하더니 세 남자가 나란히 들어왔다. 그중 수려한 용모에 소탈하고 시원시원한 분위기의 남자는 소맷부리, 두루마리 깃, 허리띠를 휘날리며 걸었다. 다른 한 명은 아픈 사람처럼 혈색 없는 얼굴에 멍한 표정이었다. 시선은 누구를 보고 있는지, 어디를 향해 있는지 불분명했다.

이 두 사람은 천진에서 유명한 풍류가였다. 한 사람은 시, 또 한 사람은 그림의 달인이었다. 시의 달인 교육교喬六橋는 보통 교가 여섯째 나리라고 불렸는데, 그는 시 짓기가 누워서 떡먹기처럼 쉬운 사람이었다. 천진에서 모르는 사람이 없는 그림의 달인 화림華琳은 집에서 일곱째라 보통 화가 일곱째 나리라고 불렀다.

그리고 두 사람 사이에 깡마른 노인이 끼어 있었다. 이 노인은 두 사람보다 머리 반만큼 더 컸지만 양쪽 두 사람의 명성이 너무 대단한 탓에 전혀 주목받지 못했다. 금색 자수를 놓은 땅콩색 두루마기와 푸른 비단 마고자에 동銅으로 테두리를 두른 홍마노 단추가 일렬로 반듯하게 잠겨 있었다. 그의 눈빛은 여느 젊은이 못지않게 강렬했다. 나이가 들면 세월의 때가 묻어 눈빛이 탁해지기 마련이지만, 이 노인은 달랐다. 검은 눈동자는 확실히 검고 흰자위는 분명하게 희었다. 교육교가 대문 안에 들어서기도 전에 마중 나오는 동인안을 보며 입을 뗐다.

"어르신, 이분은 산서명사山西名士 여현경呂顯卿입니다. 연꽃을 사랑하는 자칭 애련거사愛蓮居士이기도 하지요. 오늘밤 전족 경연이 있다는 말을 듣고 특별히 모셔왔습니다. 어제 밤새도록 전족 이야기를 해주셨는데, 정신을 못 차릴 정도로 대단했습니다. 그 흥미진진한 이야기를 오늘 여기서 다 풀어낼 겁니다."

계속해서 힐끔힐끔 둘째며느리 백금보 방을 넘보던 동인안은 그제야 깡마른 노인에게로 시선을 돌렸다. 주인과 손님이 서로 예를 취한 후 자리에 앉자 여현경이 먼저 운을 뗐다.

"우리 대동大同에서는 매년 4월 8일에 성안의 모든 사람이 참여하는 대대적인 전족 경연 대회가 열리는데 경기 지역에서도 이런 아름다운 풍속이 있는 줄은 몰랐습니다. 눈이 호강할 기회를 놓칠 수 없어 실례를 무릅쓰고 왔습니다. 부디 너그러이 용서하십시오."

"무슨 그런 말씀을. 살아가면서 지기知己를 만날 기회가 어디 그리 흔하답니까? 거사의 연꽃 철학은 익히 들었습니다. 저희 집 전족 경연은 그저 집안 여자들끼리 우열을 가리고 전족에 대해 깊이 토론해보려는 것일 뿐입니다. 오늘 모신 분들은 모두 자타가 공인하는 전족광입니다. 거사도 다른 분들과 함께 많은 가르침을 주시길 바랍니다. 그런데 방금 말씀하신 거사 고향의 전족 경연 대회 말입니다. 오래 전부터 명성은 익히 들었는데 직접 가볼 기회가 없었지요. 그게 아마 대동 새각회大同賽脚會지요?"

"맞습니다. 새각회賽脚會라고도 하고, 양각회晾脚숲라고도 합니다."

동인안의 눈꼬리가 움찔했다.

"어떤 풍경인지 말씀해 주시지요."

동인안은 급한 마음에 차를 내오라고 이르는 것도 잊었다. 여현경은 개의치 않고 바로 흥미진진한 이야기를 시작했다.

"제 고향 대동은 옛날에 운중雲中이었지요. 운중 옛말에 '혼하渾河가 인재를 길러내고 아름다운 미녀를 낳았도다'라는 말이 있습니다. 예부터 대동 여자는 하얗고 부드러운 피부와 가느다란 발을 중시했지요. 매년 4월 8일이 되면 온 성안의 여자들이 자기 집 대문 앞에 앉아 작은 발을 치켜세우고 지나가는 사람들에게 내보입니다. 간혹 가난한 집 아가씨의 전족이 사람들의 시선을 끌어 그 값어치가 순식간에 백 배 이상 치솟기도 합니다."

"온 성안의 여자들이 모두? 정말 멋지군! 정말 대단해!"

"물론입니다. 물론이지요. 수가 많은 것은 물론이고 온갖 모양을 다 볼 수 있습니다. 다양한 전족이 족히 10만은 될 것입니다. 아주 특이하고, 아주 신비롭고, 아주 아름답고, 심지어 아주 못 생기고 아주 괴상한 전족까지 볼 수 있지요. '세상의 온갖 기묘한 것이 다 있다'라는 옛말이 딱 어울리는 풍경입니다."

"세상에 그런 대단한 일이 있다니! 안타깝게도 아들놈들이 하나같이 못나서 제가 이 나이가 되도록 가게에 매여 있습니다. 그 멋진 양각회를 직접 보지 못하다니, 인생 헛살았습니다. 헛살았어요!"

동인안은 탄식을 금치 못하다가 문득 호기심 어린 눈빛으로 물었다.

"듣자니, 대동 양각회에서는 행인이 전족을 마음대로 만질 수 있다던데요?"

이때 교육교가 끼어들었다.

"동 나리의 대단한 식견은 익히 알고 있지만 이번에는 틀리셨어요. 사실 제가 어제 거사에게 물어봤는데 양각회 규칙이 매우 엄해서 절대 만져선 안 되고 보기만 해야 한답니다. 만약 만졌다가는 머리에 헝겊을 뒤집어씌우고 죽을 만큼 흠씬 두들겨 팬다는군요."

사람들이 큰 웃음을 터트렸다. 교육교는 풍류가라 상대의 기분은 생각하지도 않고 입에서 나오는 대로 떠들었다. 여현경의 얼굴에 자신감이 흘러 넘쳤다. 하지만 동인안 눈이 어떤 눈인가? 일부러 모른 척했을 뿐, 바로 말투를 바꿔 가르침을 구하는 것이 아니라 따지듯 다시 물었다.

"거사, 방금 말한 아주 아름답다는 것이 어떤 모양인지 말씀해주

전족

시겠소?"

"일곱 가지 기준이 있지요. 얼마나 날렵한가, 얼마나 말랐는가, 얼마나 멋진 곡선인가, 얼마나 작은가, 얼마나 부드러운가, 얼마나 바른가, 얼마나 향기로운가."

여현경은 이것도 모르느냐는 듯 술술 대답했다.

"그게 전부요?"

눈치가 빠른 여현경은 동인안의 태도 변화를 감지했다.

"그 정도로는 부족하단 말입니까? 이중 하나만 만족시키기도 쉽지 않아요. 뾰족하되 송곳 같으면 안 되고, 마르되 빈약하면 안 되고, 달처럼 부드러운 곡선이어야 하고, 작으면서도 민첩해야 하고, 연기처럼 부드러워야 하고, 안정적으로 바른 모양이어야 하고, 취할 만큼 향기로워야 합니다. 어느 하나도 쉽지 않습니다."

여현경이 미소를 띠고 동인안을 바라보며 빠르고 거침없이 말을 내뱉자 대청에 모인 손님들이 모두들 넋 나간 표정을 지었다. 동인안은 상대가 모든 지식을 동원해 자신과 겨루려 한다는 사실을 알았지만 아무렇지 않은 표정으로 의미심장한 한마디를 던졌다.

"외형을 만들기는 쉽지만, 영혼을 담기는 어려운 법이지요."

여현경은 이 말이 무슨 뜻인지 몰라 두 눈만 끔뻑거렸다. 그는 동인안이 식견이 부족해 궁지에 몰리자 허무맹랑한 소리를 지껄인다고 생각했다. 그는 다시 한 번 실력을 발휘해 눈앞의 '천진 나리'를 제대로 눌러줘야겠다고 생각하며 비꼬듯이 말했다.

"듣자니 이 댁 큰며느리 전족이 가히 일품이라던데, 이름이 향련이라지요? 아명입니까, 호적 이름입니까? 정말 대단해요! 아주 절묘해요! 그렇지 않습니까? 예부터 전족을 금련金蓮이라 했는데 금金보다 향香이 훨씬 듣기 좋아요. 더 절묘하고 신비롭지 않습니까? '금련'金蓮은 아주 유서 깊은 말이지요. 나리도 연구해봤는지 모르겠습니다만, 가장 많이 듣는 이야기가 남당의 후주입니다. 후주의 비빈 중 요랑窅娘이라는 여자가 있는데 그렇게 아름답고 춤을 잘 췄다지요. 후주의 명령에 따라 금빛으로 무대를 만들어 진주와 보석으로 장식하고 연꽃을 깐 후, 요랑이 이 금빛 연꽃 무대에 올라 비단으로 발을 감싸고 춤을 췄지요. 이 모습을 보고 궁 안의 여자들이 비단으로 발을 감싸기 시작하면서 전족이 아름답고, 고귀하고, 사랑스럽고, 우아한 존재가 되었습니다. 이런 풍조가 널리 퍼지면서 발을 감싸는 전족을 금련이라고 부르게 된 것이지요. 하지만 다른 설도 있습니다. 남조南朝(중국 남북조시대 중 송宋, 제齊, 양梁, 진陳 남쪽 지역 4개 왕조를 통칭하는 말. 대략 5~6세기) 제나라 동혼후東昏侯(남조 제나라 6대 황제 소보권蕭寶卷. 483~501. 포악하고 무능하여 동생 소보융에게 황위를 빼앗기고 동혼후로 격하됨)가 금박으로 만든 연꽃을 땅위에 뿌려놓고 반비潘妃에게 그 위를 걷게 했답니다. 그 걸음걸이가 우아하고 아름다워 '걸음걸음 연꽃이 피어나는구나'라는 말이 생겼다지요. 그래서 작은 발을 금련이라고 부르게 됐다고 하는데, 나리는 어느 설을 믿으십니까? 저는 요랑 설이 맞다고 봅니다. 여기에는 요랑이 비단으로 발을 묶었다는 내용이 있지만 반비가 발을 묶었다는 말은 없습니다. 발을 묶지 않았으니 전족이라고 할 수 없겠지요."

여현경이 긴 설명을 이어가는 동안 방안은 쥐죽은 듯 조용해졌다. 이곳에 모인 사람들은 단순히 전족을 좋아하는 것뿐이었기에 이렇게 학문적으로 상대에게 짓밟힐 줄은 상상도 못했다.

동인안은 여현경이 설명을 이어가는 동안 담담한 표정으로 자기 앞에 놓인 전용 두채逗彩(두채斗彩라고도 함. 도자기 종류의 하나) 찻주전자를 만지작거리다 호로록 차를 마셨다. 그래서 동인안도 여현경의 이론에 동의하는 줄 알았지만 그는 여현경의 말이 끝나자 바로 반격을 시작했다.

"역사는 모두 지나간 일이니 직접 본 사람은 아무도 없습니다. 근거를 제대로 찾아야 인정받을 수 있지요. 흔히 전족이 요랑으로부터 시작됐다고 하지만 당나라 여자들이 발을 감싸지 않았다고 하는 사람도 없습니다. 이세진伊世珍의《낭환기》瑯環記 중에 양귀비가 마외 언덕에서 현종의 명령으로 목을 맸을 때 옥비玉飛라는 여자가 양귀비의 참새머리 신발을 거뒀는데, 얇은 박달나무 바닥에 길이가 3촌 5분이었다는 내용이 있습니다. 이뿐만이 아닙니다. 서용리徐用理의《양비묘무도영》楊妃妙舞圖咏에 이런 구절이 있습니다. '예상우의무霓裳羽衣舞에 맞춰 춤에 취하니, 온몸에 향기로운 땀이 흘러 얇은 옷을 적실까 걱정이네. 활처럼 휜 3촌 작은 발로 사뿐사뿐 걸으면, 경국지색 미모가 꽃처럼 피어나네.' 3촌이면 절대 큰 발이 아닙니다. 양귀비가 요랑보다 먼저 전족을 시작한 것이지요. 당나라 여자가 전족을 했다는 내용은 두목杜牧의 시구에도 등장하지요. '1척에서 4분을 뺀 작은 발, 가벼운 구름에 휩싸인 가느다란 죽순 싹 같구나.' 1척尺에서 4분을 빼면 얼마지요?"

"동 나리, 착각하시면 안 됩니다. 당나라 단위와 지금 단위는 기준이 다릅니다."

여현경이 기다렸다는 듯이 큰 소리로 빈틈을 지적했다.

"착각이 아닙니다. 이미 확실히 확인했지요. 당나라 사람이니 당연히 당척唐尺을 사용했겠지요. 1당척은 오늘날 소척蘇尺 8촌에 해당하고, 소척은 영조척營造尺(목공과 건축에 사용하던 척 단위. 시대에 따라 단위 기준이 여러 번 바뀌었지만 일상에서 사용하는 영조척은 크게 바뀌지 않아 단위 고증에 중요한 기준으로 사용됨)보다 1촌이 큽니다. 그러니까 시구에 언급된 '1척에서 4분을 뺀 길이'는 당척 6촌이고, 소척으로는 4촌 8분이고, 영조척으로는 4촌 3분입니다. 전족을 하지 않고 4촌 3분이 가능하겠습니까? 말씀해 보시지요."

여현경은 눈을 끔뻑거리며 입을 벌린 채 할 말을 잊었다. 이때 교육교가 박수를 치며 나섰다.

"대단합니다. 우리 천진에 이런 인재가 있으니 밖으로 눈을 돌릴 필요가 있겠습니까?"

손님들의 경이로운 눈빛이 여현경에서 동인안으로 옮겨갔다. 그러나 여현경의 식견도 결코 짧지 않았고 승부욕이 강해 시원하게 패배를 인정하지 않았다. 그는 한 박자 늦췄다가 턱을 쳐들고 반격했다.

"동 나리 말씀이 틀리지는 않지만 시구 두 구절만으로는 근거가 부족합니다. 《당어림》唐語林 중에 '당나라의 평범한 아녀자들은 남편 옷을 입고 남편 신발을 신었다'라는 내용이 있습니다. 전족을 하지 않았다는 증거지요."

"맞는 말입니다. 하지만 저는 당나라 여자 모두가 전족을 했다고는 말하지 않았습니다. 일부 전족을 한 여자가 있었다는 뜻이지요. 있었다, 없었다를 논하는 것과 전부냐, 일부냐를 논하는 것은 다른 일입니다. 애초에 거사가 제기한 문제는 전족이 언제 널리 퍼졌는가가 아니라 언제 시작됐는지였습니다. 안 그렇습니까? 토론에 앞서 주제 범위를 확실히 정해둬야 중구난방을 피할 수 있겠지요. 다시 근거가 될 이야기로 돌아가면, 당시唐詩 중에는 근거가 될 만한 구절이 한두 개가 아닙니다. 백낙천白樂天의 시에 '뾰족한 신에 좁은 치마'란 구절이 있고, 초중경焦仲卿은 '붉은 비단 신발을 신고 걷는 발, 호리호리 실처럼 가늘구나'라고 했지요. 이건 모두 당나라 여자의 신발이 아주 작았다는 말입니다. 당나라 예법을 살펴보면 서둘러 빨리 걷는 것을 예의에 어긋난다고 했습니다. 헝겊으로 발을 싸매면 걸음이 느려지겠지요. 이것은 지극히 당연한 이치입니다. 어떤 모양, 어떤 방법으로 싸맸는지, 크기가 어느 정도인지는 일단 제쳐둡시다."

"오늘 생각지도 않게 견문을 넓히는군요. 천진 동 나리께서 전족의 역사를 당나라(당唐은 명사로 당나라, 형용사로 황당하다 또는 터무니없다는 뜻이 있다)까지 끌어올릴 줄은 몰랐습니다."

여현경은 난처한 상황에서도 조롱을 잊지 않았다. 사실 그는 학문의 깊이가 부족해 더 이상 대꾸할 말이 없었다. 반면 동인안은 이제부터 시작이라는 듯이 여유있게 미소를 지으며 말을 이어갔다.

"위로 거슬러 올라가자면 당나라도 늦습니다. 《주례》周禮를 보면 황제와 비빈의 신발을 담당하는 내용이 여러 번 등장하는데 적석赤舃, 흑석黑舃, 적억赤繶, 황억黃繶, 청구青勾, 소리素履, 갈리葛履 등 신발 종류가 정말 많습니다. 신발을 중요하게 생각했다면 분명히 발도 중요했을 겁니다. 한나라 여자들은 신발 끝이 뾰족한 것을 좋아했습니다. 무량사武梁祠 벽화를 보면 노래자老萊子의 어머니와 증자曾子의 아내가 끝이 뾰족한 신발을 신고 있지요. 《사기·화식전》史記·貨殖傳에 '조나라 여자와 정나라 여자의 용모를 논하자면, 금琴을 연주하며 긴 소매를 펄럭이며 날카로운 신을 신고 걸었다'라고 했습니다. 여기서 말하는 날카로운 신이 바로 끝이 뾰족한 작은 신입니다. 또 《한서·지리지》漢書·地理志에 아주 중요한 내용이 있습니다. '조녀탄현접인'趙女彈弦跕䑌이라 했는데 '인은 신발이다. 뒤꿈치가 없는 작은 신발', '첩은 가볍게 서 있는 모습'이라는 주석이 붙어 있습니다. 이것만 보더라도 한나라 여자들이 앞이 뾰족한 신발, 가느다란 발, 가벼운 걸음걸이를 아름답게 여겼음을 알 수 있습니다. 당연히 많은 시간과 노력을 들여 발을 작게 만들었겠지요. 사격史激의 《급취장》急就章에 '삽제앙각갈말건'靸鞮卬角褐襪巾이라는 구절이 있는데 그 밑에 달린 주석을 눈여겨보셨는지 모르겠군요. '삽은 가죽 신발이다. 앞코가 뾰족하고 깊으며 바닥이 평평해 속칭 선자跣子라 한다', '제는 얇은 가죽으로 만든 작은 신발이다', '건은 발싸개다'라는 주석이 달려 있습니다. 더 이상 설명이 필요 없지 않습니까? 거사께서 원한다면 더 많은 사례를 말씀드릴 수 있지만 여러분의 시간을 너무 많이 뺏는 것 같아 이만 줄이겠습니다. 아무튼 사서에 나오는 이런 단편적인 기록들을 자세히 연구해보면 전족의 시초가 당나라라고 단언하기는 힘들 것입니다. 모두들 역사는 죽었다고 하지만 나는 역사가 살아 있다고 생각합니다. 역사가 죽었다고 말하는 사람들도 마음속으로는 누군가 역사를 뒤집기를 바라고 있을 겁니다."

상대에게 밀려 우물에 처박힌 꼴이 된 여현경은 넋이 나간 듯 그 자리에 얼어붙었다. 이때 교육교가 신명나게 외쳤다.

"완벽합니다! 완벽해요! 나처럼 식견이 없는 사람은 여태껏 아무것도 모르고 멍청하게 눈만 끔뻑인 거네요!"

우봉장이 목을 움츠리며 말을 받았다.

"계속 듣고 있자니 왠지 나도 발을 싸매고 싶네요!"

이 말은 지붕이 들썩일 만큼 큰 웃음을 불러일으켰다. 우봉장은 사람이 이상하지는 않은데 생각이 조금 특이했다. 늘 스스로 미천하다고 생각하며 자조적으로 자신을 모욕했는데, 어쩌면 남에게 밟히지 않으려는 몸부림인지도 몰랐다. 오늘 동인안은 평소와 달리 자신의 식견을 마음껏 자랑한 터라 우봉장의 방해에도 아무렇지 않게 웃었다.

"우 나리, 그렇게 쉽게 말할 일이 아닙니다. 명나라 때 정말 전족을 한 남자가 있었습니다. 여자로 위장해 여자들 틈에 섞여 이익을 취하려 했지만 결국 실패하고 옥살이를 했지요. 옥에서 나온 후로는 가는 곳마다 욕을 먹었답니다. 사람들 틈에 몰래 섞이지 못해 다들 그를 알아봤거든요."

"왜 숨지 못했지요?"

우봉장이 작은 눈을 최대한 동그랗게 만들었다.

"한번 작아진 발이 다시 커질 수 있겠습니까?"

사람들은 또 한 번 큰 웃음을 터트렸고, 우봉장은 두 발을 움츠리며 익살맞게 외쳤다.

"나 안 해! 전족 안 한다고!"

우봉장은 일부러 바보 흉내를 내 사람들을 즐겁게 했다. 이때 화림이 길고 하얀 손가락을 흔들며 말했다.

"아니에요. 우 나리의 전족은 절대 발각되지 않을 겁니다."

화림은 운만 띄워 놓고 누군가 그 이유를 물어본 후에야 다음 말을 이어갔다.

"우 나리는 모작의 귀재 아닙니까? 가짜 그림을 진짜처럼 그리듯 가짜 전족을 해도 더 진짜처럼 만들 테니까요!"

이렇게 말하는 화림의 시선이 우봉장도 동인안도 아닌 지붕으로 향했다. 사실 이 말은 자칫 오해를 불러일으킬 수 있었다. 다른 사람이 말했다면 모를까, 우봉장과 화림은 같은 업계 사람이므로 서로의 영역을 함부로 건드리면 안 됐다. 우봉장이 화림을 노려보며 맞받아 쳤다.

"내 그림이 화 나리는 속일 수 있겠지만 동 나리 눈은 절대로 못 속이지요. 안 그렇습니까? 안 그래요? 네? 하하!"

이 말은 동인안을 향한 아부인 동시에 화림을 향한 복수이기도 했다. 우봉장은 자신의 절묘한 발언이 아주 마음에 들었다. 화림처럼 스스로 고상한 척하는 사람은 겉으로 감정을 드러내지 못하기 때문에 화가 나도 낯빛만 바뀔 뿐 다른 도리가 없었다. 이때 교육교가 다시 끼어들었다.

"우 나리, 제발 입은 다물고 좀 들으세요! 동 나리와 거사의 깊은 식견을 좀 듣자고요. 오도자吳道子(당나라 화가. 680~759)나 이공린李公麟(송나라 화가. 1049~1106. 사대부 출신으로 불교 이론에 능통하고 골동품을 수집했고 고증에도 뛰어난 박학다식한 인재였다)이 살아 돌아와도 마다할 판입니다. 두 분만큼 전족에 대한 조예가 깊은 사람이 또 어디 있겠습니까?"

우봉장이 입을 틀어막으며 소처럼 울부짖었다.

"아이고! 동 나리, 어서 저희들의 식견을 넓혀 주소서!"

동인안은 여현경을 누르고 확실히 승기를 잡자 기분이 좋아졌다. 그러나 우쭐해하거나 들뜬 모습을 보이지 않고 더욱 심오한 표정을 지었다. 그는 자신이 한 걸음 물러서는 것이 도리라고 생각했다. 어쨌든 상대는 자신이 초대한 손님이니 이쯤에서 양보해야 넓은 도량을 베푸는 셈이 될 것이다. 그래서 우봉장의 말은 무시하고 찻잔을 내려놓으며 온화하게 말했다.

"그냥 생각나는 대로 늘어놓은 말이지, 식견이랄 것도 없습니다.

세상 모든 일은 딱 잘라 말하기가 어려운 법이지요. 내 말도 일리가 있고, 네 말도 일리가 있고, 사실 모두 맞는 말입니다. 흔히 세상의 이치는 하나라고 말하지만 저는 모든 일에는 여러 가지 이치가 섞여 있다고 봅니다. 개인이 자신의 이치대로 행동하면 세상이 평화롭지만, 여럿이 이치를 다투면 세상이 어지러워집니다. 예를 들면 '닭이 달걀을 낳은 것이 먼저인가, 달걀이 닭이 된 것이 먼저인가, 도대체 어느 쪽이 먼저일까?' 같은 그런 문제이지요. 닭과 달걀이 있으면 너는 닭을 먹고 나는 달걀을 먹거나, 네가 달걀을 먹고 나는 닭을 먹거나, 아니면 네가 닭도 먹고 달걀도 먹거나, 내가 닭도 먹고 달걀도 먹으면 될 텐데 어차피 뭐든 먹어서 배가 부르기는 마찬가지 아닙니까? 닭이 먼저냐, 달걀이 먼저냐를 왜 굳이 따져야 합니까? 거사, 이제 우리 이런 쓸데없는 말은 집어치우고 본론으로 들어갑시다. 이제 곧 전족 경연을 시작할 테니 잘 살펴보고 깊이 있는 토론을 해봅시다. 이것이 진짜 식견을 넓히는 일 아니겠습니까? 자, 어떻습니까?"

"좋습니다. 좋아요, 좋아!"

여현경은 방금 전까지 배알이 꼴렸지만 금세 마음이 풀렸다. 그는 동인안의 기세에 눌려 우물가로 떠밀렸지만 빠지기 직전에 극적으로 구조됐다. 동인안이 이렇게 호의적으로 편안하게 우물가를 벗어나게 해줄 줄은 생각도 못했다. 그는 문득 이런 생각이 들었다.

'천진은 항구 도시다. 항구 사람들은 역시 대범해. 좋아, 기회를 봐서 다시 한 번 겨뤄보자고!' 👣

제5화
전족 경연에서 패하다

사람들은 곧 전족 경연이 시작된다는 말을 듣고 환호성을 질렀다. 어떤 이는 의자를 앞으로 당겨 앉고, 어떤 이는 눈을 비비고, 어떤 이는 마음이 진정되지 않아 벌떡 일어섰다. 순식간에 분위기가 후끈 달아올랐다.

그 순간, 문밖 회랑에 얼굴이 누런 할머니가 서 있었다. 아무도 신경 쓰지 않아 그녀가 언제부터 그곳에 있었는지 몰랐다. 나이 많은 할머니지만 왠지 분위기가 범상치 않았다. 반질반질한 머리카락을 곱게 빗어 잘 말아 올려 작은 비녀를 꽂았다. 그리고 검은 망사로 덮어 씌우고 하얀 분꽃 두 송이와 반쯤 핀 분홍 월계화를 꽂았다. 그녀의 간단한 옷차림은 온통 검은색인데 마고자 가장자리에 화려한 테두리를 둘렀고 가슴 앞에 눈처럼 새하얀 손수건을 꽂았다. 작은 두 발은 단단히 묶어 작은 검은색 종자처럼 보였다. 신발에는 아무 장식도 없었지만 시선을 확 잡아끌었다.

여현경이 교육교에게 속삭이듯 물었다.

"저 할머니는 누군가?"

"원래 동 나리 부인의 몸종이었는데, 동 나리 부인이 돌아가신 후에도 계속 이 집에 살고 있지요. 예전에는 반 아주머니라고 부르다가 지금은 반 이모라고 부른다는군요. 거사, 저 검은 전족은 어느 정도 수준인가요?"

"보기 드문 수작이야. 아마도 전족 다루는 솜씨는 더 대단할 거야. 그런데 동 나리는 화려한 것을 좋아하지 않나?"

교육교가 동인안을 힐끗 쳐다보고 조금 떨어져서 나지막이 속삭였다.

"거사랑 비슷할 걸요. 하지만 반 이모 저 무서운 얼굴을 보면 누가 감히 건드릴 수 있겠어요?"

"교 나리, 그 말은 아니지! 전족을 평가할 때 얼굴은 보지 않아. 오로지 발만 보는 거야. 세상에 위아래가 다 완벽한 사람이 얼마나 되겠나?"

두 사람이 허허허, 웃는데 동인안의 힘찬 목소리가 들려왔다.

"준비 다 됐으면 시작하지!"

손님들은 동가 여자들이 한 명씩 들어와 전족을 선보일 것이라고 생각했을 뿐 동인안이 특별한 방법을 준비했을 줄은 몰랐다. 동인안의 외침과 함께 반대편 대청 문이 양쪽으로 벌컥 열리고 동가 주인 가족이 사는 삼도원이 나타났다. 정원 곳곳에 놓인 화초, 나무, 가산, 바위, 난간, 그네, 우물, 도자기 의자 등이 중추절 밝은 달빛 아래 확실한 존재감을 드러내고 땅바닥마저 거울처럼 반짝거렸다. 손님들은 정원 장식이나 달빛에는 전혀 관심이 없었다. 이리저리 눈알을 굴리며 전족을 찾기 바빴다. 그러나 보이는 것이라고는 동서남북으로 길게 뻗은 회랑과 곳곳에 걸린 양각등뿐이었다. 방마다 문 앞에 양각등이 걸려 있지만 방문은 굳게 닫혀 있었다. 이때 반 이모가 홱 돌아서며 쉰 목소리로 크게 외쳤다.

"경연을 시작하오!"

드르륵, 끼익. 모든 방문이 일시에 열렸다. 문틀 위에 자수 문발을 늘어뜨리고 그 위에 1호, 2호, 3호, 4호, 5호, 6호라고 적은 대형 빨간 종이를 붙였다. 총 6개 방을 돌며 전족을 품평하는 것이다. 손님들은 일제히 방문으로 시선을 돌렸다. 문발 아래로 대략 1척 정도 공간을 남겨 작은 발을 내놓았다. 이 발들은 빨강, 자주, 노랑, 파랑 등 여러 가지 화려한 색에 금은 장식을 더하고, 꽃과 나뭇잎 자수에 진주와 비취를 다는 등 각자 다양한 방법으로 정성껏 꾸몄다. 하나같이 보기 드문 보물처럼 눈부시게 빛났다. 천상의 선녀도 넋을 잃을 만큼 아름다웠다.

방금 전까지 회랑에 서 있던 반 이모는 토행손土行孫(중국 명나라 허중림許仲琳이 지은 신마소설 《봉신연의》封神演義의 등장인물로, 아주 빠르게 이동하는 절묘한 재주가 있다)처럼 소리 없이 사라졌다. 손님 중 반 이모를 눈여겨 본 사람은 여현경이 유일했다. 반 이모는 나이가 많지만 물 위를 걷듯 발걸음이 가볍고 그녀의 전족은 유난히 작았다. 여현경은 이 생각을 굳이 입 밖에 내지 않았다. 이때 동인안이 여현경을 돌아보며 말했다.

"거사, 그동안 저희 집에서 치른 전족 경연은 모두 안사람이 주관했었습니다. 이 방법도 아내가 생전에 생각해낸 것입니다. 손님을 초대해 평가를 해야 하는데, 상대가 평소 친분이 있는 사람이라면 공정

전족

한 평가가 힘들겠지요. 반대로 처음 보는 사람이라면 초면이라 편안하게 말할 수 없을 테고요. 또한 며느리들이 부끄러울 수 있기 때문에 문발을 걸어 얼굴을 가리는 것이니 괘념치 마십시오."

"좋은 방법입니다. 아주 좋아요! 제 고향 대동 새각회는 정식 경연도 아니고 품평자가 대부분 소문 듣고 구경 온 외지인이라 서로 아는 경우가 거의 없습니다. 하지만 오늘 전족 경연 참가자는 모두 동나리 가족이고 품평자도 대부분 지인이니, 이것만큼 좋은 방법이 있겠습니까? 이렇게 하지 않으면 저희도 편안하게 품평하지 못할 것입니다."

동인안이 고개를 끄덕이고 다른 손님을 돌아보며 말했다.

"며칠 전 교 나리가 좋은 의견을 주셨습니다. 문발에 번호를 써놓는 방법입니다. 다들 전족을 살펴보고 품평한 후 번호를 기억해서 대청으로 돌아오면 됩니다. 대청에 여러분 이름과 갑, 을, 병이라고 적힌 종이를 준비했습니다. 각자 마음속에 생각해둔 순서대로 갑, 을, 병 뒤에 숫자를 써주시면 됩니다. 갑을 가장 많이 얻은 사람이 일등이니 순서대로 세 명을 적으시면 됩니다. 다들 아시겠습니까? 이렇게 하면 되겠지요?"

"알다마다요! 정말 기발한 생각입니다! 간단하고, 특이하고, 재미있는 방법입니다. 역시 교 나리는 천재예요! 이런 기발한 방법을 생각해 내다니! 자, 빨리 시작하시지요."

벌써부터 신바람이 나며 기운이 솟구친 여현경이 다급하게 외쳤다. 다른 손님들도 빨리 시작하자며 떠들기 시작했다. 손님들은 동인안이 안내하는 대로 회랑을 따라 동쪽에서 서쪽으로 이동했다. 이들은 방문마다 멈춰 서서 충분히 관찰하고 곰곰이 생각하고 열심히 토론했다. 새로운 방문 앞에 도착할 때마다 놀라움을 감추지 못하며 떠들썩하게 감탄사를 연발했다.

이때 향련도 방문 앞에 앉아 있었다. 키가 작고 뚱뚱한 남자가 문발 앞으로 다가왔다. 아는 사람 같기도 하고 모르는 사람 같기도 했다. 워낙 여러 사람이 정신없이 떠들어서 누가 누군지 분간하기 힘들었다. 손님들이 그녀의 발을 둥그렇게 에워싸고 감탄을 이어가며 토론을 벌였다.

"이 발은 칠십 가지 기준이 있어도 모두 만족시킬 것 같습니다. 제 생각에는 이 발이 큰며느리 같은데, 아닙니까?"

"거사가 방금 전 말한 일곱 가지 기준 중에 '향'이 있었는데, 새로 칠십 가지 기준이 생겨도 아마 이 '향'은 꼭 들어가야 할 겁니다. 그런데 말입니다, 이 향은 어떻게 알 수 있습니까?"

"교 나리, 우리 문인들은 전족을 사랑하지만 고상함을 잃어선 안 됩니다. 사실 부잣집 여자 중에 향기롭지 않은 여자가 있겠습니까? 여기에서 말하는 '향'은 말로는 표현할 수 없고 그저 느끼는 것입니다."

"동 나리, 조금 전에 대동 새각회는 절대 만지면 안 되고 보기만 해야 한다고 했지요. 여기는 어떻습니까? 냄새 맡는 건 괜찮겠죠? 안 그래요? 하하하하!"

문발 앞에 누군가가 고개를 숙이며 다가오자 향련이 깜짝 놀라 발을 움츠리려는데 그 옆에 선 작고 뚱뚱한 남자가 고개 숙이는 남자를 잡아당기며 웃음으로 상황을 수습했다.

"교 나리, '향'을 언급하다 보니 생각이 나는데 말입니다. 우리 소주 태수도 전족광인데 언젠가 이런 민요를 들려준 적이 있습니다. 들어보시겠습니까? '아름다운 여인이 방에서 금련을 감싸면 훌륭한 남자가 발걸음을 옮기며 줄곧 즐거워하네. 여인이여, 당신의 금련은 어떻게 이렇게 작은가? 마치 한겨울 죽순 끝을 잘라놓은 것 같기도 하고, 오월 단오 삼각 종자 같기도 하네. 향기롭고도 달콤하네. 유월의 불수佛手(불수감나무의 열매. 유자 비슷하나 훨씬 크고 길며, 끝이 손가락처럼 가라지고 향이 좋음)보다 향기롭고 영롱하면서 뾰족하구나. 아름다운 여인이 이 말을 듣고 얼굴을 붉히며 말하네. 천한 호색한 같으니라고! 오늘밤 당신과 잠들면 이 작은 금련이 당신 입술에 닿겠지. 어떻소? 향기롭소? 달콤하오? 당신에게 잘라놓은 죽순을 맛보여 드리리다!'"

이 사람의 소주 사투리는 마치 노래하는 것처럼 들렸다. 민요가 끝나자 사람들이 박수를 치며 큰 웃음을 터트렸다. 누군가는 너무 상스럽다 말하고 누군가는 교육교 마음에 꼭 드는 답일 것이라며 감탄했다. 덕분에 향련은 난처한 상황을 모면했다. 이때 귀에 익은 목소리가 들려왔다.

"여러분, 다음 방으로 가시지요. 더 훌륭한 작품이 기다리고 있습니다."

손님들이 익숙한 목소리를 따라 서쪽 곁채로 이동해 열심히 품평을 이어갔다. 그러나 방금 전 향련의 방 앞에서처럼 떠들썩한 반응은 없었다. 그런데 잠시 후 기름 솥에 물을 뿌린 것처럼 요란한 감탄사가 터져 나왔다.

"정말 모르겠네! 도대체 어느 쪽이 동 나리 큰며느리지?"

방금 전 익숙한 목소리가 대답했다.

"가장 훌륭하다고 생각하는 전족을 고르시면 됩니다. 이쪽이 훌륭하면 이쪽인 거죠!"

향련은 이 익숙한 목소리의 주인공이 둘째아들 동소화임을 알아차렸다. 순간 왠지 모를 불길한 예감이 스치면서 움켜쥔 손에 땀이 배어나왔다. 곧이어 손님들이 웃고 떠들며 대청으로 돌아가 부산스럽게 각자 종이에 번호를 적었다. 잠시 후 동소화가 대청 앞에서 큰 목소리로 득표 결과를 발표했다.

"교 나리, 갑 1번, 을 2번, 병 6번. 여 나리, 갑 1번, 을 2번, 병 4번. 화 나리, 갑 2번, 을 1번, 병 4번. 우 나리, 갑 1번, 을 2번, 병 3번. 소주 백 사장, 갑 2번, 을 1번, 병 4번. 소주 구 사장, 갑 1번, 을 2번, 병 5번. 득표 결과를 종합하면…… 1번이 갑을 가장 많이 획득해서 1등에 뽑혔고, 2번이 2등, 4번이 3등입니다."

향련은 너무 기쁜 나머지 눈앞이 환해지는 것 같았다. 이때 다시 동소화의 목소리가 들렸다.

"반 이모, 문발을 걷고 모든 아씨와 아가씨들을 데려와 손님들에게 인사하도록 하시오."

곧이어 문발이 걷히고 수많은 등불이 눈부시게 쏟아졌다. 휘황찬란하게 불을 밝힌 대청에 손님들이 가득했고 동서 곁채 방문 앞에 각자 한껏 모양을 낸 여자들이 앉아 있었다. 동소화는 매우 활기차고 신나 보였다. 넓적하고 기름진 얼굴과 툭 튀어나온 눈동자가 오늘 유난히 반짝거렸다. 그는 사람 이름과 숫자가 빼곡히 적힌 금가루 뿌린 빨간 종이를 들고 대청 문 앞에 서서 크게 외쳤다.

"1등 백금보, 제 아내올시다! 부인, 여기 나리들께 감사 인사를 드리시오. 2등, 과향련, 제 형수입니다. 3등, 동추용, 제 제수입니다. 나머지 셋은 우리 집 하녀 도아, 행아杏兒, 주아珠兒입니다. 다들 방에서 나오시오!"

향련은 어리둥절했다. 자신이 큰며느리이니 당연히 1번일 텐데 왜 2등이지? 혹시 뭔가 착각했거나 동소화가 무슨 수작을 부렸나? 향련이 고개를 홱 돌리자 문발에 붙인 빨간 종이에 '2'라고 써져 있었다. 하지만 자기 발 정도라면 어떤 숫자가 써져 있든 1등이 당연하지 않은가? 백금보에게 지다니, 도저히 믿을 수 없었다.

그런데 백금보에게 눈을 돌리는 순간 깜짝 놀랐다. 그녀의 발이 아주 작고 훌륭한 전족으로 변해 있었다. 연녹색 신발을 신은 정교하고 깜찍한 두 발은 마치 싱그러운 사과 잎 두 장이 떨어져 있는 것 같았다. 신발 앞코에 달린 은은하게 빛나는 진주는 사과 잎에 떨어진 아침이슬 같았다.

이때 백금보가 방에서 천천히 걸어 나왔다. 평소와는 전혀 다른 걸음걸이였다. 자수 비단 치마가 바닥을 스치며 날려 치맛자락에 가린 발끝이 보일락 말락 하니, 보는 사람들은 더욱 애간장이 녹을 지경이었다.

향련도 밖으로 나가려 자리에서 일어섰다. 그녀는 신발 앞에 장식된 나비 한 쌍으로 백금보 콧대를 눌러줘야겠다고 생각했다. 나비가 잘 보이도록 치마 허릿단을 들어 올리고 두 다리를 살짝 벌려 커다란 작살 끝처럼 뾰족한 발을 내보였다.

백금보는 손님들에게 걸어가 감사인사를 올리면서 오른발을 교묘히 감추고 왼발만 살짝살짝 드러냈다. 손님들은 제대로 보고 싶어 계속 기웃거렸지만 소용없었다. 그 순간, 향련은 뒤통수를 망치로 얻어맞은 느낌이었다. 원래 백금보 발은 향련보다 훨씬 컸는데, 오늘은 어떻게 저렇게 작아졌지? 칼로 잘라내지 않고서야 하루아침에 작아질 수가 있나? 자세히 보니 백금보의 신발은 더욱 특별하고 훌륭했다.

신발 바닥 테두리, 바닥 홈, 발목 헝겊까지 정교한 자수로 장식했다. 향련은 태어나서 지금까지 이렇게 화려하고 희귀한 신발은 본 적이 없었다.

향련이 신은 꽃과 나비가 그려진 신발은 할머니가 잡화점에서 스무 닢을 주고 산 것이다. 백금보의 신발과는 비교조차 할 수 없는 싸구려였다. 이 모든 것이 가난에서 비롯됐다고 생각하니 기운이 쭉 빠졌다. 향련은 발바닥에서 허리까지 온 하반신이 부르르 떨렸다. 당장 방으로 뛰어가 문을 잠그고 숨어버리고 싶었다.

반 이모가 주아, 행아, 도아에게 청화자기 의자를 정원에 가져다 놓고 세 분 아씨를 모셔와 앉히라고 했다. 향련은 치마를 내려 발을 감추고 싶었지만 조금 전 나비 문양을 과시하려 허리를 말아 올린 터라 허리가 꽉 끼어 잘 내려오지 않았다. 그녀의 두 발은 아무것도 모른 채 세상에 자신을 드러내며 그녀에게 수모를 더해줬다. 향련은 제 발을 볼 수 없었고 백금보 발도 볼 수 없었다. 백금보의 얼굴은 더더욱 볼 수 없었다. 의기양양 우쭐대는 얼굴이 분명할 테니. 이때 동인 안이 여현경에게 말했다.

"거사, 품평 결과를 보니 역시 대단한 안목을 지니셨습니다. 다른 분들 평가는 품평 결과와 한두 개 다르거나 순서가 다른데, 유일하게 거사만 숫자와 순서가 정확히 일치합니다. 금련을 평가하는 거사만의 기준이 있는지요?"

여현경이 자신감 넘치는 표정으로 대답하려는 찰나, 교육교가 끼어들어 놀리듯 말했다.

"아까 말한 그 일곱 가지겠지요."

여현경이 방금 전 식견 대결에서 밀린 것을 지적한 것이다. 여현경은 또 밀리면 안 된다는 생각에 더욱 분발해 모든 말재간을 총동원했다.

"일곱 가지 기준은 일반적인 방법이지요. 금련 품평에는 일련의 등급이 있습니다."

"등급을 어떻게 나누는지 말씀해주시지요."

동인안이 질문을 던지면서 다시 대결이 시작됐다.

"우선 금련 등급에는 여섯 가지가 있습니다."

"일곱 개가 아니라 여섯 개예요? 갈수록 모르겠네!"

교육교가 헤헤 웃으며 여현경을 놀리듯 눈을 찡긋거렸다. 산전수전 다 겪은 능구렁이 여현경은 교육교의 눈빛이 무슨 뜻인지 잘 알았다. 그래서 모든 사람들에게 제대로 본때를 보여주겠다는 생각으로 굳은 의지를 다졌다.

"설명을 들으면 이해할 수 있을 겁니다. 전족의 아름다움은 형태에서 비롯됩니다. 다시 말해 형形과 태態를 두루 봐야 합니다. 먼저 형부터 말하지요. 형을 품평하는 기준은 단短, 착窄, 박薄, 평平, 직直, 예銳 여섯 가지가 있습니다. 단은 앞뒤 길이를 말하는데 당연히 짧아야지 길면 안 됩니다. 착은 좌우 폭인데 좁아야 하고 넓으면 안 됩니다. 또한 착에서는 앞뒤 균형이 중요합니다. 평범한 전족은 앞에만 좁고 뒤로 갈수록 넓어지는 경우가 많은데 이런 경우 돼지족발 같아서 전혀 아름답지 않습니다. 박은 위아래 두께인데 당연히 얇아야지 두꺼우면 안 됩니다. 식은 발바닥 모양으로 곧게 뻗어야지 비뚤어지면 안 됩니다. 직은 보통 뒤꿈치 쪽에서 관찰합니다. 평은 발등 모양인데 매끈해야지 울퉁불퉁하면 안 됩니다. 아래로 살짝 오목하게 들어간 것이 가장 아름답습니다. 예는 발끝 모양인데 뾰족해야지 무디면 안 됩니다. 단순히 뾰족하기만 해서는 안 되고 살짝 위로 치켜 올라가면 훨씬 애교스럽지요. 하지만 전갈 꼬리처럼 과하게 치켜 올라가거나 쥐꼬리처럼 바닥으로 쳐지면 안 됩니다. 여기까지가 전족의 형입니다."

향련은 여현경의 말이 그저 아리송하기만 했다. 전족이 그렇게 복잡한 것인 줄 미처 몰랐다. 이 복잡한 이치대로라면 자신의 발은 발이 아니라 발목 줄기에 매달린 고구마 덩어리 같았다.

여현경의 말이 끝나자 대청 손님들의 시선이 저절로 동인안에게로 향했다. 다들 천진의 실력자가 다시 한 번 제대로 실력을 발휘해 외지 능력자를 제압해주길 은근히 기대했다. 그러나 동인안은 말없이 한손으로 찻잔을 들고 고개를 숙이고 눈을 살짝 감으며 태연하게 차를 마실 뿐이었다. 다른 속셈이 있는지, 잠시 대꾸할 말이 생각나지 않는 것인지 알 수 없었다. 그는 천천히 찻잔을 내려놓으며 입을 뗐다.

"지금 말씀하신 것이 형이지요? 그럼 태는 무엇입니까?"

여현경이 동인안을 힐끗 쳐다봤다. 상대가 무슨 속셈인지는 모르겠지만 일단 자신의 실력으로 통쾌하게 한 방 날릴 생각이었다.

"태에는 상급 금련, 중급 금련, 하급 금련, 세 가지 등급이 있습니다."

향련은 이 말을 듣는 순간 이 노인이 자신을 2등으로 꼽았음을 떠올리며 자신의 발이 어쩌면 중급일지도 모른다는 생각이 들었다.

"빨리 상급부터 얘기해 주시오!"

소주 골동품가게 주인이 애가 타는지 다급하게 외쳤다.

"예, 말씀드리지요. 상급 금련에는 다시 세 가지가 있습니다. 양발을 가늘고 길게 죽순처럼 끝을 뾰족하게 만든 전족을 우리 대동에서는 '오이채'라고 하고 고상한 말로는 '비녀 금련'이라고 합니다. 양

발을 활시위처럼 좁고 매끈하게 만든 전족을 고상한 말로 '홑잎 금련'이라고 합니다. 양 발 끝을 마름열매처럼 뾰족하고 정교하게 만든 전족을 고상한 말로 '홍紅마름 금련'이라고 합니다. 이 세 가지는 전족화 중간에 굽을 끼워 넣기 때문에 천심穿心 금련이라고도 하고, 굽이 높아 벽대甓臺 금련이라고도 합니다. 여기까지는 모두 상급에 해당합니다."

"거사 말을 들으니 그 뒤는 더 재미있을 것 같네요. 중급은 어떤 모양인지 빨리 말해주세요!"

교육교가 숨넘어갈 듯 다그쳤다.

"발 길이가 4, 5촌이면 그나마 단정해 보이지요. 걸을 때 둔해 보이지 않고 신발 옆면이 불룩하게 튀어나오지 않아 금변錦邊 금련이라고 합니다. 발이 탐스럽되 살쪄 보이지 않아 거위 머리처럼 생긴 전족을 거위머리 금련이라고 하는데 꽤 매력적입니다. 두 발이 단정하고 걸을 때 살짝 안으로 좁아지는 팔자 형태면 병두竝頭 금련, 밖으로 펼쳐지는 팔자 형태면 병체竝蒂 금련이라고 합니다. 이것은 모두 중급에 속합니다."

"우와! 명칭이 전취덕全聚德(중국의 유명 오리구이 전문점. 중국어 발음으로는 취안쥐더) 볶음요리 이름만큼이나 기가 막히네요!"

교육교가 감탄사를 연발했다.

"교 나리는 시각이 중요한가요, 미각이 중요한가요?"

"쓸데없는 소리! 거사, 다른 사람들 말은 신경 쓰지 말고 어서 하급 금련을 말씀해 주시지요."

"오늘 동가 전족 경연에 하급 금련은 없습니다. 세 분 아씨는 모두 상급입니다. 우리 대동 새각회였다면 세 분 모두 우승은 따 놓은 당상입니다."

이 말이 진심인지 그냥 예의상 하는 말인지 알 수 없지만, 세 아씨 모두 자리에서 일어나 여현경에게 감사인사를 했다. 잠시 일어났다 앉는 짧은 순간에 백금보가 무의식적으로 작은 발을 살짝 드러냈다. 이 틈을 놓치지 않고 시선을 돌린 향련은 까무러칠 듯이 놀랐다. 백금보 발이 평소보다 1촌은 작아 보였다. 잘못 본 것일까, 아니면 백금보가 요술이라도 부렸나? 이때 여현경이 다시 입을 열었다.

"제가 금련을 좋아하긴 하지만 동 나리에 비하면 최소한 서너 단계 이상은 뒤처지지요. 그야말로 공자 앞에서 문자 쓰는 격이니 부디 무지하다 비웃지 마시고 더 많이 가르쳐주십시오."

동인안은 다른 곳을 보며 무슨 생각에 빠져 있다가 여현경의 도발에 퍼뜩 정신을 차리고 잠시 생각을 정리한 후 천천히 입을 열었다.

"진조영秦祖永(청나라 화가, 평론가. 1825~1884)이 《동음론화》桐陰論畫에서 그림을 네 가지 등급으로 나눴는데 최고가 신품神品, 그 다음이 일품逸品, 그 다음이 묘품妙品, 마지막이 능품能品이지요. 능품은 쉽게 구할 수 있어서 이품易品이라고도 하고, 그에 비해 신품은 가장 구하기 힘들어 난품難品이라고 합니다. 우리 골동품 업계에서는 그림의 진위 여부를 판단할 때 종이, 먹, 표구, 낙관, 도장, 축두軸頭(두루마리나 족자 따위의 첫머리에 쓰거나 그리는 시, 글씨, 그림 따위를 이르는 말)를 살피는데 사실 이 방법은 크게 어렵지 않습니다. 몇 가지만 기억하면 제대로 볼 수 있어요. 하지만 종종 위작의 고수가 등장하지요. 원작과 같은 시대의 종이, 먹, 비단을 사용하고 심지어 도장이 진짜인 경우도 있으니 어떻게 해야 좋을까요? 더구나 가짜 송나라 그림을 그린 사람이 꼭 후대 사람이란 법도 없습니다. 동시대 유명 화가의 그림을 그리

전족

는 위작 화가도 있었으니까요. 이 경우 종이색이나 먹색만 봐서는 진짜인지, 가짜인지 알기 힘듭니다. 종이나 먹보다 더 중요한 부분을 눈여겨보면 진위 여부를 알 수 있습니다. 그 중요한 부분이 바로 '신'神입니다. 진품에는 신이 있고 가품에는 신이 없습니다. 그렇다면 신은 어떤 것일까요? 예를 들면, 숲에는 숲의 기운이 있지만 그림에 옮기면 그 기운이 사라집니다. 하지만 고수가 숲의 기운에 감화되면 먹물 한 방울 한 방울에 숲의 정신이 담깁니다. 이 신기神氣는 마음으로, 가슴으로 느끼는 기운이니 위작에서는 절대 표현할 수 없습니다. 세상에 전족이 이렇게 많고, 모두 많은 노력을 쏟아 붓지만 대부분 형과 태만 생각할 뿐입니다. 신품 전족이…… 이 세상에 없다고 말할 수는 없겠지만…… 그, 그, 그……."

동인안은 더 이상 말을 잇지 못했다. 그는 몽롱하고 공허한 눈빛으로 멍하니 앞을 바라보며 알아들을 수 없는 말을 중얼거렸다. 향련은 혹시 그가 중풍을 맞은 것이 아닐까 염려스러웠다. 이때 여현경이 말했다.

"정말 신비롭군요!"

사실 그는 동인안이 밑천이 떨어져 허무맹랑한 소리를 지껄인다고 생각했다.

"신은 마음으로 느끼고 깨닫는 것이라 말로 설명할 수가 없습니다. 나는 평생 신품 전족을 본 적이 없어요. 이생에, 이번 생에 볼 수 있을지……. 에잇, 그만 둡시다!"

동인안이 신들린 사람처럼 알 수 없는 말을 지껄이자 손님들은 난감할 따름이었다. 이때 문밖에서 뚱뚱한 남자가 뛰어 들어왔다. 큰 아들 동소영이었다. 그는 집에 돌아오자마자 오늘 전족 경연에서 자기 아내가 백금보에게 졌다는 말을 듣고 고래고래 소리를 질렀다.

"저 더러운 년들, 다 죽여버릴 거야!"

동소영이 손에 든 새장을 뒤흔들자 방금 사온 목이 빨간 작은 새들이 새장 밖으로 푸드득 날아갔다. 그는 문빗장을 들고 향련에게 새장을 휘둘렀다. 사람들이 달려들어 말렸지만, 반푼이 힘이 워낙 센 데다 교육교, 우봉장 등은 모두 힘없는 문인들이라 오히려 두들겨 맞기만 하고 별 도움이 되지 않았다. 우봉장은 앞니가 흔들거렸다. 동소영은 향련이 앉은 도자기 의자를 내려쳐 산산조각 냈다. 이때 동인안이 책상을 내려치며 호통을 쳤다.

"당장 저 짐승을 끌어내!"

남자 하인들이 달려와 여럿이 힘을 합친 끝에 겨우 동소영을 제압해 방안에 처넣었다. 그는 방안에서도 책상이며 의자 등을 내던지며 고함을 질렀다.

"난 저 더러운 발, 필요 없어!"

손님들은 조용히 눈치를 보다가 동인안에게 간단히 위로를 건네고 하나둘 사라졌다.

그날 밤, 반푼이 신랑은 밤새도록 난동을 부렸다. 향련의 신발과 발싸개를 억지로 벗겨 창밖으로 던져버렸다. 향련은 자정이 넘도록 두들겨 맞으며 비명을 질렀다. 그녀는 산발이 된 채 맨발로 마당 한가운데 서서 펑펑 울었다. 🐾

제6화
선인仙人 위에 신인神人*

　전족 경연에서 패하면서 향련의 인생은 한순간에 바닥으로 추락했다. 세상일은 바닥을 경험해야 깨달음을 얻는 법이다. 높은 곳에 있으면 온 세상이 아득하게 보이고, 절반쯤 추락해도 여전히 흐릿하고 모호하다. 동가에서는 발로 인정받지 못하면 끝장이다. 동가가 바둑판이라면 여자들의 전족은 바둑알이다. 바둑알 하나에 바둑판 전체 상황이 뒤바뀔 수 있다.

　백금보는 성질이 아주 사나웠다. 향련이 막 시집왔을 때는 그런대로 예의를 차렸지만, 이제 예의 따위는 집어던진 지 오래였다. 오히려 그동안 쌓인 감정을 한꺼번에 쏟아냈다. 시도 때도 없이 향련이 감당하기 힘든 온갖 괴팍한 말을 쏟아내며 욕하고 조롱했다. 백금보가 처음에 왜 예의를 차렸는지, 지금은 또 왜 이렇게 성질을 부리는지, 향

---

* 도가에서 말하는 신선에 여섯 가지 등급이 있다. 가장 뛰어난 신인神人부터 진인眞人, 선인仙人, 도인道人, 성인聖人, 현인賢人 등급이다.

련은 도무지 이해할 수가 없었다. 백금보는 상대가 대꾸를 하지 않으면 점점 더 포악해지는 성격이었다. 어디서 구했는지 속칭 큰 연꽃 배라고 부르는 8촌이 넘는 큰 신발을 일부러 향련의 방문 앞에 놓아두고 향련을 모욕했다. 향련은 분해서 눈물이 났지만 감히 대들지 못했고, 다른 사람들도 함부로 나서지 못했다.

한편 과부인 넷째며느리 동추용의 위상이 크게 바뀌었다. 그전까지는 백금보가 툭하면 그녀에게 성질을 부리고 사납게 굴었는데 전족 경연 이후 태도가 180도로 달라졌다. 친척이나 친구들이 집에 놀러오면, 손님들 앞에서 동추용과만 얘기하고 향련은 거들떠보지도 않았다. 추용은 백금보의 과분한 총애가 전혀 달갑지 않았다. 백금보의 태도가 기분에 따라 또 언제 바뀔지 몰라 오히려 더 불안했다.

전족 경연으로 득을 본 또 한 사람이 있는데, 바로 동소화다. 가게에서 지내기가 싫어 하루 빨리 방으로 돌아가고 싶던 차에 위상이 올라간 아내를 이용했다. 그는 둘째아씨가 찾는다는 명분을 내세워 당당하게 방으로 돌아갔다. 동인안도 딱히 반대하지 않았다. 하지만 얼마 지나지 않아 백금보가 그를 쫓아냈다. 예전에는 동소화가 백금보를 함부로 대했는데 이번 일로 백금보가 동소화 상투 끝에 올라앉았다.

백금보가 이렇게 갑자기 돌변해 남편에게 포악을 부릴 거라고는 아무도 예상하지 못했다. 하지만 향련은 알고 있었다. 그녀는 동인안이 백금보 방에 드나드는 모습을 수차례 목격했다. 그러나 지금은 괜한 시빗거리를 만들지 말고 몸을 사려야 했다. 사실 집안사람들 모두 백금보를 지켜보고 있으니 모르는 것이 아니라 함부로 떠들 수 없어 모르는 척할 뿐이었다.

하녀들 중 향련에게 우호적인 사람은 도아뿐이었다. 도아는 원래 향련의 몸종인데 지금은 마음대로 부릴 수가 없었다. 도아가 향련의 방에 가려고만 하면 백금보가 도아를 불러내 다른 일을 시키곤 해서, 여간해서는 향련의 방에 발을 들여놓기가 힘들었다.

어느 날 오후, 백금보가 낮잠을 자는 사이 도아가 향련의 방에 들어와 이런저런 바깥소식을 전했다. 동소화가 백금보에게 쫓겨난 후 아예 대놓고 밖으로 나돌며 난잡한 행동을 벌인다는 것이었다. 그전에는 어쩌다 한 번 기생집에 다녀오더라도 혹여 들통날까봐 말 수를 줄이곤 했지만 지금은 무서울 게 없으니 보란듯이 뻔질나게 기생집을 드나들었다. 가끔 너무 답답하면 낙마호^{落馬湖} 근처의 싸구려 기생집도 찾아갔다. 이곳 기생들은 대부분 거칠고 화끈했다. 여기는 특이하게 시간 단위로 돈을 지불했는데, 보통 30분에 마흔 닢이었다. 시간이 다 되면 기생어미가 밖에서 종을 울렸는데, 이때 아직 일이 끝나지 않은 사람은 밖으로 동전을 던졌다. 도아 말로는 요즘 동소화가 가게 금고 돈을 탕진하고 있단다. 교육교 무리가 동소화에게 빌붙어 하루가 멀다 하고 밥이며 술이며 노는 것까지 전부 다 얻어먹는다고 했다.

"어른신도 아시느냐?"

"주인어른은 가게에서 마음이 떠난 지 오래예요. 아씨도 아시잖아요!"

향련도 안다. 하지만 자신이 알고 있는 것이 맞는지 확신하지 못했다.

이 집에서 상황이 변하지 않은 사람은 반 이모뿐이었다. 반 이모는 동인안 처소와 가까운 후원 동북 모서리 곁방에 살았다. 평소에는 거의 방안에만 있다가, 가끔 햇살이 좋은 날이면 밖에 나와 신발, 발싸개, 집게 등을 말렸고 간혹 고양이를 찾으러 나왔다. 반 이모가 기르는 고양이는 그녀를 닮아 온몸이 까맣고 짧은 털이 반들반들 빛났다. 그 사납고 기괴한 눈빛은 마치 굶주린 호랑이 같았다. 낮에는 방에서 잠만 자고 밤이면 지붕에 올라가거나 밖으로 나가 어슬렁거리다가 길고양이랑 싸우며 처량하고 소름끼치게 울부짖었다. 가끔 지붕에서 와장창 기와가 떨어지는 것도 이놈 짓이었다. 도아는 동가 가족은 모두 반 이모와 떼려야 뗄 수 없는 관계라고 강조했다. 가족의 신발을 모두 그녀가 책임지기 때문이다. 전족 경연 날, 백금보가 선보인 전족이 바로 반 이모 솜씨였다. 그녀가 만든 신발은 세상에 둘도 없는 단연 최고였다.

"열흘 혹은 보름 전부터 반 이모가 각 방을 돌아다니며 신발 상태를 확인하고 아니다 싶으면 가져가서 고쳐줘요. 그런데 아씨 방에만 안 왔어요. 경연 며칠 전부터 매일 둘째아씨 방에만 열심히 드나들었는데, 모르셨어요? 그러니까 결국 반 이모가 아씨를 떨어뜨린 거죠. 도대체 왜 둘째아씨만 편애하고 큰아씨를 미워하는지 모르겠어요."

향련은 별말 없이 곰곰이 생각을 정리했다. 세심한 그녀는 전족 경연 후 반 이모가 백금보 방에 드나들지 않는다는 사실을 알고 있었다.

사실 가장 사납게 변한 사람은 백금보가 아니라 향련의 남편이었다. 향련은 반푼이도 이렇게 광적으로 전족을 좋아하는 줄 미처 몰랐다. 처음에는 그저 바보였는데 전족 경연 후에는 완전히 미치광이가 돼버렸다. 미치광이가 되니 더욱 종잡을 수가 없었다. 툭하면 병이 도져 향련에게 억지를 부리며 소란을 피웠다. 한번은 침대 휘장을 묶는 끈으로 향련의 두 발을 묶고는 밖에 내다팔아서 새를 살 거라고 떠들었다. 이것은 그나마 기분이 좋을 때이고 심할 때는 송곳으로 발을 찔러 발싸개가 피로 물들기도 했다. 이즈음 향련은 임신을 한 상태였기 때문에 도아가 나서서 동소영을 달랬다.

"지금 큰아씨 배 속에 큰도련님 아기가 있어요. 그 아기는 세상에서 가장 작고 예쁜 발을 가졌을 거예요. 그러니까 큰아씨를 소중히 대하셔야 작고 예쁜 발이 세상에 나올 수 있어요."

이 말이 제대로 먹혀 동소영의 태도가 바뀌었다. 매일 향련의 발을 어루만지며 입을 맞췄다. 하루는 외출했다 돌아오면서 향련에게 줄 꿀대추를 사왔고, 감동한 향련이 눈물을 흘리기도 했다. 그런데 며칠 후, 못된 아이들이 동소영의 앞길을 막아서며 이렇게 말했다.

"너희 아버지가 발 큰 여자를 얻어줬다며? 분명히 발 큰 여자애를 낳을 거야."

그 말에 동소영이 크게 분노하며 칼을 들고 방안으로 뛰어 들어오더니 향련의 배를 갈라 아기 발을 봐야겠다며 소란을 피웠다. 그리고 밖을 향해 고래고래 소리를 질렀다.

"아버지가 날 속였어! 이제 아무도 안 믿어! 당장 배를 갈라봐야겠어!"

향련은 불과 며칠 만에 다시 삶의 의욕을 잃었다. 이게 전부가 아니었다. 누군가 향련 할머니에게 전족 경연 이야기를 전했는데, 할머니는 그 소식을 듣고 기절을 하고 말았다. 향련이 집으로 달려가자, 할머니는 그녀에게 마지막 한마디를 남겼다.

"할미가 널 망칠 줄은 몰랐구나!"

그리고 정신을 잃은 할머니는 한을 품은 채 그대로 저세상으로 떠났다. 졸지에 천애고아가 된 향련은 남편이 계속 괴롭히자 모진 마음을 먹었다. 웃옷을 양쪽으로 찢어 벌려 둥글게 부푼 배를 내밀고 남편을 노려보며 발악했다.

"갈라! 어서 갈라! 나도 더이상 살기 싫어. 너 하고 싶은 대로 하라고!"

쨍그랑! 뜻밖에도 동소영이 칼을 바닥에 떨어뜨리고 향련 앞에 꿇어앉아 돌바닥에 머리를 찧기 시작했다. 쿵, 쿵, 쿵……! 그는 열 번쯤 머리를 찧고 이마와 코가 피범벅이 된 상태로 기절했다. 그 후 동소영은 두 번 다시 소란을 피우지 않았다. 입을 굳게 닫고 바보같이 웃기만 했다. 그리고 밥도 잘 먹으려 하지 않더니 결국 식음을 전폐했다. 약이라도 먹이려 했지만 죽어도 입을 열지 않아 끝내 저세상 사람이 되고 말았다. 멀쩡했던 사람이 이렇게 쉽게 죽을 줄은 몰랐다.

백말띠가 청소띠를 잡아먹고 닭띠와 원숭이띠는 끝이 좋지 않다더니, 그 말이 맞았다. 향련은 결혼한 지 1년도 채 되지 않아 과부가 됐다. 하지만 그녀는 살겠다고 마음을 굳게 먹었다. 살기 위해 꼭 아들을 낳고 싶었다. 백금보와 동추용 모두 딸만 낳았다. 동추용은 딸 하나, 백금보는 딸 둘. 듣자니 양주에 사는 셋째며느리 이아연도 딸을 낳았다고 했다. 향련이 아들을 낳으면 동가의 대를 잇게 될 테니 그녀도 조금은 숨통이 트일 것이다.

그러나, 야박한 운명은 결국 향련에게 딸을 내려줬다. 바꾸고 싶지만 어쩔 수 없다. 애초에 달리지 않은 것을 이제 와 붙일 수도 없는 노릇이다. 아기는 태어난 지 얼마 되지 않아 홍역에 걸렸다. 향련은 온

몸이 덜덜 떨렸다. 처음에는 머리도 안 빗고 발싸개도 안 묶고 자포자기한 상태로 아기가 죽으면 따라서 죽으리라 생각했다. 그런데 제 배속에서 떨어져 나온 핏덩어리가 온몸이 빨갛게 부어올라 밤낮으로 고통스럽게 울부짖자 가만히 있을 수가 없었다. 그녀는 매일 낭랑궁에 달려가 반진낭랑斑疹娘娘(홍역을 관장하는 여신)에게 향을 올렸다. 반진낭랑 앞에는 요사대인撓司大人이라 부르는 긴 수염을 기른 남자 점토 인형 세 개가 있었다. 요사대인은 홍역에 걸린 아이가 가렵지 않게 해준다고 했다. 그리고 그 앞에 점토로 빚은 검은 개는 아이들의 홍역 흉터를 핥아준다고 했다. 향련이 낭랑궁에 드나든 지 일주일 만에 아이의 홍역이 나았다. 반진낭랑은 역시 영험했다.

어느 날 반 이모가 불쑥 찾아와 아기의 발을 살펴보더니 저도 모르게 감탄을 터트렸다.

"이 또한 천상의 진귀한 재목이로다!"

그리고 매서운 눈빛으로 향련을 돌아보며 말했다.

"주인어른께서 내게 아이 이름을 지어주라 하셨소. 연심蓮心이라 부르시오."

향련이 얼떨떨해하는 사이 반 이모는 뒤도 돌아보지 않고 나가버렸다. 뒤이어 도아가 밥상을 들고 들어왔다. 남편이 죽은 후, 향련은 하녀나 다름없는 존재가 돼버렸다. 그래서 주인 집안 사람들과 함께 식탁에 앉을 수도 없었다.

"둘째아씨가 또 뭐라고 욕했어요? 신경 쓰지 마세요. 그쪽에서 욕하는 거 그냥 다 흘려버리세요. 특별히 손해날 것도 없잖아요."

향련이 대꾸를 하지 않았기에 도아는 계속 혼자 떠들었다.

"생각보다 넷째아씨가 마음이 착한 것 같아요. 여기 국수에 넣은 고기, 넷째아씨가 큰아씨 드리라고 준 거예요. 사실 원래는 넷째아씨 발이 둘째아씨보다 못하지 않았거든요. 그런데 재수가 없어서 티눈을 파내다가 고름이 생겨버렸는데 굳은살을 떼어낸 후로 보기가 안 좋아졌죠. 전족 경연 날, 제가 솜을 좀 채워 넣으라고 권했는데 한사코 싫다 하셨어요. 둘째아씨가 알면 호되게 당할까봐 그런 거예요. 사실…… 아씨, 절대 다른 사람한테 말씀하시면 안 돼요. 사실 둘째아씨는 발끝에 솜을 채워요. 원래 발끝이 아래로 처졌거든요. 저만 본 게 아니라 주아랑 행아도 다 봤대요. 무서워서 말을 못할 뿐이죠."

도아는 향련이 입을 열게 만들고 싶었다. 그래서 일부러 구미가 당길 만한 이야기를 꺼냈지만 향련은 묵묵부답이었다. 오히려 낯빛이 더 나빠지고 넋이 나간 사람처럼 멍한 얼굴이었다. 도아는 향련의 마음이 심란해 보여 더 이상 귀찮게 하지 않고 조용히 나갔다.

향련은 한밤중까지 멍하니 침대에 앉아 있었다. 그러다가 갑자기 달콤한 향이 나는 새하얀 아기 발을 만지작거리며 반 이모가 했던 말을 되뇌었다.

"이 또한 천상의 진귀한 재목이로다. 이 또한 천상의 진귀한 재목이로다. 이 또한 천상의 진귀한 재목이로다……."

자정 무렵, 향련은 벌떡 일어나 문을 걸어 잠그고 작은 보따리를 풀어 비상砒霜을 꺼냈다. 비상을 그릇에 넣고 물에 타서 침대 머리맡으로 가져갔다. 그리고 침대에 올라가 발싸개를 풀고 그것으로 자기 발과 아기 발을 하나로 묶은 후 눈물을 흘리며 중얼거렸다.

"아가야, 엄마가 널 해치려는 게 아니야. 엄마는 이 발 때문에 이렇게 됐는데 너까지 인생을 망치게 할 수는 없어. 엄마가 죽는데 널

끌어들이는 게 아니라 앞으로 혼자 될 너가 불쌍해서 데려가려는 거야. 아가, 잘 들으렴. 나중에 염라대왕 앞에 가도 엄마 때문이라고 원망하면 안 된다."

아기는 단잠에 빠져 있었다. 향련의 눈물이 아기 얼굴에 떨어져 자는 아기도 우는 것 같았다.

향련이 몸을 돌려 독약 그릇을 들고 먼저 아기 입에 흘려 넣으려 했다. 이때 갑자기 덜컹! 소리와 함께 창문이 활짝 열렸다. 창밖에 검은 그림자가 어른거렸다. 방안 불빛을 따라가니 얼굴에 주름이 가득한 할머니가 무서운 눈으로 자신을 노려보고 있었다.

"아악, 귀신이야!"

깜짝 놀란 향련이 비명을 지르며 독약 그릇을 바닥에 떨어뜨렸다. 처음에는 돌아가신 할머니가 찾아온 줄 알았다. 그러다 오래 전 죽어 한 번도 본 적 없는 시어머니가 아닌가 하는 생각도 들었다. 잠시 후 창밖의 할머니가 쇳소리 섞인 목소리로 엄하게 그녀를 꾸짖었다.

"죽으려던 사람이 귀신이 무서워? 눈 똑바로 뜨고 내가 누군지 보시지요."

향련은 그제야 정신을 차리고 반 이모를 알아봤다.

"들어갈 테니 어서 문을 여십시오."

향련은 반 이모를 보고도 마음을 바꾸지 않았다. 발을 풀지 않고 고개를 홱 돌려버렸다. 창문을 넘어 들어온 반 이모가 향련 앞에 서서 차갑게 비웃었나.

"제대로 살지도 못하는 사람이 죽는 건 제대로 할까?"

향련은 여전히 죽을 생각뿐이었다. 조롱도 귀에 들어오지 않았다. 반 이모가 향련의 발을 흔들어도 보고 눌러도 보고, 위아래 좌우 앞뒤 꼼꼼히 살피고 또 살폈다. 아주 진지하고 철저한 검사였다. 향련은 꼼짝도 하지 못했다. 자기 발이 자기 발이 아닌 것 같았다. 마음이 죽었는데 발이라고 살아 있을까? 반 이모가 그녀의 발을 한동안 주시하다가 깊은 한숨을 내쉬었다.

"그분의 안목은 정말 대단해! 만약 내 발이 이랬으면 동가가 내 것이 됐을 텐데!"

반 이모가 잠시 생각에 잠겼다가 고개를 홱 돌려 향련을 쳐다보며 말했다.

"큰아씨가 이 발을 내게 맡겨준다면, 동가를 큰아씨 세상으로 만들어 드리지요."

반 이모가 못을 박듯 한 글자 한 글자 힘주어 말한 이 말은 그 뜻이 명확했다. 향련의 대답을 기다렸지만 한참이 지나도록 답이 없자 다시 차갑게 내뱉었다.

"금팔찌를 차고서는 거지처럼 죽겠다니, 원귀寃鬼가 되겠구려!"

반 이모가 홱 돌아서서 문지방을 넘으려는 순간 향련의 목소리가 그녀의 뒤통수를 때렸다.

"당신이 말한 대로 된다면……, 따르겠소."

다시 돌아선 반 이모가 미소를 지었다. 향련은 동가에 시집온 후 반 이모가 웃는 모습을 한 번도 본 적이 없었다. 굳은 표정이 당연한 사람이라 미소 띤 얼굴이 오히려 더 무서웠다. 다행히 반 이모의 미소는 금방 사라졌다. 미소가 사라지니 훨씬 마음이 편안해졌다.

"이 전족은 누가 묶어준 겁니까?"

"우리 할머니요."

"할머니께서 아씨에게 최선을 다했군요. 잘 들으세요. 아씨 발은 타고난 것으로 따지자면 살이 부드럽고 뼈가 말랑해서 세상에 둘도 없는 최고입니다. 전족 방식 역시 뾰족하고 좁고 매끈하고 바르니 어디 하나 나무랄 데가 없습니다. 아씨에게 이렇게 훌륭한 전족을 만들어줬으니, 아씨 할머니는 확실히 능력자예요. 다만 이 훌륭한 전족을 제대로 다루지 못한 아씨를 탓해야지요. 이건 마치 좋은 고기가 있는데 조리고, 볶고, 튀겨서 맛을 내지 못하고 단순하게 소금 넣고 삶는 것밖에 할 줄 모르는 것과 같습니다. 좋은 고기를 낭비하는 것이지요. 좋은 옥이 있는데 제대로 연마하지 못하면 돌이랑 다를 것이 없습니다. 전족 경연 날만 봐도 알 수 있지요. 그 나비 그림, 그게 무슨 신발이랍니까? 깨진 도시락 상자, 장아찌 그릇이랑 다를 게 없지요. 이기고 싶다면서 뭘 했죠? 발이 아무리 예뻐도 좀 그럴듯한 신발을 신었어야지요. 아씨는 왜 궁저^{弓底} 신발을 신지 않으셨습니까? 둘째 아씨 발은 4촌이지요. 하지만 궁저 신발을 신어 발을 구부리면 4촌이 3촌처럼 보입니다. 큰아씨 발은 원래 3촌이지만 그런 같잖은 신발 때문에 둘째아씨보다 발이 더 커보였어요. 뭐가 억울해요? 패하기를 기다린 것이나 다름없는데!"

순간 향련의 두 눈에서 푸른 섬광이 뿜어져 나왔다.

"내게도 말해주세요. 또 다른 방법이 있어요?"

"다시 해볼 생각이 아니면 말해줘 봐야 소용없어요."

향련이 발에 묶은 끈을 풀고 침대를 내려와 쿵, 하고 바닥에 엎드려 반 이모에게 세 번 머리를 소아렸다.

"반 이모, 제발 나를 옳은 길로 인도해 주세요. 내가 저 위로 올라갈 수 있게 해줘요!"

향련의 눈동자에서 불꽃이 이글거렸다. 그러나 반 이모는 침착하고 냉정했다.

"일어나십시오. 주인은 하인에게 무릎을 꿇으면 안 됩니다. 그리고 분명히 말해두는데, 내가 이 일을 하는 것은 아씨를 위해서가 아니라 나 자신을 위해서입니다. 우리 둘의 운명은 아씨의 발에 달렸습니다. 아무튼 누가 누구에게 고마워할 일이 아닙니다."

향련은 이 말을 절반은 이해하고 절반은 이해하지 못했다. 그러거나 말거나 반 이모가 탁자 위에 놓인 검은 상자를 열어젖혔다. 저 상자가 언제부터 저기 있었지? 겉은 검은색, 안은 빨간색이고 박쥐모양 모서리 장식이 박혀 있었다.

반 이모가 상자 안에 덮인 꽃무늬 자수 비단을 걷어내고 꽃다발처럼 화려한 작은 신발을 꺼냈다. 꽃무늬 가장자리에 잘 보이지 않을 만큼 섬세한 바느질로 모양을 냈고 자세히 들여다보면 등나무, 물고기와 새, 들짐승, 구름과 물결, 만자무늬(만卍자 모양을 바탕으로 한 무늬. 대부분 연속무늬다) 등이 난잡하지 않고 질서정연하게 각자의 자태를 뽐냈다. 전체적으로 아주 뛰어난 자수였다.

신발이 상자 밖으로 나오는 순간, 꽃처럼 특이하고 진한 향기가 퍼졌다. 손바닥 위에 올려놓으니 딱 그만한 크기였다. 폭신하고 가볍고 곱고 부드러웠다. 전체적으로 여의자금구如意紫金鉤(붉은빛 금으로 만든 여의구. 여의구는 뜻하는 바를 이루게 해준다는 여의如意의 의미를 담은 갈고리 모양 기물이다)처럼 크게 휜 모양이고 신발 바닥은 자색 박달나무였다.

"신어 보시지요."

"이건 3촌도 안 될 것 같은데, 내가 신을 수 있겠어요?"

"안 되는 걸 왜 신어 보라고 하겠습니까?"

향련이 신발 뒤축을 잡고 발끝을 밀어 넣었다. 발바닥이 미끄러지듯 아래로 주르르 내려갔다. 크지도 작지도 않고 딱 맞았다. 세상에! 분명히 발보다 작아보였는데 어떻게 이렇게 잘 맞지? 향련이 얼떨떨한 표정으로 반 이모를 쳐다봤다.

"말씀드렸지요? 3촌 발을 구부리면 3촌보다 작아 보입니다. 이 신발 바닥은 옛날 방식이지만 활처럼 구부린 모양이 일품이지요. 정식 명칭은 궁저弓底인데, 요즘 시장에서 파는 버드나무 바닥 신발과는 비교가 안 될 만큼 곡선이 훌륭합니다. 규정대로 하면 3촌 신발은 바닥 길이가 2촌 6분이고 곡선 부분이 7분입니다. 지금 아씨 발은 곡선 부분이 기껏해야 3분 정도일 텐데, 그 정도로는 안 됩니다. 이 발목 헝겊을 바짓단에 둘러보세요. 그리고 어떤지 한번 보세요."

반 이모가 상자에서 발목 헝겊을 꺼내 향련에게 건넸다. 향련은 여태껏 이렇게 훌륭한 자수를 본 적이 없었다.

"전부 도아가 수놓은 것입니다. 나중에 한마디 해주세요."

향련은 너무 놀라 말을 잇지 못했다. 발목 헝겊을 두르니 초록 신발과 분홍 발목 헝겊이 잘 어우러졌다. 신발과 발목 헝겊 모두 은은한 색이었다. 옅은 자주색, 옅은 파란색, 옅은 노란색, 옅은 갈색, 옅은 회색, 여기에 흰색과 은색이 더해져 순수한 아름다움이 돋보였다. 영롱한 자태가 볼수록 깜찍하고 사랑스러웠다. 자신이 이렇게 작은 신발을 신었다는 사실이 믿기지 않았다. 향련은 은근히 칭찬을 기대하며 반 이모를 쳐다봤다. 하지만 반 이모의 표정은 밝지 않았다.

"일어나 걸어 보세요. 잘 들으세요. 전족에는 네 가지 금기가 있어요. 앉았을 때 치마를 흔들지 말고, 누웠을 때 발끝을 떨지 말고, 서 있을 때 발꿈치를 들지 말고, 걸을 때 발가락을 치켜세우지 말아야 합니다."

향련이 걸으려고 몸을 일으켰는데 마치 막대에 걸린 것처럼 몸이 휘청거렸다. 발이 허공에 떠 있는 것 같아 힘이 없어 발끝이 점점 오그라들었다. 뒤이어 몸이 앞으로 기울면서 넘어질 뻔했다. 발꿈치에 힘을 줘 무게 중심을 뒤로 옮기자 이번엔 뒤로 벌렁 나자빠질 뻔했다. 반 이모가 향련을 눌러 앉히고 신발을 벗게 했다. 그리고 맞은편에 앉아 향련의 발싸개 헝겊을 풀었다.

"큰아씨, 한 번 더 고생을 각오하세요. 싸매는 방법을 다시 배워야 합니다. 아씨 발은 바닥이 휘지 않은 신발에 맞춰져 있어 더 많이 구부려야 해요. 그러려면 싸매는 방법을 완전히 바꿔야 해요."

반 이모는 가지런히 정리해 놓은 가느다란 푸른 발싸개 헝겊을 꺼내들었다. 향련의 의사를 묻지도 않고 향련의 발을 마치 제 것인 양 다뤘다. 일단 엄지발가락을 쭉 잡아당겨 헝겊 끝부분을 발에 갖다 댔다. 그 동작이 날벌레를 잡을 때보다 빨랐다.

"잘 봐두세요. 앞으로 이렇게 묶어야 합니다."

향련은 두 눈을 집중하고 모든 동작을 마음에 새겼다. 먼저 헝겊을 발 안쪽 엄지발가락과 맞닿은 발허리뼈에 대고 엄지발가락 위로 한 번 돌린 후 발등을 덮으며 바깥쪽으로 한 바퀴 돌린다. 다시 발등을 덮으며 사선으로 올라가 네 발가락을 강하게 감싸며 발바닥으로 헝겊을 당긴다. 다시 발등을 덮으며 이번에는 사선으로 내려가 발꿈치 뒤로 한 바퀴 돌려 다시 사선으로 발등을 덮으며 한 바퀴 돌려 처음 시작한 엄지발가락과 맞닿은 발허리뼈 위치로 돌아간다. 이렇게 발 안쪽, 발끝, 발등, 발바닥 중심, 발 바깥쪽, 발등, 발꿈치, 발끝으로 헝겊을 돌려 모두 세 번 감쌌다. 이 방법은 할머니의 방법과 크게 다르지 않았지만 손놀림이 훨씬 빠르고 발싸개 헝겊이 한 군데도 접히지 않았다. 공기가 전혀 통하지 않도록 겹겹이, 단단히, 어느 한 곳 빠짐없이 고르게 조였다. 그런데 여덟 번 감싸고 방법이 바뀌었다. 반 이모가 넓은 발싸개 헝겊 하나를 더 꺼냈다.

"이건 차단 헝겊입니다. 발등을 단단히 감싸 아씨 발이 충분히 구부러지도록 할 겁니다."

헝겊을 엄지발가락과 맞닿은 발허리뼈에 대고 엄지발가락 아래로 돌려 위로 빼낸 후 발등을 덮으며 사선으로 내려가 발꿈치를 감싼다. 그리고 다시 위로 올라와 엄지발가락을 한 바퀴 돌아 처음 위치로 돌아간다. 이렇게 여러 번 반복해 발 전체를 단단히 조인다. 중간에 발목을 감싸 내려 발꿈치를 지나 다시 발등으로 올라가 엄지발가락에 헝겊을 돌려 건다. 발싸개 헝겊을 다 돌려 감을 때까지 이렇게 단단히 감싸고 조이기를 계속 반복한다.

향련은 발등이 강하게 당기고 발바닥 한가운데가 붕 떠 있는 느낌이 들었다. 다른 사람이 발꿈치와 발바닥을 꽉 잡고 강하게 비트는 것 같기도 했다. 발에 쥐가 나는 느낌이 들었다. 이렇게 묶으니 발등이 볼록하게 휘고 발끝이 살짝 들려 확실히 맵시 있고 보기 좋았다. 반 이모가 이 발 모양을 잡아주는 푸른 헝겊신을 줬다. 그 신발을 신으니 계속 발끝으로 서 있어야 해서 너무 힘들었다.

"견딜 수 있겠습니까?"

반 이모가 눈을 부릅뜨고 따지듯이 묻자 향련은 딱 부러지게 대답했다.

"목숨이 붙어 있는 한 견뎌야지요. 또 뭐가 있어요? 뭐든 다 말해

봐요!"

반 이모가 뚫어져라 향련을 주시하며 고개를 끄덕였다. 그리고 상자에서 작은 자를 꺼냈다. 상아로 만든 이 자는 위쪽에 별 모양의 은이 박혀 있고 길이가 딱 3촌이었다. 반질반질 광이 나는 것으로 보아 아주 오래된 것 같았다.

"이건 발 전용 자입니다. 둘째아씨 발은 이것보다 커서 사용할 수가 없지요."

반 이모가 히죽 웃으며 말했다. 그 미소에 향련은 또다시 싸늘한 한기를 느끼며 모골이 송연해졌다.

"매일 밤 뜨거운 물로 발을 깨끗이 씻고 방금 보여준 방법대로 발싸개를 묶어야 합니다. 잊지 마세요. 잘 때 헝겊을 느슨하게 풀면 절대 안 됩니다. 발을 단단히 묶은 후 길이를 재도록 하세요. 여기 각 부분마다 지켜야 할 기준이 적혀 있으니 작은 오차도 생기지 않도록 하세요. 기준을 초과하는 부분은 더 강하게 조여야 합니다. 자, 받으세요."

향련이 받은 낡은 종이에는 목판으로 찍은 표가 그려져 있고, 그 안에 숫자가 빼곡히 적혀 있었다. 그녀는 이 순간 3촌 금련으로 향하는 문이 열렸음을 알았다. 그러나 빼곡한 숫자를 보고 있자니 눈앞이 어지러웠다.

이날 이후 매일 자정 무렵, 반 이모가 향련의 방에 찾아와 전족 관리를 도왔다. 여러 가지 규칙, 법도, 금기 조항에 대한 분석과 연구는 물론 발 씻는 방법, 손질과 관리 방법, 약 조제법, 티눈 제거법 등 다양한 비법과 솜씨를 전수했다. 그리고 향련 스스로 궁혜弓鞋를 만들도록 조금씩 가르쳤다. 여러 가지 모양의 신발 틀 만들기부터 대나무 깎는 법, 못을 박고 당기고 뽑는 것, 신발 입구 두드리는 법, 발목 헝겊 꿰매기 등등. 또 색상 배합, 재료 선정, 측도법까지 아주 상세하고 명확하게 가르쳤다. 실수는 절대 용납하지 않았다. 간혹 이해하지 못하는 부분도 있었지만 이해하면 반드시 그대로 해냈다. 모든 규칙은 하나하나 끝없이 이어졌고 갈수록 더 상세하고 엄격해졌다. 깊이 들어갈수록 의지가 강해지고 학문의 재미가 더해졌다. 규칙 아래 있으면 얽매여야 하지만, 규칙 위에 올라서면 내 마음대로 부릴 수 있다. 향련은 반 이모의 머릿속에 이 많은 것들이 들어 있다는 사실이 믿기 힘들 만큼 놀라웠다. 평생 배워도 다 못 배울 만큼 방대한 내용이었다. 그러나 향련은 최선을 다하고 끈질기게 노력하는 성격이었기 때문에 하나하나 자신의 것으로 만들어갔다.

향련은 워낙 부드럽고 유연한 발 뼈를 타고났지만 이미 성인이기 때문에 점토인형 빚듯 발모양을 만들기는 힘들었다. 발등을 억지로 구부리고 땅을 딛자 발이 부러질 것처럼 아팠다. 그 옛날 전족을 시작했을 때보다 훨씬 더 고통스러웠다. 하지만 두렵지 않았다. 벌을 받듯 고통을 견디며 이를 악물고 제 손으로 직접 단단히 조여 매고 억지로 걷고 또 걸었다.

어느 날 백금보가 향련의 계획을 눈치 채고 욕을 퍼부었다.

"더러운 돼지족발에서 썩은 내가 진동하네! 그래봤자 죽은 쥐처럼 생겼구먼!"

향련은 못 들은 척 넘겼다. 그녀의 말이 날카로운 비수처럼 마음 깊은 곳에 꽂혔지만 꾹 참았다. 이 세상 최고의 전족으로 동가를 짓밟고 우뚝 서는 그날만 생각했다. 향련 인생에도 이렇게 악독한 말을 내

뺄 날이 있을까? 운명은 이미 그녀의 목숨을 한 번 거둬가려 하지 않았던가!

이날 향련은 연심을 안고 햇살이 쏟아지는 회랑을 거닐었다. 이때 동인안이 자기 방 앞에서 코털을 뽑으려고 힘껏 고개를 돌리다가 향련을 발견했다. 동인안의 눈이 어떤 눈인가? 꽤 먼 거리였지만 그녀의 발이 크게 바뀐 데다 신기神氣를 내뿜고 있음을 금세 알아차렸다. 그는 당장 그녀에게 다가갔다.

"오후에 잠시 내 방에 들르거라."

향련이 동가에 시집온 후 시아버지 방에 들어간 것은 이번이 처음이었다. 사실 다른 사람 방에도 가본 적이 거의 없었다. 동인안의 방은 한 칸은 밝고 두 칸은 어두웠다. 온 방안에 골동품 서화가 가득했다. 눅눅한 냄새, 먹 냄새, 녹나무 냄새, 진차陳茶 냄새, 곰팡이 냄새가 한데 뒤엉켜 숨 막힐 듯 답답했다. 동인안의 눈길이 그녀의 발에 못박혔다. 그 눈빛이 그녀의 발을 꽉 붙잡고 있는 듯 꼼짝도 할 수 없었다.

"누가 이렇게 만들어줬느냐?"

"제가 스스로 했습니다."

"아니, 반 이모겠지."

향련은 동인안이 무슨 생각을 하는지 몰라 반 이모를 끌어들이지 않으려고 끝까지 혼자 했노라고 고집했다.

"네게 그런 재주가 있었으면 지난번 전족 경연 때 졌을 리가 없지."

동인안이 다른 곳을 바라보며 뭔가 생각하는가 싶더니 혼잣말을 중얼거렸다.

"나 원, 그 할망구! 이 발이 훌륭해질수록 제 입지가 줄어드는 것도 모르고……."

동인안이 자리에서 일어나 동쪽 내실로 걸어가며 향련에게 따라오라고 손짓했다. 향련은 가슴이 두근거렸다. 시아버지가 혹시 그녀의 발을 희롱하려는 것일까? 하지만 다시 생각해보니 어차피 누가 희롱하든 말든 무슨 상관이랴 싶었다. 이것이 화인지 복인지 알 수 없지만, 어느 쪽이든 상관없었다. 일단 들어가 볼 일이었다.

내실에 들어가니 선반마다 골동품이 빼곡이 차 있었다. 바닥에서 천장까지 빈 곳이 거의 없었다. 실내는 암막으로 창을 가려 놓아 매우 어두웠다. 향련의 가슴이 더 크게 뛰었다. 이때 동인안이 어느 선반을 가리키며 보라고 했다. 송대宋代 작은 백유白釉 도자기 접시가 놓여 있고, 그 위에 더 작은 대접을 엎어놓았다.

동인안이 향련에게 대접을 들어보라고 했다. 향련은 무슨 일인지 감을 잡을 수 없어 긴장한 채 천천히 손을 뻗어 대접을 들어 올렸다. 세상에! 백유 도자기 접시 위에 작은 빨간 비단신이 놓여 있었다. 아무런 모양 없이 소박했지만 색이 깊고 산뜻했다. 세월의 흐름이 느껴지는 자색 박달나무 밑바닥, 물결처럼 부드러운 곡선이 하얀 도자기 위에 있어 더욱 돋보였다. 신발 끝은 갈고리처럼 작은 반원을 그리며 위로 치켜 올라갔다. 청초하고, 우아하고, 단정하고, 정숙하고, 장엄하고, 고상하고, 그윽한 느낌을 말로 다 표현할 수가 없었다. 골동품 같지만 생동감이 느껴졌다. 아무리 화려하고 아름다운 신발이라 하더라도 이 우아하고 그윽한 기세에 눌리지 않을 수 없으리라.

"이건 어느 시대 골동품인가요?"

"골동품은 무슨, 네 시어머니가 생전에 신던 신이다."

"이렇게 예쁜 신발은 세상에 둘도 없을 거예요!"

향련의 두 눈이 휘둥그레졌다.

"나도 그렇게 생각했다. 그런데 천하에 둘도 없을 그 전족을 네 발에서 또 보게 될 줄은 몰랐구나. 너는 아마 네 시어머니보다 더 훌륭해질 게다!"

동인안의 눈빛이 불꽃을 내뿜었다.

"제 발이요?"

향련은 어리둥절한 표정으로 고개를 숙여 자신의 발을 바라봤다.

"아직 완성되지 않았어. 네 발은 그저 모양만 갖췄을 뿐이지."

"무엇이 부족한가요?"

"신神이 있어야 한다."

"배워서 얻을 수 있는 것입니까?"

"왠지 네가 원치 않을 것 같구나."

"아버님, 제 발을 완성시켜 주세요."

향련이 쿵, 소리를 내며 무릎을 꿇었다. 그런데 놀랍게도 동인안이 도리어 그녀에게 무릎을 꿇고는 떨리는 목소리로 말했다.

"아니다, 네가 날 완성시켜 다오!"

동인안은 향련보다 더 흥분한 표정이었다. 향련은 동인안이 반 이모와 똑같은 반응을 보이는 것이 이상했다. 왜들 이렇게 그녀의 발에 큰 희망을 거는 것일까? 향련은 동인안이 단순히 자신의 발을 희롱하고 싶어한다고 생각했다. 그녀는 잠시 이런저런 생각을 하다가 부끄러움을 무릅쓰고 천천히 일어나 발을 내밀었다. 동인안은 향련의 발을 잡으며 말했다.

시대와 지역별 전족화의 모양

북경식쌍검혜

연방혜

북경식

천진식(선통제)

북방식

고대 진혜

천진식(광서제)

남방식 동혜

진혜

민국 초기 평저혜

소주식(정면)

천진식(건륭제-가경제)

호접혜

북경식 수혜

양주식

북인방면식

고대 양주각

남방식

대동식(정면)

항주식

제근

발 크기 측정 일람표(단위 : 영조척)

부위 명칭	측정법	맨발	전족 후	참고
발끝에서 뒤꿈치	직선	3촌 2분	2촌 9분	전체 발 크기
엄지발가락	직선	8분	8분	
엄지발가락	중심에서 수평으로	5분	3.5분	
두 번째 발가락	직선	6분	6분	
두 번째 발가락	중심에서 수평으로	3분	2.7분	
세 번째 발가락	직선	7분	7분	
세 번째 발가락	중심에서 수평으로	4분	3.7분	
네 번째 발가락	직선	6분	6분	
네 번째 발가락	중심에서 수평으로	4분	3.6분	
새끼발가락	직선	4분	4분	
새끼발가락	중심에서 수평으로	2분		전족 이후 새끼발가락은 안으로 끼어들어가 너비를 차지하지 않음
발바닥 중심과 발뒤꿈치 사이 이음선	중앙 수직선상에 깊이 파인 곳	1촌	1촌 1분	
내부 이음선	수직	1촌 3분	1촌 4분	
외부 전방 이음선	수직	7분	8분	발가락 뿌리 부분 살이 아래로 꺾이면서 생긴 깊은 이음선
외부 후방 이음선	수직	1촌	1촌 1분	발꿈치 바로 앞 크고 깊은 수평 틈새
이음선 바닥	수평	1촌	9분	
아래 이음선	수평	1촌 2분	1촌	
아래 이음선	기본 너비 분할 너비	2분 4분		처음에는 칼날 같고, 단단히 싸맨 후에는 선 하나로 합해진다
이음선에서 발끝	수직	2촌 1분	1촌 8분	
발꿈치 아래	수평	1촌	9분	
발꿈치 아래	수직	1촌 1분	1촌 1분	
발꿈치 뒤	고점	1촌 5분	1촌 7분	전족 후 가장 높은 솟아오른 부분
발꿈치 아래에서 무릎까지	수직	1척 3촌	1척 3촌 2분	
발끝에서 발목까지	사선 고점	4촌	4촌	
발끝	둥글게	1촌 3분	1촌 1분	엄지발가락 중앙
발목	둥글게	3촌 8분	3촌 8분	
발허리	둥글게	2촌 5분	2촌	
발등에서 발꿈치 뒤	수직	2촌 3분	2촌	
발등에서 발바닥 중심	두껍게	1촌 3분	8분	세 번째, 네 번째 발가락 부분
발바닥 중심에서 바닥까지	빈 공간	3분	5분	
발등에서 무릎까지	수직	1척 1촌 4분		
맨발로 섰을 때	수직	3촌 4분		

"서두르지 않을 것이다. 일단 이 발을 완성한 후에 다시 얘기하자. 혹시 글을 읽을 줄 아느냐?"

"띄엄띄엄 대충《홍루몽》을 읽을 정도입니다."

"잘됐다!"

동인안이 벌떡 일어나 책 몇 권을 가져왔다.

"여러 번 반복해서 읽어라. 네가 이해하고 깨달음을 얻으면, 그때 다시 전족 경연을 열어주마. 네가 반드시 1등을 할 것이다."

순간 향련은 이제야 자신이 동가에서 당당해질 수 있겠다는 확신이 들었다. 그녀는 방에 돌아오자마자 서둘러 책을 펼쳤다. 책은 총 세 권이었다. 한 권은 그림이 있는《전족도설》纏足圖說이고, 이어李漁의《향염총담》香艶叢談에도 작은 사람 그림이 있었다. 마지막으로 가장 얇고 작은《방씨오종》方氏五種은 글자뿐이었다. 일단 한 번 대충 훑어보고 다시 꼼꼼히 몇 번을 읽은 후에야 이해가 됐다.

전족의 세계는 겉으로 드러난 것보다 훨씬 크고 넓었다. 향련은 이 책을 통해 여자의 몸은 온통 엄격한 규칙과 기준에 따라야 한다는 것을 알았다. 그 규칙에 따르면, 하지 말아야 하는 것과 피해야 할 것이 한두 가지가 아니었다. 손발의 움직임은 물론 걸음걸이, 앉고 눕는 자세, 눈, 입 모양, 목소리까지 기준에 따라야 한다. 또 머리 모양, 옷차림, 장신구, 화장법, 피부관리법 등 모든 것이 뒷받침되지 않으면 완벽한 전족을 완성할 수 없다. 향련은 그제야 전족을 제대로 이해하게 됐다. 반 이모의 방법은 지극히 피상적인 것이고 이것이야말로 정수精髓였다. 예를 들자면, 향련 할머니는 복숭아를 통째로 줬고, 반 이모는 껍질을 깎아 줬고, 동인안은 복숭아씨를 갈라 그 알맹이를 줬다. 그리고 복숭아씨 알맹이를 먹는 방법도 108가지가 있다. 자고로 세상은 이런 법이다.

능인能人 위에 선인仙人이 있다.

선인 위에 신인神人이 있다. ꙮ

제7화
천진 사절天津四絶

　요즘 천진 나리들은 모였다 하면 천진의 괴담과 기인을 주제로 열 띤 토론을 벌이며 가장 이상한 '천진 사절'天津四絶 만들기에 여념이 없었다. 이들은 먼저 간단한 규칙을 정했다. 천진 사절이 되려면 반드시 사건과 중심인물이 있어야 하고, 만장일치로 전원의 인정을 받아야 한다. 물론 사건이든 인물이든 반드시 놀라운 일이어야 한다는 사실이 가장 중요했다. 특히 외지인들이 입을 다물지 못하도록 해야 한다. 벌어진 입속으로 파리가 들락거려도 모를 만큼 놀라운 일이어야 한다. 이렇게 열심히 토론을 벌인 끝에 세 가지 이야기를 찾아냈다.

　첫 번째 이야기는 악인의 악행.

　천진 성내 백의암白衣庵 일대에서 대장간을 하는 왕오王五는 악인으로 유명했다. 사람 때리기가 취미라 부근 불량배들이 그를 받들며 소존小尊이라는 별칭을 붙여줬다. 이렇게 해서 '소존왕오'가 탄생했다. 근래 몇 년 동안 천진 불량배들이 계속 소란을 피우자 중앙에서는 특별히 엄격한 지현知縣을 파견해 확실히 분위기를 잡도록 했다. 신임 지현 나리는 이씨였는데, 이홍장李鴻章의 조카라는 소문이 파다했다. 그가 부임한다고 하자 누군가 그에게 천진 불량배들은 죽을 각오로 덤벼들기 때문에 절대 건드리면 안 된다고, 아예 부임하지 말라고 충고했다. 그러나 이씨는 가소롭다는 듯이 웃으며 크게 신경쓰지 않았다. 어마어마한 뒷배가 있는데 무엇이 두려우랴! 이씨는 부임 첫날부터 '성내의 모든 불량배는 관부에 등록하라. 싸움 전력이 있는 자는 불량배가 아니라도 등록하라. 등록해야 하는 자가 등록하지 않으면 옥에 가둘 것이다'라는 방을 붙였다. 그리고 등滕 대반두大班頭(백관의 반열에서 수반이 되는 사람)에게 밧줄과 쇠고랑을 넉넉히 준비하라고 일렀다. 등 대반두는 피부가 검고 몸집이 큰 데다 얼굴이 험악해 악명이 높은 관리였다. 그동안 등 대반두와 불량배들은 서로를 꺼려 상대 영역에 침범하지 않고 지내왔는데, 이제 공무를 집행해야 하니 상황이 크게 달라졌다. 소존왕오가 이 소식을 듣고 불량배들을 집으로 불러모은 다음 턱을 치켜들며 물었다.

"천진에서 나말고 가장 악한 인간이 누구냐?"

"이 지현 나리랑 등 대반두지요."

소존왕오는 조용히 듣기만 했다. 그러나 그의 미간에서 이마까지 푸른 힘줄이 툭 튀어나왔다. 다음 날, 소존왕오는 식칼을 들고 등 대반두 집에 찾아가 쾅쾅 대문을 두드렸다. 아침 식사를 하던 등 대반두는 우물우물 음식을 씹다가 소존왕오를 알아보고 물었다.

"자네가 무슨 일인가?"

소존왕오가 갑자기 칼을 휘두르는가 싶더니 자기 머리를 벴다. 섬뜩한 칼날 소리와 함께 소존왕오의 머리에 큰 상처가 나고 시뻘건 피

전족

가 줄줄 흘러내렸다.

"당신이 칼로 나를 벴다고 신고할 것이니 관아에 가야겠소."

등 대반두는 어안이 벙벙했지만 곧 상황을 이해했다. 이것은 대결을 위한 선전포고였다. 천진 싸움판의 규칙에 따르면, 여기서 등 대반두가 '누가 널 벴다고 그래?'라고 받아치면 무서워서 피하는 것이니 패배를 인정하는 셈이 된다. 그건 절대 안 돼! 등 대반두는 인상을 찡그리며 대꾸했다.

"그래. 내가 네놈을 벴다. 어쩔래? 관부? 좋다, 가자!"

소존왕오가 대반두를 힐끗 쳐다보며 '이놈, 아주 악랄하군!'이라고 생각했다. 두 사람이 관아에 도착하자 이 지현은 곧장 재판을 열어 사건을 심문했다. 먼저 소존왕오가 무릎을 꿇고 읍소했다.

"소인은 성이 왕이고 이름이 오입니다. 성안에서 말린 두부를 팔고 있는데 이 대반두 나리가 일 년째 우리 두부를 먹으면서 돈 한 푼 내지 않았습니다. 오늘 아침에 집으로 찾아가 돈을 달라고 했더니 다짜고짜 식칼을 들고 나와 휘둘렀습니다. 여기, 흉기가 있습니다. 제가 뺏어왔어요. 여기 상처를 보세요, 지금도 피가 흐르고 있습니다. 청천 青天 대인 나리, 부디 우리 힘없는 백성을 지켜주십시오!"

이 지현은 특별히 불량배를 단속해야 할 임무를 받들고 내려왔는데 도리어 관아의 대반두가 문제를 일으키자 골치가 아팠다. 그는 등 대반두를 돌아보며 사실인지 물었다. 지금으로서는 '나는 저자를 베지 않았습니다. 저놈이 제 손으로 제 머리를 벤 것입니다'라고 말해도 죄를 뒤집어쓰고 옥살이를 할 가능성이 컸다. 등 대반두는 불량배들의 수법을 알고 있었지만 달리 도리가 없었다.

"저놈 말이 맞습니다. 제가 일 년 동안 돈을 주지 않고 공짜로 두부를 먹었습니다. 오늘 아침에 갑자기 찾아와 돈을 내놓으라고 해서 칼로 베어버렸습니다. 이 칼은 우리 집에서 닭 모가지를 칠 때 쓰는 칼입니다."

소존왕오는 상대를 힐끗 쳐다보고는 '헛소리! 그래도 악랄하긴 하구나!'라고 생각했다. 그러자 이 지현이 노발대발하며 등 대반두에게 소리를 질렀다.

"네놈이, 누구보다 법을 잘 알고 지켜야 할 놈이 법을 어겼단 말이냐!"

이 지현이 경당목驚堂木(장방형 나무막대기로, 재판 판결 등에 앞서 내리쳐 주변을 환기시키는 도구)을 두드리며 소리쳤다.

"여봐라! 손바닥 곤장 쉰 대를 쳐라!"

포리들이 형틀을 들고 나와 등 대반두의 손을 잡고 엄지손가락을 형틀의 작은 구멍에 끼워 넣고 살짝 비틀자 손바닥이 쫙 펴졌다. 그리고 대추나무 막대기로 팍, 팍, 팍…… 연속 열 대를 때렸다. 등 대반두의 손바닥이 벌겋게 부어올랐다. 다시 팍, 팍, 팍, 팍, 팍…… 열다섯 대를 때렸다. 총 스물다섯 대이니, 이제 딱 절반이었다. 등 대반두는 너무 고통스러워 돌덩어리처럼 굳어 감각이 사라진 어깨를 축 늘어뜨렸다. 옆에서 지켜보던 소존왕오가 씩 웃으며 손을 번쩍 들었다.

"청천 나리! 잠시 멈추십시오! 제가 방금 한 말은 모두 거짓입니다. 제가 우리 등 대반두 나리한테 장난을 좀 친 겁니다. 저는 두부장수가 아니라 대장장이입니다. 등 대반두 나리는 공짜로 두부를 먹은 적도 없고 돈을 떼먹은 일도 없습니다. 이 상처는 제가 제 손으로 벤 것이고요, 이 식칼도 제 가게에서 가져온 것입니다. 보세요, 여기 칼 위에 '왕'이라고 새겨놓았잖습니까?"

이 지현은 얼떨떨한 표정으로 포리에게 칼을 살펴보게 했다. 정말 '왕'자가 새겨져 있었다. 그는 등 대반두를 돌아보며 어떻게 된 일인지 물었다.

등 대반두는 난감했다. 왕오가 한 말이 틀렸다고 하면 남은 스물 다섯 대를 다 맞아야 하고, 맞다고 하면 패배를 인정하게 된다. 등 대 반두는 이미 손이 퉁퉁 부어 더 이상 버티기 힘든 상황이었다. 그는 고개를 푹 숙이며 왕오의 말이 사실임을 인정했다.

그러자 이번에는 이 지현이 곤란해졌다. 왕오가 자해한 것인데 죄 없는 사람에게 벌을 내렸으니 말이다. 이대로 애매하게 끝내면 관아 전체가 이 불량배 놈에게 놀아난 꼴이 되지 않겠는가? 그렇다고 이놈 이 관아를 농락한 죄를 다스린다면 지현 스스로 어리석음을 인정하 는 셈이 된다. 지현이 이러지도 저러지도 못해 부글부글 속만 끓이고 있는데 갑자기 왕오가 나서서 명쾌하게 결론을 내렸다.

"청천 나리! 이 왕오가 분수를 모르고 재미삼아 장난을 치고 이 렇게 관아까지 어지럽게 만들었습니다. 그러니 마땅히 벌을 받아야 합니다. 저도 손바닥 곤장 쉰 대를 때려주십시오. 그리고 방금 등 대 반두 나리의 형벌 중에 남은 스물다섯 대도 제가 맞겠습니다. 도합 일흔 다섯입니다!"

이 지현은 마땅한 해결 방법도 없고 화풀이를 할 곳도 없던 차에 옳다구나 싶었다.

"다 자업자득이다. 여봐라! 손바닥 곤장 일흔다섯 대!"

소존왕오는 포리들을 기다리지 않고 스스로 오른손 엄지손가락 을 형틀 구멍에 끼우고 어깨를 살짝 들며 손바닥을 쫙 폈다. 팍, 팍, 팍……. 순식간에 스물다섯 대를 맞고 나니 손바닥이 풍선처럼 부풀었다. 다시 팍, 팍, 팍, 팍, 팍……. 쉰 대를 맞고 나니 손바닥이 온통 피범벅이 됐다.

소존왕오는 폭삼양爆三樣(세 가지 고기를 튀겨낸 요리) 같은 제 손바닥을 보며 별일 아니라는 듯 씩 웃기까지 했다. 그는 지현에게 인사를 하고 관아를 떠났다. 며칠 후, 이 지현은 북경으로 돌아가 다른 관리를 파견해달라고 청하며 사직했고, 등 대반두도 관아를 떠나 고향으로 돌아갔다.

소존왕오의 이 사건, 정말 악랄하지 않은가? 천진 나리들은 일제히 고개를 끄덕이며 '이 사건은 외지인이 들었을 때 모골이 송연해질지니, 사절 중 하나로 충분하다'라고 입을 모았다.

두 번째 이야기는 갑부의 사치.

천진은 부자가 많은 곳인데, 그중에서도 8대 갑부가 단연 최고였다. 천성호天成號를 운영하는 한가韓家, 익덕유점益德裕店 주인 고가高家, 장원점長源店 주인 양가楊家, 진덕점振德店 주인 황가黃家, 익조림점益照臨店 주인 장가張家, 정흥덕점正興德店 주인 목가穆家, 토성土城의 유가劉家, 양류청楊柳靑의 석가石家가 그들이었다. 이들 갑부들은 모든 일에 사치스러웠다. 특히 혼례와 장례에는 겉치레와 허례허식이 극에 달했다. 한번은 어느 집에서 죽을 끓여 동네 사람들에게 마음껏 먹게 했는데, 그것이 장장 세 달 동안 이어졌다고 한다.

이 정도는 크게 대단한 것도 아니었다. 천진 갑부들은 무슨 일을 벌이든 반드시 남들 귀에 들어가 평생 잊을 수 없게 해야 한다고 생각했다. 예를 들어 어느 해에는 소금을 팔아 갑자기 큰돈을 번 해장왕海張王이 사비를 들여 성벽 포루를 수리했다. 따지고 보면 해장왕이 돈을 쓴 이유는 오로지 이름을 알리기 위함이었다. 하지만 이 정도를 가지고 사치라고 말하기에는 한참 부족했다.

오늘 들은 이야기는 확실히 전무후무하고, 두 번 다시 보기 힘든 놀라운 일이었다. 지난해 여름, 익덕유점 고가에서 노마님 팔순잔치가 있었다. 효심 깊은 아들들이 어머니를 기쁘게 해드리기 위해 많은 노력과 정성을 들여 성대한 잔치를 준비했다. 그런데 노마님이 전혀 생각지도 못한 말을 꺼냈다.

"팔십 평생 웬만한 것은 다 봤는데 딱 하나, 불구경을 못했어. 수기자水機子(소방기계)가 어떻게 생겼는지도 모른다니까. 20년 전에 과점가鍋店街 기름가게에서 큰불이 나서 서쪽 하늘 전체가 벌겋게 물들었어. 집안에서도 붉은빛이 느껴질 정도였으니까. 성안 사람들이 전부 불구경을 한다고 뛰어나갔는데 너희 아버지가, 돌아가셨으니 이제 그 양반이라고 부르면 안 되겠구나. 암튼 너희 아버지가 못 나가게 하는 바람에 불구경을 못했어. 평생 헛살았지 뭐냐?"

노마님은 이렇게 말하며 고개를 축 늘어뜨렸고 아무리 달래도 소용이 없었다. 사흘 후, 노마님의 아들들은 상의 끝에 서문 외곽 지역 주택 백 채를 사들였다. 집안의 가구와 옷가지까지 모두 사들여 그대로 불을 질렀다. 그러고는 반 리 떨어진 곳에 간이건물을 세우고 노마님을 가마에 태워와 이곳에 앉아 불구경을 하도록 했다.

큰불이 일어나자 천진의 여러 수회水會(민간에서 자발적으로 만든 소방 조직)에서 큰 징을 쳐서 경보를 울렸다. 천진은 사람도 많고 집들이 다닥다닥 붙어 있어 큰불이 나기 쉽기 때문에 소방 임무를 수행하는 수회 180여 개가 조직돼 있었다. 이 부근에서 울린 징소리는 사방으로 퍼져 곧 성 안팎, 하동과 하서 전체가 징소리로 뒤덮였다.

잠시 후 각기 다른 색깔의 조끼를 입은 여러 수회 회원들이 달려왔다. 신호 깃발을 든 사람, 물통과 수기자를 끌고 오는 사람들이 서문에서 끝없이 쏟아져 나와 화재 현장에 뛰어들었다. 매년 3월 23일에 열리는 황회皇會(중국 민간 신앙에서 신의 하나인 천후天后의 탄신일 행사)보다 훨씬 압도적인 분위기였다. 화재 현장 한가운데서 깃발을 흔드는 총 지휘관의 신호에 따라 수회 회원들이 동서남북으로 일사불란하게 움직이고, 적절하게 진퇴를 반복했다. 혼돈스러운 모습은 전혀 없고 아주 질서정연한 모습이었다.

수기자는 긴 가로 막대가 달려 있어 양쪽 끝에서 사람이 힘껏 손잡이를 눌러야 했다. 시소처럼 양끝이 오르락내리락 반복하면 물통과 연결된 분사관에서 물줄기가 뿜어져 나왔다. 새하얀 물줄기가 시뻘건 불바다를 향해 힘차게 뻗어나갔다. 크고 작은 불꽃이 활활 타오르며 하늘로 치솟는 모습이 섣달그믐 만화경보다 수천 배, 수만 배는 근사했다.

노마님은 눈을 부릅뜨고 지켜봤다. 얼마 뒤 불길이 잡히고 퇴각 징소리가 울리자 사람들이 하나둘 빠져나갔다. 서문 앞에 서 있는 마차 20여 대에는 고가에서 준비한 차와 간식 도시락이 가득 실려 있었다. 화재 공연에 애써준 사람들의 노고를 치하하는 것이었다. 고가네 노마님은 아주 홀가분하고 즐거운 표정으로 이렇게 말했다.

"오늘 드디어 불구경을 했으니 이제 세상의 모든 것을 다 봤어!"

어떤가? 이 정도면 충분히 사치스럽지 않은가? 지금까지 부자들의 사치는 주로 가난한 사람들을 놀라게 만드는 것이었지만, 이 일은 가난한 사람뿐 아니라 같은 부자들까지 놀라게 만들 정도였다. 심지어 일을 꾸민 자신들조차 놀랄 만큼 기막힌 장면이었다. 천진 나리들은 모두들 고개를 끄덕였다. 이렇게 해서 기막히게 놀라운 일 두 가지를 모았다.

세 번째 이야기는 기인奇人의 기행奇行.

이번 이야기의 주인공은 안목이 특이한 화림이다. 화림은 이름이 몽석夢石이고, 호는 후산인後山人이다. 집은 성북 부서가府署街에 있는데 조상 대대로 물려받은 재산이 많았다. 화림의 아버지는 하는 일 없이 놀고먹으며 기암괴석 수집을 낙으로 삼았다. 화림은 천진 화가들 사이에서 가장 특별한 기인으로 손꼽혔다. 그는 산수화를 좋아했는데 유명세로만 따지면 조지선趙芷仙보다 한참 위였다. 그는 그림을 그릴 때 문을 꼭 걸어 잠그고 절대 손님을 들이지 않으며 제자도 거두지 않았다. '그림은 스승을 따르는 것이 아니라 마음에 따라 그리는 것이다'라는 것이 그의 생각이었다. 누군가 그림을 그려달라고 하면 대부분 이렇게 말하며 거절했다.

"느낌이 오지 않으면 그릴 수 없습니다."

"느낌이 언제 옵니까?"

"모릅니다. 어떤 징조도 없고 대부분 꿈에서 느낍니다."

"꿈에서 어떻게 그림을 그립니까?"

"꿈 자체가 좋은 그림이지요."

"어떤 것이 좋은 그림입니까?"

"산을 그리는데 산이 보이지 않고 물을 그리는데 물이 보이지 않는 것입니다."

"어떻게 해야 볼 수 있습니까?"

"마음으로 느껴야 합니다."

"어떤 화가의 작품이 가장 훌륭하다고 생각합니까?"

"이성李成(송나라 화가. 919~967년 경)뿐입니다. 이성 이후로는 아무도 없습니다."

그런데 지금까지 이성의 그림을 실제로 본 사람은 아무도 없었다. 오죽하면 사서史書 중에 그 존재를 의심하는 내용이 있을까? 이성만 인정한다고 말한 것은 결국 아무도 인정하지 않는다는 뜻이다.

사실 이 기묘한 말은 그 자신에게도 해당됐다. 지금까지 화림의 그림을 본 사람이 아무도 없기 때문이다. 소문에 의하면 그는 그림을 완성한 후 벽에 걸고 며칠 보다가 태워버린다고 했다. 벽에 걸어두는 시간이 최대 사흘을 넘지 않았다.

한번은 이웃집 할머니가 닭을 잡으려는데 닭이 담을 넘어 화림의 집으로 들어가버렸다. 할머니는 닭을 찾으려고 화림 집에 갔는데 대문이 잠겨 있지 않아 일단 안으로 들어갔다. 닭을 잡으려고 돌아다니는데 열린 창문 너머로 보니 방안에 아무도 없고 책상 위에 그림 한 장이 있었다. 할머니는 창문 너머로 손을 뻗어 그림을 훔쳤다. 그리고 바로 화구점으로 달려가 그림을 팔았다.

화림은 이 사실을 알고 당장 화구점에 찾아가 4배의 가격을 주고 그림을 되찾아와 불태워버렸다. 어느 호사가가 이웃집 할머니와 화구점 주인을 찾아가 그림이 어땠는지 물었다. 그러나 두 사람 모두 잘 모르겠다는 대답뿐이니 더 이상 물을 것이 없었다. 그의 그림을 본 사람이 아무도 없는데 어떻게 이렇게 유명할 수 있는지 정말 이해할 수 없었다.

이 정도면 기인의 기행이라 할 만하지 않은가? 정말 기막히지 않은가? 다른 나리들은 모두 동의했지만 우봉장은 그가 사기꾼이라며 고개를 흔들었다. 다른 나리들은 그림을 그릴 줄 모르고 이해하지 못하니, 깊이 생각할 것 없이 관대하게 넘어갔다. 교육교가 실실 웃으며 말했다.

"아무도 아무것도 보지 못했는데, 사람들을 속이고 이렇게 유명해졌다는 것 자체가 기막힌 것이지요."

우봉장은 그제야 고개를 끄덕였다. 이렇게 놀라운 이야기 하나가 더 모여 총 삼절이 됐다.

오늘은 음력 1월 14일이었다. 교육교, 우봉장, 육달부陸達夫 등 한가한 사람들은 귀고歸賈 골목 의승성義升成 식당에 모여 앉았다. 육달부는 이들과 자주 어울리는 명사 중 한 명으로, 잡학 다식한 전족광이었다. 특히 독서량이 많아 문장이 교육교보다 훨씬 뛰어났다. 그는 키가 작고 얼굴도 작아 두루마기 길이가 4척 반밖에 안 되지만 원기가 왕성해 걸을 때면 두 팔을 힘차게 높이 흔들었다. 어느 정도 술이 들어가자 교육교가 먹고 마시기만 하니 재미가 없다며 기인, 기행 이야기를 하며 '천진 사절'을 완성시키자고 제안했다. 모두들 좋은 생각이라며 너 나 할 것 없이 떠들기 시작했다. 이야기하다 술을 마시고, 술을 마시다 이야기하고……, 이렇게 웃고 떠들다보니 다들 거나하게 취했다. 하지만 천진 사절의 마지막 이야기가 좀체 정해지지 않았다. 이번에는 우봉장 차례였다.

"내가 보기에 네 번째 천진 사절은 양고재 동 나리가 딱이오. 골동품 보는 안목은 차치하고 동 나리의 전족학은 어느 누구와도 비교할 수 없는 당대 최고지요!"

"뇌물이라도 받은 거요? 아니면 동 나리가 자기 그림을 사준다고 편드는 건가? 내 생각에 동가는 훌륭한 전족을 모아 놓은 전족 전시장 정도일 뿐입니다. 물론 하나하나 훌륭한 작품이기는 합니다만."

교육교는 술이 과한지 말을 하면서 고개를 제대로 가누지 못해 변발이 흔들렸다.

"반은 맞는 말이오. 동가 전족은 하나하나 모두 최고지요. 그런데 그 훌륭한 전족이 어떻게 동가에 모였을까? 모두 동 나리 눈에 들었기 때문이 아니겠소? 골동품을 판별하던 그 안목으로 훌륭한 전족을 고르고 골랐겠지요. 이건 절대 아부가 아니오. 어차피 동 나리는 지금 이 자리에 있지도 않은데 여기서 아부한들 무슨 소용이오? 어떻든 동 나리는 혜안慧眼, 아니 신안神眼이라 할 만하지요. 작년에 아무도 알아보지 못한 송나라 그림을 누가 가짜인 줄 알고 양고재에 팔았는데 동 나리가 멀찍이 떨어져 서서 나무 틈새에 숨겨진 장관을 한눈에 찾아냈답니다."

"허! 정말이오? 그 집에 송나라 그림이 있다고요? 혹시 직접 봤습니까?"

"무슨 소리! 절대 아니오."

우봉장은 괜히 말했다 싶어 두 손을 힘껏 흔들었다.

"못 봤소. 그림자도 못 봤지. 그냥 들은 얘기니 정말인지는 모르지요. 혹여 동 나리한테 물어보지는 마시오. 뭐, 물어본다고 해도 대답해주지도 않겠지만. 자, 그림말고 전족 얘기나 합시다."

"우 나리가 이렇게 전족광인 줄은 몰랐습니다. 저보다 더한 것 같은데요? 아무튼 좋습니다. 우 나리가 동가랑 더 가까우니 한 가지 여쭙겠습니다. 도대체 동 나리는 누구 전족을 좋아하는 겁니까?"

"글쎄요, 한번 맞춰보시지요."

우봉장이 눈을 가늘게 뜨고 난감한 듯 웃었다.

"그래요? 순순히 말 안 하면 술을 더 먹일 수밖에. 육 나리, 어서 먹이자고요!"

전족

교육교가 한 손으로 우봉장의 귀를 틀어쥐고 다른 한 손으로 술병을 집어 들었다. 술을 먹이려면 입을 비틀어야 하는데 도대체 귀는 왜 잡아당긴담? 남에게 술을 먹이기도 전에 자기가 먼저 취했나? 그의 손이 귀를 너무 세게 잡아당기는 바람에 우봉장은 비명을 질렀고 교육교의 다른 한 손은 술병이 기울어진 줄도 모르고 음식 접시에 술을 다 흘려버렸다. 육달부가 고개를 젖히며 박장대소했다.

　"말 안 하면 어서 술을 먹입시다!"

　"아야야! 귀는 머리통에 붙어 있어야 제값을 하지, 떨어져나가면 아무것도 못 듣는다고! 아야야! 말하지, 말하지. 일단 이것 좀 놓으시오!"

　교육교가 하하하 웃으며 우봉장의 귀를 더욱 세게 잡아당겼다.

　"먼저 말해주면 놓아드리지요."

　"그 약속 꼭 지키시오. 그럼 말하리다. 예전에는 동 나리가 부인의 전족을 가장 좋아했소. 듣자니 선녀 발 같았다고 하더이다. 그때는 내가 동가와 왕래하기 전이라 직접 보지는 못했지만. 부인이 죽은 후에는…… 그, 그게……."

　"뭐요? 또 대충 넘어가려고? 빨리 말해요. 큰아씨요, 둘째아씨요?"

　"교 나리는 남의 일에 참견하는 걸 왜 그렇게 좋아하시오? 그 집에 며느리 둘이 과부고 다른 하나는 남편을 쫓아냈으니, 기분에 따라 오늘은 이쪽 내일은 저쪽, 뭘 좋아하든 동 나리 마음이지요. 흐흐흐."

　"헛소리! 동 나리가 어떤 사람인데! 우 나리 같은 줄 아시오? 전족을 제대로 모르면 동 나리를 모르는 것이고, 동 나리를 제대로 모르면 전족을 모르는 것이지요. 우 나리, 빨리 말 안 하면 더 세게 잡아당길 겁니다!"

"안 돼, 안 돼. 말하리다, 말하리다. 동 나리는 오랫동안 그…… 그 늙은 하녀의 전족을 좋아했소."

"뭐?"

"뭐라고요?"

"말도 안 돼!"

나리들이 일제히 괴성을 질렀다.

"반 이모? 그 뚱뚱한 할머니? 말도 안 돼! 차라리 다른 계집종이라면 모를까!"

"거짓말이면 내가 교 나리 동생이오."

"허, 참. 이건 정말 상상도 못했는데."

교육교가 우봉장의 귀를 놓아주며 계속 중얼거렸다.

"그 돼지족발이 뭐가 좋다는 거지? 설마 전족 사랑이 너무 지나쳐서 주화입마된 건가?"

"그러니까 교 나리는 아직 멀었어요. 전족을 평가할 때는 그것을 다루는 솜씨를 봐야 합니다. 그것을 보지 않고 좋은지 나쁜지 어떻게 알겠습니까?"

육달부가 유쾌하게 웃으며 한 손으로 툭툭 마고자 단추를 풀었다. 교육교가 우봉장을 돌아보며 물었다.

"그 말이 동가 둘째아들 입에서 나왔다면 역시 믿을 수 없습니다. 지난번 전족 경연이 끝나고 둘째아씨에게 쫓겨난 후로 밖에서 줄곧 제 아버지를 욕보이고 있으니까요."

"확실히 말해줄 테니 절대 밖에 나가서 떠들면 안 되오. 내 밥줄 끊기면 교 나리가 날 먹여 살려야 하오. 이 말은 확실히 둘째아들에게서 들은 말이오. 하지만 벌써 이 년 전에 들었으니, 믿어도 될 거요."

교육교는 놀라움을 감추지 못했다.

"난 원래 동가 사람들 말은 믿지 않아요. 늙은 쪽은 늘 가짜를 진짜라고 하고, 젊은 쪽은 입만 열면 거짓말이니까."

이때 누군가 뒤쪽에서 크게 소리를 질렀다.

"뭐가 진짜고, 뭐가 가짜라는 거요? 난 가짜에는 절대 손대지 않소!"

다들 동 나리가 나타난 줄 알고 깜짝 놀라 고개를 돌렸다. 크게 당황한 우봉장은 탁자 아래로 숨으려다가 삐쩍 마른 노인을 보고 동작을 멈췄다. 파란색 비단 두루마기, 은은한 꽃무늬가 비치는 검은 양가죽 외투, 새하얀 양털을 두른 옷깃, 새빨간 앵두처럼 빛나는 구리 테두리를 두른 붉은 산호 단추, 높이 솟은 털모자까지 노인의 온 몸에서 정기가 흘러넘쳤다. 바로 산서거사 여현경이었다. 그 옆에 잘 차려 입은 통통한 남자가 서 있었다.

"거사, 새해 복 많이 받으십시오. 분명히 내일 동가네 전족 경연에 맞춰 오실 줄 알았습니다. 최고의 전족광이잖아요!"

교육교가 신나게 떠들었다.

"가당치 않아요! 내가 온 것은 단지⋯⋯."

이때 우봉장이 축 늘어져 있던 팔을 들어 여현경을 손가락질하며 크게 웃었다.

"거사, 동 나리 전족학을 배우러 오신 건가요? 어떻든 두 분 대화는 확실히 흥미롭고 유쾌하지요."

다들 서로 인사를 나누고 자리에 앉았다. 여현경은 함께 온 통통

한 남자를 특별히 소개하지 않았다. 다들 풍류가이고 거나하게 취한 상황이라 낯선 사람이 있어도 별로 신경 쓰지 않았다. 교육교가 여현경에게 조금 전까지 얘기하던 천진 사절 이야기를 들려주고 물었다.

"거사가 보시기에 동 나리가 천진 사절이 될 수 있겠습니까?"

여현경이 잠시 생각을 정리한 뒤 대답했다.

"냉정하게 말하자면, 동 나리는 특별하기는 하지만 놀라서 입이 안 다물어질 정도는 아닙니다. 한 번밖에 만나지 못했으니 내가 잘 모르는 것일 수도 있지만요. 내일 동가 전족 경연에 다 같이 가보고 결정하는 것이 어떻겠소? 이번에 이렇게 초대장까지 보낸 것을 보면 대단한 볼거리를 준비한 것이 틀림없습니다. 지난번 식견 대결에서는 1대1로 승부를 내지 못했지요. 이번에 이 여아무개가 패하면 대동에서도 동 나리 이름을 알아줄 겁니다. 이곳 천진에서는 당연히 가장 놀라운 기인이 되겠지요."

"좋습니다, 좋아요. 놀라운지 아닌지는 외지 사람이 판단하는 게 정확하죠."

교육교가 한마디로 상황을 정리한 후, 다시 한 상 가득 음식을 차렸다. 다들 닭고기, 오리고기, 생선, 육고기, 야채, 술, 탕 등을 배불리 먹으며 들뜬 마음으로 내일을 기대했다. 🐾

제8화
시처럼 그림처럼
노래처럼 꿈처럼…

이른 아침부터 시작된 눈이 하염없이 내렸다. 오후가 되니 2촌이 넘게 쌓였다. 땅에도, 담장에도, 항아리에도, 앉은뱅이 의자에도 난간에도 새하얀 눈이 소복이 쌓였다. 나뭇가지마다 윗면에 길고 하얀 분칠을 해놓은 것 같았다. 굵은 나뭇가지에는 굵게, 가는 나뭇가지에는 가늘게 하얀 선이 그려졌다. 갓 피어난 매화꽃은 저마다 새하얀 솜을 머금었다. 원소절 등롱제가 열리는 오늘, 동가 대문은 영원히 열리지 않을 것처럼 굳게 닫혔다. 누군가 찾아와 대문을 두드리자 하인이 빠끔히 연 문틈으로 눈만 보이며 살피고는 다시 문을 쾅 닫고 소리쳤다.

"아무도 없어요! 전부 등롱제 구경하러 갔어요!"

사실 동가 사람들은 모두 집에 있었다. 며느리들은 각자 제 방에서 머리부터 발끝까지 곱게 단장하느라 바빴고, 계집종들은 분주히 회랑을 오가며 아씨들에게 더운물, 각종 도구, 간식거리를 나르고 바깥소식을 전했다. 아씨들이 모두 단장을 마치니 섣달그믐 밤에 차례를 지닐 때처럼 엄숙함이 감돌았다.

이때 동인안은 대청에서 교육교, 화림, 우봉장, 육달부, 애련거사 여현경 등과 차를 마시며 대화를 나눴다. 날이 날인 만큼 모두들 화려하게 차려 입었다. 우봉장은 모자를 쓰지 않아 방금 이발한 머리에 윤기가 흘러 보름달처럼 반질거렸다. 평소 옷차림에 거의 신경을 쓰지 않는 교육교도 오늘은 두루마기에 주름 하나 없고 단추도 단정하게 채웠다. 평소와 비교하면 거의 경극배우 수준이었다.

오늘은 지난번과 달리 한겨울이라 모든 문과 창문을 닫고 대청 한가운데에 구리 화로를 놓았다. 화롯불은 어제 오후에 피우고 재로 살짝 덮어 은은하게 유지했다가 조금 전에 다시 불을 키웠다. 바깥의 찬 공기와 맞닿은 유리창이 더운 실내 공기가 버거운 듯 삘삘 땀을 흘렸다. 창문 앞의 대형 홍목 책상 위에는 '옥당부귀'라고 부르는 천진의 전통 설맞이 꽃꽂이 작품이 놓여 있었다. 옥당부귀는 빨간 해당화 가지 하나, 하얀 복숭아꽃 가지 하나, 모란꽃 네 송이, 수선화 네 송이를 골고루 나무 홈에 꽂아 만들었다. 길고 짧은 가지마다 빨강, 하양, 노랑, 초록 등 여러 가지 색이 뒤섞여 곱고 화려했다. 바람 한 점 없이 곧게 피어오른 꽃향기가 차례로 코끝을 간질였다. 이 사람 콧구멍을 통과한 향기가 다시 저 사람 콧구멍으로 들어갔다. 이 얼마나 황홀하고 유쾌한 일인가? 교육교가 차 한 모금을 마시고 쩝쩝 입맛을 다시며 말했다.

"동 나리, 오늘 차는 특히 향기롭네요. 혹시 정흥덕正興德에서 구입하셨습니까?"

"정흥덕에 어디 이렇게 훌륭한 차가 있답니까? 이건 안휘安徽에 특별 주문해서 구해온 것입니다. 보통 차는 두 번째 우릴 때 가장 좋은 맛이 나지만 이 차는 뜨거운 물을 붓자마자 맛과 색이 모두 우러납니다. 믿기지 않으면 다시 잘 살펴보세요. 연꽃호수 물처럼 아주 진한 초록빛입니다. 물론 처음 마실 때도 아주 향기롭지만, 세 번 우린 후에 찻잎을 씹으면 어린 시금치 잎처럼 부드럽답니다."

교육교가 사람들 얼굴을 훑어보다가 웃음을 터트리며 소리쳤다.

"하하, 다들 우 나리 얼굴 좀 보세요. 붉으락푸르락한 게 꼭 소머리 저승사자 같아요!"

손님들이 일제히 큰 웃음을 터트렸다. 육달부는 고개를 크게 뒤로 젖히고 웃느라 목젖이 꿀렁거렸다. 우봉장이 고개를 절레절레 흔들며 말했다.

"소고기는 당나귀, 말, 개, 노새와 함께 5대 고기 요리 중 하나지요. 다들 소고기가 질리지 않았다면 날 잡아드시구려."

"먹으려면 빨리 먹읍시다. 입춘 지나서 소를 잡으려면 엄청 힘들어요."

또 한바탕 요란한 웃음소리가 지나간 후 동인안이 여현경을 돌아보며 말했다.

"이 차는 태평후괴太平猴魁라고 하는데, 거사는 그 이름의 유래를 아십니까?"

여현경이 말없이 고개를 저었다. 두 사람은 오늘도 서로 견제하며 암투를 벌였다. 고개를 저을수록 입장이 불리해진다. 이때 교육교가 불쑥 끼어들었다.

"차 이름이 정말 이상하네요. 분명히 흥미로운 뒷얘기가 있겠지요?"

동인안은 기다리던 반응이 나오자 흐뭇해하며 대답했다.

"교 나리가 제대로 보셨군요. 이 차는 안휘성 태평 지역에서 나는 것인데, 태평현은 높은 돌산이 많습니다. 차나무가 뾰족한 돌산 위에서 자라기 때문에 사람들이 오르내리기가 쉽지 않지요. 대신 잘 훈련된 원숭이가 작은 대나무 모자를 쓰고 작은 대바구니를 메고 돌산을 기어 올라가 찻잎을 채취합니다. 그래서 태평후괴란 이름이 붙었지요. 생산량이 많지 않아 아주 귀한 차입니다. 높은 돌산에서 자라다 보니 일 년 내내 운무에 휩싸여 있어 변화무쌍하고 맑은 자연의 기운을 느낄 수 있습니다."

"변화무쌍하고 맑은 자연의 기운! 딱 들어맞는 표현입니다."

화림의 손이 차를 가리켰지만 눈은 허공을 응시했다.

"세상에 보기 드문 귀하고 좋은 차를 만났으나, 아직까지 그런 그림을 보지 못한 것이 한입니다."

"오늘 이 귀한 차에 어울리는 그림은 준비하지 못했지만, 대신 이 차에 어울릴 전족은 볼 수 있을 것입니다."

전족이라는 말에 여현경이 불쑥 끼어들었다.

"동 나리, 지난번 전족 경연에서 여러 번 신품을 언급하셨지 않습니까. 이 차는 마셔보니 가히 신품 차라 할 만한데, 신품 전족은 아직 보지 못했습니다. 오늘 경연에서 볼 수 있기를 기대하고 있습니다만, 만약 볼 수 없다면 동가의 안목을 인정하지 않더라도 절 탓하지 마십시오."

실실 웃으며 이렇게 말하니 농담인지 도발인지 헷갈렸다. 그러나 동인안은 아무런 표정 변화 없이 조용히 찻주전자를 들더니 주전자 몸통을 손가락으로 톡톡 세 번 가볍게 두드렸다. 그러자 갑자기 드르륵 하며 삼도원 방향 유리 창문이 활짝 열리고 찬바람이 훅 불어왔

전족

다. 따뜻한 실내에 갑자기 찬바람이 들어오자 재채기가 터져 나왔지만 시원한 공기에 정신이 번쩍 들었다. 창밖 너머 눈 덮인 정원 풍경이 단아하고 고즈넉했다. 창문이 열리자 여현경이 다급한 마음에 벌떡 일어섰다.

"거사, 조급해하지 마시고 편히 앉아 있으면 됩니다. 이번에는 방법을 바꿨습니다. 밖으로 나갈 필요 없이 여기 가만히 앉아 눈으로 감상만 하시면 됩니다. 문을 열어둬야 하니 감기 들지 않도록 따뜻하게 옷을 챙겨 입으시기 바랍니다."

손님들이 모두 일어서서 외투를 걸치고 모자를 꺼내 썼다. 반 이모가 인기척도 없이 회랑 앞에 나타났다. 이번에도 위아래 온통 검은 옷을 입었는데 머리띠, 옷깃, 신발목 세 군데에만 노란 선을 둘렀다. 이 세 개의 노란 선은 멀리서도 눈에 확 띄었다. 발목에서 무릎 아래까지 검은색 발싸개 헝겊을 단단히 조여 사람 '인'자 모양을 만들었다. 뾰족한 발끝이 못처럼 땅에 박힐 것 같았다.

교육교는 문득 어제 의승성 식당에서 우봉장이 했던 말이 떠올라 반 이모의 발을 유심히 살폈다. 이상한 기운이 느껴질 줄 알았는데 아무리 봐도 별다른 점이 없었다. 육달부에게 도움을 청하려는 순간 동인안이 반 이모를 향해 고개를 끄덕이자 반 이모가 눈 깜짝할 사이에 사라졌다.

잠시 후 젊은 여자들이 서쪽 회랑을 지나 대청 문 앞까지 걸어와 잠시 멈췄다가 서로 부딪치지 않게 엇갈려 지나가며 두어 바퀴 빙글빙글 돌았다. 그들은 구름이 떠가듯 물이 흐르듯 자연스럽게 움직였다. 그 움직임이 매우 빨라 작은 발이 보였다 안 보였다 했다. 우봉장은 이 여자들을 모두 알아봤다. 도아, 행아, 주아, 그리고 새로 들어온 초아^{楚娥}였다. 다음에는 네 명의 동가 아씨들이 등장할 것이다. 오색 실로 묶은 단오절 종자처럼 작고 귀여운 전족들이 알록달록 화려함을 뽐내며 줄줄이 지나갔다. 오늘 모인 전족광 손님들은 벌써부터 눈앞이 어질어질했다. 육달부는 절로 미소를 지으며 감탄했다.

"궁북대가 꽃등만큼 멋지군요!"

"발놀림이 하도 빨라서 눈이 못 따라가겠더라고요. 눈알이 튀어나올 뻔했다니까요!"

교육교도 한마디 보탰다. 그러나 여현경과 화림은 별 말이 없었다. 눈이 높은 건지, 눈이 높은 척하는 것인지 모를 일이었다. 이때 반 이모가 다시 나타났다.

"큰아씨가 갑자기 어지러워 나오지 못할 것 같습니다."

손님들도 놀라고 동인안은 더 놀랐다. 그는 믿을 수 없다는 표정으로 반 이모를 뚫어져라 쳐다봤다. 반 이모의 주름진 얼굴은 늘 딱딱하게 굳어 있어 표정을 읽을 수 없었다. 동인안이 초조한 말투로 반 이모를 다그쳤다.

"다들 기다리고 있는데, 이러면 흥이 깨지지 않느냐!"

"큰아씨께서 둘째아씨 먼저 모시라고 하십니다."

동인안이 찻잔을 들고 천천히 차를 마시며 눈동자를 굴리다가 갑자기 눈빛을 반짝였다. 뭔가 깨달은 표정으로 반 이모를 향해 고개를 끄덕였다.

"그래, 둘째아씨를 먼저 모셔라."

반 이모가 다시 바람처럼 사라졌다. 잠시 후 서쪽 곁채 쪽에 여자 넷이 나타났다. 하늘빛 파란색, 물빛 초록색, 복숭아빛 빨간색, 달빛 노란색 치마를 입은 도아, 행아, 주아, 초아가 각자 하나씩 긴 대나무 빗자루를 들고 양쪽으로 갈라져 쓱싹쓱싹 비질을 시작했다. 눈 싸라기가 가볍게 날리면서 길이 점점 길어졌다. 하얀 눈에 덮였던 검은 돌길이 드러나 대청 앞 계단까지 이어졌다. 여종들이 물러간 후 문발이 올라갔다. 문발에 달린 작은 은종이 딸랑딸랑 울리자 백금보가 불꽃처럼 강렬한 기운을 뿜어내며 문 앞에 나타났다.

백금보의 치마와 저고리는 온통 빨간색이었다. 운雲자 모양 금꽃 자수가 온몸을 뒤덮었다. 하얀 양가죽 내피를 덧댄 새빨간 비단 외투가 유연하면서도 강하고, 아름다우면서도 사악한 분위기를 자아냈다. 연극무대의 장군처럼 좌중을 압도하며 등장한 그녀는 이미 우승한 것처럼 당당해 보였다. 머리는 높이 말아 올려 조천계朝天髻(모발을 머리 위로 빗어 올려 원기둥 모양의 상투를 높이 솟게 하는 머리 모양)를 만들고 그 끝에 금비녀를 꽂았다. 금비녀 끝에 옥으로 만든 풍성하고 정교한 붉은 봉황이 앉아 있고, 봉황 부리에 진주알을 꿴 줄이 걸려 있었다. 진주알 하나하나 모두 크고 귀한 것이었다. 가볍게 흔들리면서 반짝이는 진주알 사이로 빨갛게 상기된 하얀 얼굴, 곱고 아름다운 작은 얼굴이 보였다. 그러나 높은 문턱 뒤에 서 있어 하필 발만 보이지 않았다. 교육교, 우봉장, 육달부, 여현경까지 체면불구하고 엉덩이를 들썩이며 고개를 쭉 내밀었다.

이리저리 기웃거리던 중 드디어 금빛 찬란한 전족이 문턱 뒤에서 모습을 드러냈다. 마치 작고 귀여운 노란 병아리가 튀어 오르는 것 같았다. 먼저 교육교가 비명을 지르듯 날카롭게 감탄을 토했다. 말로만 들었을 뿐 한 번도 보지 못한 진짜 '금련'이었다. 금실 자수에 금박 장식까지, 신발 전체를 순금으로 만들 줄이야! 곧이어 나머지 한쪽 발도 문턱을 넘었다. 발끝부터 뒤꿈치까지 두 발을 가지런히 모으고 서 있는 모습이 마치 작은 금원보金元寶(명나라 때부터 사용된 말발굽 모양 화폐. 5냥 혹은 10냥의 작은 금괴) 두 개가 바닥에 놓여 있는 것 같았다.

손님들의 눈이 쏠리자 작은 두 발이 나풀나풀 움직이기 시작했다. 한 걸음 한 걸음 걸을 때마다 돌길 위에 하얀 도장이 찍혔다. 뭐지? 눈은 이미 깨끗이 쓸어냈는데 하얀 도장 무늬가 왜 생기지? 다들 의아해하는 사이, 백금보가 계단 앞까지 걸어왔다. 손님들의 시선이 일제히 그녀의 뒤꿈치 쪽으로 향했다. 바닥에 찍힌 도장 모양은 하얀 연꽃무늬였고 은은한 향기까지 풍겼다. 순간 모두들 넋을 잃었다. 여현경이 벌떡 일어나 백금보에게 허리를 굽히며 정중히 맞이했다.

"둘째아씨, 이 몸이 애련거사라는 이름을 달고 세상을 떠돌며 이미 수많은 전족을 봐왔는데, 이렇게 아씨 앞에서 제대로 눈을 뜨게 될 줄은 정말 몰랐습니다. 어떻게 바닥에 하얀 연꽃 도장을 찍었는지 꼭 알려주십시오. 혹시 이야기가 밖으로 새나가는 것이 걱정이라면 절대 말하지 않겠다고 맹세하지요. 만약 실수로라도 발설하면 제가 성을 뒤집어버리겠습니다."

"저 말 믿으시면 안 됩니다. '여'呂자는 뒤집어도 그대로 '여'잖아요!"

교육교가 꼬투리를 잡자 여현경이 다급하게 두 손을 내저으며 대답했다.

"아닙니다. 교 나리 말은 듣지 마세요. 저는 글쟁이가 아니어서 그런 잔머리를 굴릴 줄 모릅니다. 장사치들은 그렇게 깊이 생각하지 못해요. 정 믿지 못하겠거든 일단 알려만 주세요. 바로 제 혀를 잘라버리겠습니다."

육달부가 가세해 그를 놀렸다.

"혀를 잘라도 소용없어요. 글로 써서 다른 사람에게 보여줄 수 있잖아요."

"그럼 방법을 알려주고는 바로 산 채로 묻어버리죠."

교육교의 농담으로 대청이 웃음바다가 됐다. 여현경은 난감한 표정으로 다른 변명거리를 생각했다.

한편 과향련이 보이지 않았지만 백금보는 크게 신경 쓰지 않았다. 진짜 병이 났든 도망친 것이든 상관없었다. 먼저 등장해 확실히 기선 제압을 했으니 오늘 우승도 십중팔구 자신일 것이라고 생각했다. 그녀는 속으로 쾌재를 부르며 여현경의 질문에 답했다.

"혀를 자르다니요? 말도 안 됩니다. 밖에 나가 말할지 말지는 거사님이 판단하세요. 저는 아무래도 상관없습니다. 이것은 제가 가진 아흔아홉 가지 방법 중 하나일 뿐이니까요. 여기를 보세요."

백금보가 의자에 앉아 한쪽 발을 다른 쪽 다리에 올려놓고 살짝 치마를 걷어 올렸다. 초승달처럼 휘어진 금빛 찬란한 전족이 나타나자 손님들이 일제히 자리에서 일어나 눈도 깜빡거리지 않고 뚫어져라 쳐다봤다. 백금보가 신발을 살짝 비틀어 바닥을 위로 향하게 했다. 신발 바닥에 연꽃무늬가 있었다. 오목하게 들어간 곳은 투조透彫 방식이라 바닥이 뚫려 있었다.

이때 백금보가 신발 바닥 굽을 잡아당기자 아주 작은 서랍이 나왔다. 나무 서랍 바닥을 촘촘한 망사로 만들고 그 안에 향분을 가득 넣었다. 그녀는 서랍을 원위치시킨 후 발을 다시 바닥에 내려 놓았다가 살짝 들어 올렸다. 고운 향분이 신발 바닥의 투조 무늬 사이로 떨어져 하얀 연꽃을 만들었다. 손님들은 모두들 대단하다며 감탄해마지 않았다. 특히 여현경이 가장 격하게 반응했다.

"이건 반비의 '걸음걸음 연꽃이 피어나는구나'를 재현한 것이군요. 절묘합니다! 거의 신의 경지입니다, 신의 경지! 동 나리, 나리가 말씀하신 '신품'의 의미를 이제야 알겠습니다."

이렇게 말한 후 여현경은 조용히 입을 다물었다. 이때 물끄러미 정원을 바라보던 동인안의 눈빛이 불꽃을 내뿜기 시작했다. 그는 방금 전 여현경이 한 말을 들었는지 못 들었는지, 그를 바라보며 고개를 흔들었다.

"지금 본 것은 기껏해야 묘품 정도입니다."

그 말에 손님들은 물론 백금보도 어안이 벙벙했다. 여현경이 무슨 말인지 물으려는데 교육교가 정원 한가운데 있는 가산석 쪽을 가리키며 크게 소리쳤다.

"저기, 저기 보세요. 저게 뭐죠?"

교육교는 눈이 밝고 예리해 바로 발견했지만, 우봉장은 아무리 눈을 끔뻑거리며 집중해도 아무것도 보이지 않았다. 잠시 후 모두들 교육교가 가리키는 물건을 발견했다. 가산석 아래쪽에 이제 막 땅을 뚫고 올라온 어린 죽순 같은 것이 보였다. 연녹색 이파리 두 장이 떨어져 있는 것 같기도 했다. 주변이 온통 새하얀 눈으로 덮여 있고 그 위에 붉은 매화 꽃잎이 떨어져 있어 여리고 부드럽고 신선하고 밝고 눈부신 연녹색은 선명하게 대비되며 한눈에 들어왔다.

도대체 저게 뭐시? 누가 묻거나 말할 겨를도 없이 연녹색 이파리가 파르르 떨며 마치 물 위에 떠가듯 가볍게 움직였다. 연녹색 이파리가 떠받친 여인이 가산석 모퉁이를 돌아 나와 대나무처럼 꼿꼿하게 멈춰 섰다. 그녀가 걸친 은회색 외투는 마치 가산석 그림자 같았다. 고개를 숙이고 있어 얼굴은 보이지 않았다. 좌우로 가볍게 몇 걸음 움직이자 연녹색 이파리가 치맛자락에 가려 보였다 안 보였다 했다.

그랬다. 이 연녹색 이파리는 신발이었다. 사람들의 시선을 신발에 집중시키기 위해 연출된 상황이었다. 하늘도 땅도 얼어붙은 한겨울, 하얀 눈과 붉은 매화가 온 세상을 뒤덮은 가운데 연녹색이 등장하자 갑자기 정원에 생기가 돌았다. 여현경은 황홀함에 넋이 나가 어찌된 상황이지 분간이 안 갔다. 이때 영리하고 눈치 빠른 교육교가 가장 먼저 답을 찾았다.

"이건 '온통 새파란 가운데 붉은 꽃 하나'를 반대로 표현한 겁니다. '온통 붉은 가운데 푸른 잎 하나!'인 거죠."

사람들은 이 말을 듣는 순간 일제히 고개를 끄덕였다. 그런데 잠깐 사이에 연녹색 신발도 사람도 감쪽같이 사라졌다. 연녹색이 사라지자 정원은 순식간에 적막하고 쓸쓸해졌다. 매화꽃도 새하얀 눈도 빛을 잃었다. 여전히 황홀경에 빠진 손님들은 연녹색 신발의 주인공이 누구인지 알 수 없었다. 백금보도 제대로 보지 못했다.

그 순간 드르륵, 동쪽 곁채 방문이 열리고 은색 외투를 걸친 여인이 걸어 나왔다. 향련이었다. 그녀는 손목을 젖혀 눈을 살짝 털어내고 외투를 벗어 던졌다. 그림에서도 보기 힘든 우아한 모습이었다. 그녀의 자태에서 깊은 운치와 당당한 기개가 느껴졌다. 오늘의 향련은 지난 경연 때의 향련과는 전혀 다른 사람이었다. 백금보도 놀라움을 금치 못했다. 무슨 요술이라도 부린 것이 아닐까 의심스러울 정도였다.

먼저 향련의 옷차림을 보면, 상의는 얇고 부드러운 새하얀 홑저고리였다. 앞깃 오른쪽 모서리에서부터 시작된 은은한 복숭아꽃 자수가 위로 갈수록 밤하늘의 별처럼 드문드문 줄어들면서 어깨까지 이어졌다. 또 양쪽 소매를 따라 바람에 흩날리듯 떨어지는 꽃잎을 수놓았다. 하나의 저고리에서 같은 복숭아꽃으로 두 계절을 표현했으니 절묘하지 않은가? 소매 끝에는 자주색 비단을 둘렀고, 그 위에 수놓은 나비들이 은빛처럼 빛났다. 하의는 노란 비단 주름치마였다. 무늬 없이 순수하고 소박한 느낌으로 부채 모양으로 반듯하게 주름만 잡았다. 대신 허리에 두른 하늘색 허리띠를 자연스럽게 늘어뜨려 걸을 때마다 버드나무가지가 바람에 흔들리는 것처럼 보였다.

향련의 얼굴은 분을 칠한 듯 칠하지 않은 듯, 연지를 바른 듯 바르지 않은 듯 밋밋했다. 눈썹도 그린 듯 안 그린 듯, 마치 꿈결에 보는 것처럼 희미했다. 머리카락도 대충 매만진 것 같았다. 동그란 참외 모양으로 말아 올리고 꽃, 옥, 금은, 진주 같은 장식 없이 검은 망사를 씌우기만 했다. 머리부터 발끝까지 모두 연한 색이라 전체적인 분위기가 잘 어우러졌다. 그녀의 무심한 듯, 나른한 듯, 편안하고 소탈한 모습은 방금 전 백금보가 보여준 활력 넘치는 농염함, 필사적인 팽팽한 긴장감과 완벽하게 대조되어 더욱 돋보였다. 남을 억지로 변화시키려는 강한 힘은 오히려 자신을 지치게 만드는 법이다. 그에 반해 세상사에 초연한 그 모습이 훨씬 고결해 보였다.

향련이 고개를 살짝 기울이며 시선을 아래로 내려뜨렸다. 우아하고 자연스러운 동작에서 살짝 부끄러운 기색이 엿보였다. 이를 지켜보던 사람들은 벌레가 기어가듯 마음이 간질간질, 싱숭생숭했다. 도무지 마음을 다잡을 수가 없었다. 모두들 주름치마에 덮인 그녀의 작은 발이 보고 싶어 안달이 났다. 그녀는 한 팔로 허리 앞을, 다른 한 팔로 허리 뒤를 두르고 다시 가볍게 발걸음을 내딛기 시작했다. 한 발, 한 발 옮길 때마다 허리를 살짝살짝 흔들며 사뿐사뿐 걸었다. 걸을 때마다 주름치마가 하늘하늘 흔들렸지만 그녀의 작은 발은 전혀 보이지 않았다. 계단 앞에서 걸음을 멈춘 향련이 허리 뒤를 감쌌던 팔을 앞으로 내밀고 손바닥을 쫙 폈다. 손바닥 한가운데 놓인 거뭇한 꽃송이는 자세히 보니 검은 깃털로 만든 제기였다. 육달부가 감탄하며 크게 외쳤다.

"대단해! 너무 아름다워서 까무러칠 지경이에요!"

향련이 공중으로 제기를 던지고는 재빨리 손으로 치맛자락을 잡았다. 곧이어 치맛단에서 작고 빨간 참새 한 마리가 날아올라 제기를 낚아챘다. 제기가 마치 살아 있는 것처럼 위로 다시 튀어 올랐다. 그 사이 작고 빨간 참새는 치맛단 안으로 돌아갔다가 다시 치맛자락이 올라가자 또 한 번 날아올라 제기를 낚아챘다. 제기가 공중으로 튀어 오를 때마다 향련은 분홍빛 목살을 드러내며 고개를 위로 젖혔다. 제기를 노려보는 강렬한 눈빛은 조금 전 수줍게 바닥으로 시선을 내리깔던 눈빛과는 정반대였다. 제기가 내려오기 시작하면 치맛단 안에 숨어 있던 작고 빨간 참새가 재빨리 날아올랐다. 이 역시 조금 전 사뿐사뿐 걸어오던 가벼운 발걸음과는 전혀 딴판이었다. 동작이 하도 재빨라 펄럭이는 주름치마와 위아래로 오르내리는 검은 제기만 보였다. 물론 가장 돋보이는 것은 좌우 양쪽에서 번갈아 치맛자락을 들락거리는 작은 참새였다. 사람들은 한참이 지난 후에야 이 작은 참새가 향련의 작은 발임을 알아차렸다. 원래 연녹색 신발을 신었다가 아무도 모르게 빨간색으로 갈아 신어 사람들을 착각하게 만든 것이다. 어떻게 이런 방법을 생각했을까? 수수하고 옅은 옷차림 덕분에 빨간색 신발과 까만 제기가 더욱 돋보였다.

작고 빨간 신발은 쉴 새 없이 빠르게 움직여 자세히 볼 수는 없었지만 확실히 작고, 뾰족하고, 정교하고 날렵했다. 특히 양 발 모두 신기神氣가 느껴졌다. 잠시 후 향련은 충분하다고 생각하며 제기를 힘껏 차올려 머리 뒤로 넘겼다. 사람들은 제기가 땅에 떨어지는 줄 알고 일제히 소리를 질렀다. 백금보는 그것 보라는 듯 날카롭게 외쳤다.

"떨어뜨렸네!"

그러나 향련은 전혀 당황하지 않고 침착하게 공중제비를 돌았다. 허리를 한쪽으로 비틀어 치마를 휘날리며 한쪽 발을 위로 쭉 뻗었다. 발목을 앞으로 꺾어 발바닥을 위로 향하게 하는 이 자세는 권법에서 도패금구倒掛金鉤라 부르는 기술이다. 신발 바닥으로 제기를 튕겨내자 제기가 다시 머리 위로 튀어 올라 몸 앞으로 떨어졌다. 이번에는 다른 쪽 발을 뻗어 발끝으로 제기를 받았다.

마지막 동작에서 드디어 모두의 눈앞에 발이 드러났다. 반달 모양으로 잘라놓은 참외처럼 가늘고 얇은 아름다운 전족이었다. 그러나 그녀가 발을 드러낸 것은 아주 짧은 순간이었다. 살짝 위로 튕겨낸 제기를 손으로 잡으며 재빨리 발을 거둬들여 바닥을 딛자, 그녀의 발이 다시 주름치마에 가려졌다. 향련은 다소곳이 서서 사람들을 쳐다보지 못하고 수줍은 듯 시선을 아래로 내렸다. 방금 전, 제기를 차고 공중제비를 도느라 가쁜 숨을 몰아쉬었다. 덕분에 가슴이 살짝 오르내려 더욱 사랑스러워 보였다.

대청 안팎이 잠시 쥐죽은 듯 고요해졌다가 갑자기 환호성이 터져나왔다. 이곳에 모인 진족광들은 모두 흥분을 감추지 못했다. 교육교는 정신 나간 사람처럼 열광적으로 손발을 휘두르며 난리법석을 떨었다. 육달부는 완전히 넋이 나가 웃음기라곤 없이 얼굴이 하얗게 질렸다. 우봉장 역시 얼이 빠진 듯 눈빛이 이상해졌다. 화림의 거만함도 크게 한풀 꺾였다. 교육교는 한바탕 난리법석을 떤 후에야 겨우 진정하고 찬사를 내뱉었다.

"이게 바로 시처럼, 그림처럼, 노래처럼, 꿈처럼, 연기처럼, 술처럼 아름다운 것이군요. 정말 까무러치도록 매혹적이라 한번 빠지면 넋이 다 나가버리겠어요. 이렇게 뛰어난 전족 기예를 보다니, 죽어도 여한이 없어요!"

전족광들은 감개무량한 표정으로 교육교의 말에 고개를 끄덕였다. 여현경이 동인안을 돌아보며 말했다.

"어제 여기 나리들과 '천진 사절'에 관해서 토론을 벌였는데, 동 나리를 포함시켜야 한다는 의견이 있었습니다. 사실 어제는 그 의견에 반대했었는데, 오늘은 자신 있게 말할 수 있습니다. 동 나리는 천진이 아니라 '천하 사절'이라 해도 손색이 없습니다. 이 정도 금련이라면 바다 건너 서양에서도 반드시 절색으로 꼽힐 것입니다. 서양 여자들 발은 서양 배만큼 크지 않습니까!"

"거사, 내륙 사람들은 아무래도 보고 듣는 데 한계가 있군요. 그건 배가 아니라 선박이라고 하는 겁니다. 하하하!"

동인안이 밝은 표정으로 하인들에게 술과 음식을 준비시키고 며느리들에게 손님을 접대하게 했다. 그런데 백금보가 보이지 않아 도아가 찾으러 가려 하자 동인안이 도아를 붙잡았다.

"아마 소화가 돌아온 모양이니 내버려둬라."

동인안은 이렇게 말하고 손님들과 어울려 웃고 떠들기 시작했다. 곧 술과 고기, 밥과 반찬, 과일 등이 줄줄이 나왔다. 마침 한겨울이라 은어, 자게, 긴발톱멧새, 마른 새우, 콩나물, 누런 부추, 청무, 오리 배로 요리하는 '천진 8대 진미'를 맛보기 좋은 시절이었다. 좋은 재료를 세심히 골라 정성껏 요리한 노란색, 자주색, 은색, 흰색, 붉은색, 초록색 등의 화려한 요리가 갖가지 접시에 담겨 한상 가득 차려졌다.

막 술을 따라 마시려는데 육달부가 한 가지 제안을 했다. 향련의 신발 한 짝을 세 걸음 떨어진 곳에 두고 돌아가며 신발 안으로 젓가락을 던지자는 것이었다. 민속놀이 투호投壺에서 착안한 것으로, 젓가락이 신발 안에 들어가면 이기고, 젓가락이 들어가지 않아 지는 사람은 벌주를 마시는 방식이었다. 다들 전족광이라 크게 반겼다.

"간단하지만 은자 삼백 냥에 버금가는 훌륭한 생각입니다!"

"그런데 큰아씨가 허락하실지 모르겠군요."

걱정과 달리 향련은 흔쾌히 수락했다. 전족광들은 신발을 벗는 향련의 동작에 주목했다. 수줍게 웃으며 치마를 걷어 올릴 것이라는 예상과 달리 그녀는 양손을 아래로 내려뜨려 마치 물에 비친 달을 건져내듯 치맛단 안에서 작고 빨간 신발 한 짝을 들어올렸다. 자수 없이 온통 빨간 비단으로 감싼 박달나무굽 전족 신발이었다. 신발 앞코가 갈고리처럼 휜 아주 독특한 모양이었다. 여현경이 호기심이 가득한 눈빛으로 물었다.

"바닥이 휘어 뒤꿈치가 높고 앞부분이 비스듬히 올라가 앞코가 갈고리처럼 휘었군요. 고풍스러우면서 우아한 것이 연조燕趙 지역 전통 신발이 틀림없습니다. 요즘에는 거의 찾아볼 수 없어 골동품이나 다름없지요. 혹시 큰아씨 친정에서 가져온 것인지요?"

향련은 말이 없고 동인안도 허허 웃기만 했다. 그러자 옆에 서 있던 반 이모의 표정이 싹 바뀌더니 얼굴을 찌푸리며 벌떡 일어나 나가 버렸다. 그러나 다들 와자지껄 웃고 떠드느라 아무도 반 이모를 눈여겨보지 않았다.

빨간 신발을 바닥에 내려놓고 돌아가며 젓가락을 던졌다. 전족광

전족

들은 아직 벌주를 마시지도 않았는데도 취한 표정으로 넋을 잃고 신발을 바라봤다. 교육교만 소 뒷걸음질치다 쥐 잡은 격으로 성공했을 뿐이었다. 우봉장은 두 번 실패해 벌주 두 잔을 마셨다. 동인안이 던진 젓가락은 한 번은 굽 앞에 떨어지고 한 번은 애먼 구리 가래통에 들어가 그 역시 벌주 두 잔을 마셨다. 여현경은 빨간 신발을 보기만 했는데도 혼이 나간 듯 손을 덜덜 떨며 젓가락을 잡지도 못했다. 결국 젓가락을 던져보지도 못하고 자원해서 벌주 두 잔을 마셨다. 이렇게 두 바퀴를 돌고 나니 빨간 전족이 오도카니 놓인 주변 바닥에 젓가락이 그득했다. 이쯤에서 동인안이 놀이를 중지시켰다.

"이 놀이는 너무 어렵군요. 다들 손이 말을 듣지 않으니 벌주에 취해 흥이 깨져버리겠습니다. 육 나리, 다른 놀이로 바꿔보는 게 어떻겠습니까?"

육달부가 바로 다른 놀이를 제안했다. 그는 오늘 모인 사람은 모두들 전족광이니, 돌아가며 전족 예찬론을 펼치고 논리가 부족한 사람은 벌주를 마시자고 했다. 과연 전족광들답게 고상하고 식견을 넓힐 수 있는 놀이라며 크게 반겼다. 사람들이 가장 먼저 우봉장에게 순서를 넘겼다.

"왜 하필 나야? 내 학문이 가장 떨어진다, 이거요?"

우봉장이 오기로 벌떡 일어나 운을 뗐다.

"풍요롭고 부드럽고 아름다워라."

"그게 다요?"

"암요! 이제 교 나리 차례요!"

"겨우 세 단어로 얼렁뚱땅 넘어가려고? 어림없소! 어서 벌주를 마셔요!"

"아니, 이것 보시오. 이 세 단어는 책에 적혀 있는 내용이오. 풍요롭고 부드럽고 아름다워라, 이것이 금련삼귀金蓮三貴라는 것이오. 믿기지 않으면 동 나리에게 물어보시오. 학문의 깊이가 글자 수로 결정되는 게 아니잖소? 정 그렇다면 어디 더 많이 말해보시든가!"

"좋습니다. 귀 바짝 세우고 글자 수를 잘 세십시오. 이제부터 금련이십사격金蓮二十四格을 말하겠습니다. 24격은 크게 형태, 질감, 자태, 정신 넷으로 분류해 각 분류마다 여섯 가지가 있습니다. 4 곱하기 6, 딱 24이지요. 먼저 형태는 가늘고, 날카롭고, 짧고, 얇고, 치켜 올라가고, 대칭이 맞아야 합니다. 질감은 가볍고, 균일하고, 깨끗하고, 광택이 나고, 기름지고, 향기로워야 합니다. 자태는 유연하고, 정교하고, 곱고, 민첩하고, 안정적이고, 아리따워야 합니다. 정신은 여유롭고, 고상하고, 초연하고, 그윽하고, 운치 있고, 담담해야 합니다."

"그 '정신'에 속하는 여섯 가지는, 만약 오늘 큰아씨의 전족을 보지 못했다면 젖 먹던 힘까지 쥐어짜내도 절대 이해할 수 없었을 겁니다. 그런데 그중 '담담함'은 너무 모호합니다."

여현경의 지적에 교육교가 바로 설명을 덧붙였다.

"어디가 모호하단 말입니까? 조금 전 큰아씨가 가산 옆에 서 있을 때, 거사는 '담담함'을 느끼지 못하셨습니까? 단아하고, 그윽하고, 담백하고, 초연하고, 무심하고, 은은하고, 또 산뜻하고 마음이 탁 트이는 느낌, 그 담담함을 완벽하게 보여주지 않았습니까?"

여현경은 이 설명을 듣고 놀라움을 감추지 못하며 공손히 두 손을 모았다.

"교 나리는 역시 천진의 수재로군요. 한마디, 한마디 모두 옳은 말입니다. 좋습니다. 이번에는 제 차례입니다. 저는 '금련사경'金蓮四景에 대해 말하겠습니다. 동 나리, 혹시 '금련사경'을 아시는지요?"

여현경이 동인안에게 질문을 던진 이유는 글쟁이 교육교를 피하는 동시에 오랜 숙적을 견제하기 위함이었다.

"말씀해 보시지요. 일단 들어 보겠습니다."

"발을 싸매고, 발을 씻고, 신발을 만들고, 신발을 신어보고. 어떻습니까? 하하하!"

여현경이 누런 이를 드러내며 호탕하게 웃었다. 사람들은 별다른 반응을 보이지 않았다. 모작 화가 우봉장만 연신 고개를 끄덕이며 중얼거렸다.

"훌륭해, 훌륭해!"

동인안은 의례적인 미소도 짓지 않았다. 힐끗 향련을 돌아보니 그녀 역시 한심하다는 듯이 여현경을 쳐다봤다. 눈동자가 위로 치솟아 흰자위만 남은 화림은 더 한심해 보였다. 우봉장이 그런 화림을 보고 놀려댔다.

"화 나리, 너무 깊이 고민하지 말고 어서 하나 말해 봐요. 우리 귀가 놀랄 만큼."

화림이 얄미운 듯 우봉장을 째려봤다.

"금련 예찬은 한 글자면 충분하오. 공空!"

사람들은 이 말을 어떻게 평가해야 할지 몰라 서로 얼굴만 쳐다봤다. 우봉장이 긴발톱멧새 고기를 먹다가 발라낸 뼈를 퉤 뱉어내며 손을 흔들있나.

"몰라, 몰라! 도대체 무슨 말이오? 매번 뜬금없는 말로 사람을 놀리기나 하고. 아무것도 없는 게 무슨 금련이오? 공이라니, 발이 없다는 것이오? 말도 안 돼. 벌주, 벌주 마시시오."

이때 향련이 불쑥 입을 열었다.

"저는 '공'이란 말이 마음에 듭니다."

전족광들은 이 말을 듣고 어안이 벙벙했다. 도대체 무슨 일인지 아무리 생각해도 이해할 수가 없었다. 동인안까지 어리둥절한 표정을 짓자 이 말에 정말 심오한 의미가 숨겨져 있나 싶어 아무도 함부로 대꾸하지 못했다. 잠시 후 먼저 입을 연 사람은 육달부였다.

"하하하. 저는 빈껍데기가 아니니 실체로 접근해 보겠습니다. 제가 논할 것은 '금련삼상삼중삼하삼저'金蓮三上三中三下三底입니다. 잘 들어 보십시오. 먼저 삼상은 손바닥 위, 어깨 위, 그네 위이고, 삼중은 취중, 꿈속, 눈 속이고, 삼하는 발 아래, 병풍 아래, 울타리 아래이고, 삼저는 치마 밑, 이불 밑, 배꼽 밑……."

교육교가 육달부의 어깨를 밀치며 킥킥 웃었다.

"육 나리, 다른 사람은 속여도 나는 못 속입니다. 앞에 말한 세 가지 '삼', 삼상삼중삼하는 방현方絢이 한 말 아닙니까? 책에 다 나옵니다. 마지막 '삼', 즉 삼저는 육 나리가 추가한 것이겠지요. 어째 육 나리는 그런 것만 좋아하십니까?"

육달부가 의자 등받이 뒤로 고개를 젖히며 미친 듯이 웃어댔다. 이번에는 동인안의 차례였다. 그는 할 말을 준비해 뒀지만 웬일인지 말문이 꽉 막혔다. 나중에서야 그 이유가 화림이 말한 '공' 때문임을 알았다. 어떻든 지금 동인안이 할 수 있는 말은 이것뿐이었다.

"할 말이 없으니 벌주를 마시겠습니다."

그는 앞에 준비된 술을 입안에 털어 넣고 배 속으로 흘려보낸 후 한마디 덧붙였다.

"조금 더 흥을 돋울 수 있는 다른 놀이로 바꿉시다."

오늘 모인 사람들은 동인안의 전족학이 대단하다는 것을 알기에 그가 의미 없는 허접한 말을 늘어놓고 싶지 않은 것이라고 생각했다. 아무도 동인안에게 답을 강요하지 않았다. 잠시 후 교육교가 새로운 놀이를 제안했다.

"그럼 이번에는 시 짓기로 벌주놀이를 해보지요. 어떻습니까? 규칙은 다른 말은 하지 않고 오로지 전족에 대한 내용이어야 할 것. '강남이 좋구나'(백거이白居易의 〈억강남〉憶江南 첫 구절)를 살짝 바꿔서 '금련이 좋구나'로 시작하지요. 한 사람이 시 한 수씩 읊되, 시가 훌륭한지는 따지지 않고 압운이 맞는지만 보겠습니다. 다들 동의하시면 제가 먼저 시작하고 앉은 자리 왼쪽으로 돌아가며 한 명씩 이어가지요. 제대로 시를 읊지 못하는 사람은 벌주를 마셔야 합니다!"

이 말에 전족광들은 제대로 흥이 났다. 모두들 교육교가 제안한 놀이가 고상하면서도 신나게 즐길 수 있는 재미있는 방법이라며 입을 모아 칭찬했다. 이때 우봉장이 얼른 고깃덩어리를 입안에 집어넣었다. 독한 벌주에 대비해 미리 배 속을 채워두는 것이었다.

"금련이 좋구나!"

교육교는 역시 수재라 입을 열자마자 시구가 술술 흘러나왔다.

"치맛단이 봄바람과 싸우고, 자개 자로 재어보니 겨우 3촌이네. 사뿐사뿐 눈 위를 지나며 붉은 신발이 천천히 거니네."

"좋다!"

진족광들이 일제히 환호했다. 교육교가 우봉장 머리에 손가락을 튕기며 말했다.

"그만 쑤셔 넣어요. 우 나리 차례예요!"

"방금 동 나리한테 배웠소. 벌주 인정하고 한 잔 마시겠소!"

"안 돼요. 우 나리가 동 나리랑 비교가 됩니까? 동 나리의 전족학은 천진 최고인데 동 나리랑 똑같이 하려고 하면 안 되죠. 우 나리가 스스로 벌주를 인정하려면 한 주전자는 마셔야 해요."

교육교의 말에 모두들 고개를 끄덕이며 맞다고 소리쳤다. 우봉장은 난처한 듯 귀와 뺨을 긁적거리며 어쩔 줄 몰라 안절부절못했다. 눈을 부릅뜨고 두리번거리던 중 갑자기 시구가 떠올랐다.

"금련이 좋구나! 큰아씨 발이 제기를 8장 높이까지 차올리네. 이 발이 훌륭하지 않다고 말하는 놈은 고양이 오줌을 마셔야 하리!"

우 봉장의 말이 끝나자 모두들 박장대소했다. 배를 움켜쥔 사람, 눈물을 흘리는 사람, 의자등받이에 머리를 박는 사람도 있었다. 화림은 입안에 머금었던 찻물을 뿜어냈다.

"우 나리 시구가 문학성은 부족할지 몰라도 큰아씨를 즐겁게 한 것만은 분명합니다!"

향련도 손으로 입을 가리고 쿡쿡 웃다가 기침까지 했다. 의기양양해진 우봉장이 막 게 다리를 입에 넣으려던 육달부를 끌어당기며 흐름이 끊기지 않도록 시간 끌지 말고 바로 시를 읊으라고 재촉했다. 우봉장은 다른 손에 술 주전자를 들고 벌써부터 벌주를 따를 준비를 했다. 그러나 예상과 달리 육달부는 길게 생각할 것도 없이 바로 시를 읊었다.

"금련이 좋구나! 밤이 되면 완전히 넋을 잃으리. 아리따운 연꽃 두 송이가 수면 위에 올라온 듯, 옥처럼 뽀얀 두 발에 흙이 묻지 않게, 작으면 작을수록 사랑받으리."

향련은 너무 부끄러워 얼굴을 옆으로 돌렸다.

"저속해, 저속해. 너무 저속하잖소. 벌주, 벌주를 마셔야 해요!"

전족광들이 육달부에게 벌주를 먹이려 난리법석을 떨었다. 그러자 육달부가 억울하다며 변명을 늘어놓았다.

"이건 아속공상雅俗共賞(고상한 선비와 속된 대중이 함께 즐기다. 고상한 것과 세속적인 것을 함께 즐기다. 모든 사람이 즐길 수 있다는 뜻)이오. 대중성을 해치지 않는 고상함, 고상함을 해치지 않는 대중성이 균형을 이루고 있소. 난 자신 있게 이 시를 신문에 발표할 수도 있소!"

육달부가 사람들 손을 뿌리치고 실실 웃으며 입을 막고 벌주를 거부했다. 그러나 교육교가 기어이 벌주를 먹였다. 육달부뿐만 아니라 모두들 흥에 취해 술잔을 들이켰고, 와자지껄 떠들수록 취기가 올라 점점 더 소란스러워졌다. 이때 육달부가 갑자기 벌떡 일어나 소리쳤다.

"나에게 술을 먹이는 것은 어렵지 않습니다. 딱 하나만 있으면 돼요. 그것만 있으면 얼마든지 마실 수 있다고요!"

"그게 뭔지 어서 말해 보시오!"

"큰아씨, 방금 투호놀이 때 사용한 신발을 잠시 빌려주시겠습니까?"

육달부가 손을 내밀자, 향련은 어리둥절했지만 순순히 신발을 건넸다. 육달부가 술잔을 신발 안에 밀어 넣었다. 술잔이 신발보다 커서 힘껏 밀어 겨우 집어넣었다.

"난 이 잔으로 마시겠소!"

육달부가 크게 웃으며 소리쳤다.

"이거, 좀 심한 거 아니오?"

우봉장이 걱정스러운 표정으로 동인안을 돌아봤다. 그러나 동인안은 아무렇지 않은 정도가 아니라 매우 신난 표정으로 대꾸했다.

"옛 사람들도 모두 이렇게 했습니다. 이런 것을 채련선朵蓮船이라고 하지요. 신발 술잔으로 돌아가며 술을 마시면 이보다 더 흥겨울 수가 없지요!"

이때부터 전족광들은 벌주놀이를 제쳐두고 너도 나도 술을 마시겠다고 법석을 떨었다. 처음에는 육달부가 교활하고 간사하다고 욕하더니, 세상일은 확실히 간 큰 놈이 유리한 법이다. 제멋대로 하면 오히려 문제가 없고, 조심할수록 문제가 생긴다. 오장육부에서 심장보다 담이 더 쓸모 있지 않은가! 육달부 손에서 다른 사람 손으로 신발 술잔이 옮겨가는 동안 싸우고 뺏고 뺏기고, 또 싸우고 뺏고 뺏겼다. 술잔이 가득 채워지면 한입에 털어 넣었다. 누구는 향기롭다 하고, 누구는 취한다 하고, 누구는 마셔도, 마셔도 취하지 않는다며 또 마셨다.

교육교가 신발 술잔을 뺏어 양손으로 받들고 술을 마셨다. 그런데 갑자기 두 손에 힘이 풀리면서 신발 술잔이 순식간에 사라졌다. 모두들 바닥에 엎드려 술잔을 찾는데, 육달부가 교육교를 가리키며 미친듯이 웃어댔다. 알고 보니 신발 술잔이 교육교의 입에 물려 있었다. 위아래 이빨로 빨간 신발을 꼭 물고 있으니, 마치 커다란 붉은 고추를 물고 있는 것 같았다. 👣

제9화
진인과 진품은
쉽게 모습을 드러내지 않는다

둥근 모자를 쓰고 낡은 토끼가죽 귀마개를 양쪽 옆머리에 붙인, 몸이 비뚤어진 난쟁이가 옆구리에 긴 보따리를 끼고 걸어가고 있었다. 얼어붙을 듯 추운 날씨인지라 목을 잔뜩 움츠리고는 소매에 손을 집어넣고 소맷부리로 연신 콧물을 훔쳤다. 종종걸음이지만 미친개에게 쫓기기라도 하는 것처럼 아주 빨랐다. 그는 갑자기 몸을 홱 돌려 남문 안 대수로 옆 골목으로 들어갔다. 왼쪽으로 세 번, 오른쪽으로 두 번 골목을 돌고 다시 좁고 길게 이어진 경사로를 지나갔다.

몸이 비뚤어진 사람이 지나가면 바른 길이 기울어 보이고 기운 길이 바른 것처럼 보이는 법이다. 난쟁이가 경사로에 들어서자 보통 사람처럼 키가 커 보였다. 난쟁이는 낡은 대문 앞에 멈춰 섰다. 강하게 세 번, 약하게 한 번. 그렇게 총 세 번을 반복해서 대문을 두드리자 대문이 열렸다. 대문을 연 우봉장이 상대를 확인하고 다급하게 내뱉었다.

"아이고, 활수! 왜 이제야 와? 시궁창에 빠진 줄 알았잖아! 등 나리랑 다들 벌써 와서 기다리고 있어!"

활수가 거친 숨을 몰아쉬며 쉿쉿 쇳소리를 냈지만 아무리 해도 목소리가 나오지 않았다.

"여기 서서 헥헥거리지 말고 어서 들어와. 남들이 보면 어쩌려고!"

우봉장이 활수를 대문 안으로 잡아당겼다. 집안에 들어서니 화로 선반에 걸린 대형 솥단지 안에 그림이 끓고 있었다. 뜨거운 열기 때문에 우봉장의 얼굴은 온통 빨갛게 달아올라 고사 상에 올리는 돼지머리, 아니 소머리 같았다. 탁자 앞에 앉아 있는 뚱뚱한 남자는 척 봐도 잘 먹고 잘 사는 부잣집 나리 같았다. 눈동자, 입, 손가락, 손톱까지 온몸이 통통하고 기름기가 줄줄 흘렀다. 옷차림도 예사롭지 않았다. 허리춤에는 자수 담배병과 연결된 줄이 늘어져 있고, 탁자 위에는 금과 옥 장식이 박힌 큰 주전자 세트와 작은 코담배병과 도자기 담배접시가 놓여 있었다. 활수는 이 담배접시가 송나라 도자기 조각을 갈아 만든 것임을 한눈에 알아봤다. 그러나 그리 귀한 물건은 아니었다. 등 나리는 활수를 보는 순간 절로 얼굴이 찌푸려졌다. 활수는 똑바로 말하지도 못하면서 먼저 입을 열었다.

"가기(게) 구(규)칙 상, 지(진)짜 가짜는 머(말) 못해요. 디(지)금 나리에게 솔직히 머(말)하면, 나리가 미(몇) 개 사간 건 전부 가짜에……"

갑자기 기침이 나기 시작했지만 기침을 하면서도 계속 말을 이어갔다.

"누기(구)도 원망할 순 없어요. 지(진)짜 가짜는 오로지 자기 는(눈)을 믿어야 해요. 돈을 내고 물건을 가지고 믄(문)을 나간 후에는 속은 줄 알아도 어쩔 수 없어요. 오늘 우 나리 어그(얼굴)를 봐서 어(이)백 냥만 내시면, 이 대척자 그림을 가가가(가져갈) 수 있어요. 이 물건은 확실해요……."

활수가 보따리를 열고 그림을 펼쳤다. 지난해 양고재에서 사들인 석도石濤의 진품 그림이었다. 등 나리의 두 눈이 빠르게 그림을 훑었다. 그는 또 가짜를 사게 될까봐 걱정하며 우봉장을 힐끗 쳐다봤다. 진위 여부를 판단해 달라는 의미였다. 그러나 우봉장은 모작 전문가일 뿐, 진짜를 알아보는 눈은 없었다. 그 역시 자신이 없어 활수에게 되물었다.

"이 그림, 동 나리가 확실히 진짜라고 말한 거지? 등 나리를 또 함정에 빠뜨리면 안 돼. 등 나리가 돈이 많다고 봉으로 생각하지 말라고. 산서거사 그 양반이 소개해서 자네 가게에서 골동품을 산 건데, 돌아가서 전문가에게 보여주니 보자마자 고개를 흔들더래. 이건 작정하고 남의 집안을 풍비박산내자는 거 아닌가? 여보게 활수, 옛말에 한 번 남을 함정에 빠뜨리면 수명이 10년 줄어든다고 했어!"

"무슨 머(말)씀을……. 만약 이게 가짜면 버시(벌써) 바(팔)지 않았겠어요? 나보고 이 그림을 자(창)고에 넣어두고 디(지)키라는 게 벌써 어(이)년 반이 지났어요."

"이 귀한 그림을 몰래 들고 나오다니, 자네 주인이 알면 어쩌려고? 겁나지 않아?"

"그건 아주 시어(쉬워)요. 다 생각해뒀어요. 우 나리가 가짜 그림을 난(만)들어 이 진짜를 내(대)신하는 거죠."

그러나 우봉장의 반응은 냉담했다.

"아주 좋은 생각이군! 자네는 양쪽으로 돈을 벌고 나한테 덤터기

씌우려고? 누가 감히 동 나리 눈을 속일 수 있겠나? 그분은 한눈에 가짜인 걸 알아낼 거야. 가짜 그림이 내 솜씨인 것까지 단박에 알아낼 거라고!"

우봉장이 두 손을 휘휘 내저으며 한마디 더 덧붙였다.

"난 위아래 3대를 모두 먹여 살려야 한다고. 등 나리를 등쳐먹더니, 이번엔 날 함정에 빠뜨릴 생각이야?"

"그건 아주 시어(쉬워)요. 저한테 다(방)법이 있어요."

활수의 얼굴에 교활한 미소가 떠올랐다.

"무슨 방법?"

우봉장이 활수의 눈을 노려보며 되물었다. 하지만 활수의 눈동자는 좀처럼 보이지 않았다. 활수가 잠시 침묵하자, 우봉장이 등 나리를 가리키며 다그치듯 소리쳤다.

"아무리 돈 많은 사람이라도 사실이 명확해야 지갑을 열지. 죽어서 억울한 원귀가 되게 하지 말라고!"

활수가 어리벙벙한 표정으로 대꾸했다.

"골동품 일은 머(말)해도 모르잖아요. 동가 골동품 가기(게)가 사람을 속이든 말든 상관없이, 나 활수는 절대 등 나리를 함정에 빠뜨리지 않아요."

우봉장은 활수가 등 나리를 속이려 한다고 생각해, 화제 방향을 바꿔봤다.

"모작품을 만들려면 최소한 한 달 동안 이 그림을 여기에 둬야 할 텐데, 만약 작은주인어른이 없어진 걸 알면 모든 게 끝장 아닌가?"

활수가 씩 웃자 작은 눈이 아예 보이지도 않았다.

"작은주인어른이 그림 관리에 머신(무슨) 가신(관심)이 있겠어요?"

"무슨 말이야?"

등 나리는 동가 사정을 전혀 몰라 어리둥절했다.

"우 나리에게 동가 사정을 물어보면 데(다) 알 수 있어요. 지난번 원소지(절) 전족 경연에서 큰아씨가 어서(우승)하고 둘째아씨는 끝장 났어요. 지금 동가는 큰아씨 세상입니다. 하녀들 모두 큰아씨 방으로 모여들고 동 나리도 큰아씨 방으로 뛰어가지요. 헤헤헤…… 둘째 나리는 그나마 둘째아씨 덕 비(보)던 게 사라진 후, 두 사람은 허구한 날 나이바싸(난리법석)예요. 모이키라(머리카락) 잡아 뜯고 이빨이 날아가고……."

"여 거사 말로는 그 댁 큰아씨는 가난한 집 출신이라는데, 그 큰 집 살림을 제대로 감당할 수 있나?"

"등 나리, 그런 말씀 마세요. 사람의 능력은 빈부를 가리지 않는 법입니다. 내가 보기엔 동가 큰아씨는 보기 드문 인재예요. 남자로 태어났으면 북양대신北洋大臣이 됐을지도 몰라요. 더구나…… 동 나리가 큰아씨를 확실히 지지하고 있으니 감히 불복할 수가 있겠습니까?"

"동가는 정말 특이한 곳이군요. 발 하나로 제왕이 될 수 있다니!"

등 나리는 재미있게 이야기를 들으며 콧구멍에 코담배를 묻혔다. 우봉장도 신나게 이야기를 늘어놓았다.

"전족 이야기가 얼마나 오묘한지 잘 모르실 겁니다. 전족 식견을 넓히고 싶다면 언제 한 번 새로운 경험을 시켜드리지요. 그 전족은 가히 천하세일이지요. 상산常山 조자룡의 칼처럼 최고 중의 최고입니다. 아, 지난번에 여 거사가 등 나리를 모셔왔던 날, 우리가 의승성 식당에서 했던 말을 등 나리도 듣지 않으셨소? 여 거사도 동가 전족이 천하제일이라며 진심으로 탄복하지 않았소!"

뜻밖에도 등 나리가 입을 삐죽이며 살짝 눈을 흘겼다.

"여 거사가 진심으로 탄복했다고 해서 나까지 탄복하라는 법은 없지요. 사실 여 거사와 나의 전족학을 논하자면 나는 전문가이지만 그쪽은 문외한입니다. 동가가 전족 경연에 초대했더라도 난 안 갔을 겁니다. 감히 장담하건대, 내가 동가 큰아씨를 이길 수 있으니까요."

"뭐라고요? 등 나리가 말이오? 그 발로? 기왓장, 오리발, 증기선처럼 그 큰 발로? 농담하지 마세요! 하하하하!"

"누가 농담한답니까? 바로 실행에 옮깁시다. 지금 당장 동가에 말씀을 전해주시오. 내일 내 딸을 데리고 가겠소."

등 나리의 말투는 사뭇 진지했다.

"뭐라고요? 등 나리한테 딸이 있어요? 어디에? 왜 난 금시초문이지?"

"객점에 있습니다. 천진 구경이나 시켜줄 겸 데려왔지요. 나중에 북경에 가면 사람들한테 물어보시오. 2촌 2분 하면 북경 등가를 최고로 꼽을 겁니다!"

"2촌 2분? 그게 발이오? 세상에 그렇게 작은 발이 있단 말이오?"

우봉장이 큰 눈을 끔뻑거렸다. 등 나리가 손가락 끝에 코담배병을 얹으며 대답했다.

"대략 이 정도지요. 동가 큰아씨랑 비교가 되려나?"

"우와, 세상에 그렇게 작은 발이 있다니, 정말 듣도 보도 못했습니다. 나중에 내가 먼저 봐야겠습니다. 전족광으로서 가만히 있을 수 없네요. 등 나리가 내 식견을 넓혀주겠다니, 저도 같은 마음입니다. 제가 진짜 물건이 몇 개 있거든요."

우봉장이 벌떡 일어나 장을 열고 해수상조포도경海獸祥鳥葡萄鏡, 검은 도자기 향로, 호리병 모양 벼루, 절반이 잘려나간 수암옥岫岩玉 팔선인八仙人 조각상을 꺼내왔다. 팔선인 조각상에 남은 인물은 여동빈呂洞賓, 남채화藍采和, 한종리韓鐘離, 조국구曹國舅 넷뿐이지만 조각 기술이 뛰어나 수염, 눈썹, 손가락, 옷깃, 소매, 허리띠가 생생할 뿐 아니라 신기神奇가 느껴졌다. 등 나리는 황홀한 표정으로 손바닥을 비벼대며 기쁨을 감추지 못했다.

활수는 말없이 한옆에 서 있었지만 이 물건들의 진위를 한눈에 알아봤다. 포도경만 당나라 것이고, 향로와 벼루는 가짜였다. 반쪽자리 팔선인 조각은 거의 장난감 수준이어서 골동품이라고 하기도 뭣했다.

"등 나리, 나리가 디(진)짜 2촌 2분짜리 전족을 선보여 우리 큰아씨를 느(누)르면, 장담컨대 우리 작은주인어른이 감사의 선물로 진짜 드(주)정周鼎을 내줄 겁니다."

"그건 어렵지 않아. 돌아가서 말을 전하게. 내일 당장 방문하겠다고."

활수가 희희낙락하며 인사를 하고 돌아섰다. 우봉장이 활수를 대문까지 배웅했다.

"조금 전에 방법이 있다고 했지? 대척자 모작품이라…… 아무래도 난 자신 없어. 아마 성공하지 못할 거야. 기껏해야 절반쯤 흉내 내는 정도겠지. 아니, 절반은 무슨, 3할만 비슷해도 대단한 거지."

활수가 바짝 다가서서 까치발을 들고 우봉장 귀에 입을 갖다 대고 웅얼거렸다. 우봉장이 입을 우물거리는가 싶더니 금방 입이 쩍 벌어지며 놀라움을 금치 못했다.

"네놈 능력이 나보다 훨씬 뛰어나구나!"

활수를 바라보는 우봉장의 눈빛이 마치 귀신을 보듯, 신을 보듯 멍했다. 우봉장은 이 사람 구실도 제대로 못하는 놈이 그런 절묘한 모작 방법을 어떻게 알고 있는지 너무 신기했다. 이래서 '진인은 쉽게 모습을 드러내지 않는다'는 말이 있는 것일까? 자고로, 진인과 진품은 쉽게 모습을 드러내지 않는 법이니까.

"아파(앞으)로 우리는 가티(같이) 일해야 합니다. 우 나리 혼자서는 완벽한 모작을 만들 수 없어요. 제가 말한 반디(진)반가半眞半假는 한 물건 안에 디(진)짜도 있고 가짜도 있으니, 진위를 다(가)리고 싶어도 다(가)릴 수 없지요."

"절묘하긴 절묘한데, 그래도 난 가슴이 두근거려. 난 동 나리가 무섭다고."

"주인어른이 뭐가 무서워요? 지금 주인어른 가시(관심)는 온통 전족뿐이라 가기(게)에 시기(신경)쓰는 사람이 아무도 없어요. 우 나리, 다시 잘 기(계)산해 보세요. 이 한 장이 다른 모작 바(백) 장 이상의 가치가 있어요."

우봉장이 갑자기 눈빛을 번뜩이며 용기를 냈다.

"자네가 나중에 날 배신하지만 않으면 돼. 조심하게. 이렇게 큰 물건을 가지고 들락거리다보면 아무래도 남들 눈에 띄기 쉬우니까."

하얗고 비뚤어진, 차갑게 빛나는 활수의 작은 얼굴에 경멸의 미소가 번졌다. 그는 우봉장의 조언을 무시했다.

"나리는 등 나리나 잘 보고 계세요. 내일 깍(꼭) 딸을 데려오게 하세요. 그 2촌 2분이 큰아씨를 느르(누르)면 동가가 다시 바카(발칵) 뒤집힐 겁니다. 그때는 가기(게)를 통째로 오(옮)겨도 아무도 시기(신경) 쓰지 않겠죠."

우봉장이 눈을 동그랗게 뜨고 웅얼거렸다.

"가짜와 진짜를 바꿔치기 한다는 게, 난 아무래도 자신이 없어."

하지만 활수는 이미 등을 돌린 채 발걸음을 옮기고 있었다. 👣

제10화
백금보와 과향련의 3차전

동가 며느리들은 머리부터 발끝까지 단장을 마치고 등 나리와 그 딸의 방문을 기다렸다. 말이 좋아 방문이지, 사실 도발이나 다름없었다. 그런데 백금보만 유독 편안하고 신나 보였다. 등 나리 딸이 적이 아니라 아군임을 알기 때문이었다. 그녀는 특별히 애쓸 필요 없이 그저 굿이나 보고 떡이나 먹으면 그만이었다. 백금보가 옆에 있는 셋째 아씨 이아연을 돌아보며 말했다.

"듣자니, 그 아가씨 발이 겨우 2촌 2분이라며? 흥, 말도 안 돼. 그게 사실이면 우리 동가 전족을 어떻게 그 옆에 내밀겠어? 안 그래?"

백금보의 목소리는 크지도 작지도 않아 조금 떨어져 앉은 향련에게도 아주 잘 들렸다. 이아연은 대꾸 없이 눈을 내리깔고 향련의 눈치를 살폈다. 향련의 얼굴은 시종일관 무표정해서 오늘 이 도전에 이길 자신이 있는지, 기분이 어떤지 전혀 알 수 없었다.

이아연은 그저께 양주에서 돌아왔다. 원래 셋째아들 소부와 함께 조금 더 일찍 돌아와 설을 보낼 계획이었다. 그런데 길을 떠나기 직전 소부가 선반에서 떨어진 구리거북에 발등을 찧어 한 발자국도 걸을 수 없게 됐다. 결국 이아연만 먼저 먼 친척 아주머니와 길을 떠났다. 천진에 돌아온 김에 친정 가족도 만나고, 아직 일면식도 없는 큰형님 과향련도 만나보고 싶었다. 큰형님 향련의 발이 그 옛날 시어머니를 능가한다는 소문은 익히 들었으나 백문이 불여일견이니, 일단 한번 보고 우열을 겨뤄보자는 생각도 없지 않았다. 이아연이 동가에 돌아오자 백금보는 그녀를 제 방에 끌어들여 그동안 있었던 일을 장황하게 늘어놓았다. 향련이 얼마나 포악한지 강조하며 향련과 겨뤄보라고 부추겼다.

양주 전족도 둘째가라면 서러울 정도로 유명했다. 이아연은 동인안이 양주에 그림을 사러 갔다가 만리 밖에서 간택한 보물이었다. 그녀는 양주에서 늘 최고였던 만큼 자부심이 남달랐고 백금보가 계속 부추기자 마음속에 감춰뒀던 승부욕이 수면 위로 떠올랐다. 그래서 당장 백동白銅 신발을 신고 향련을 찾아갔다. 백금보가 이아연을 쫓아가며 훈수를 뒀다. 이아연이 이기기만 하면 바로 향련을 동네북처럼 두들겨줄 생각이었다.

향련은 이아연을 처음 만나 이런 저런 이야기를 나눴다. 웃는 듯 아닌 듯, 차가운 듯 살가운 듯, 시종일관 미온적인 태도를 유지했다. 향련은 월계꽃처럼 작은 이아연의 얼굴에 시선을 고정시키고 그녀의 발은 쳐다보지도 않았다. 제 발도 치맛자락으로 덮어 상대가 도발할 구실을 주지 않았다. 어느 순간 향련이 옅은 미소를 지으며 갑자기 이아연의 발을 가리켰다.

"그 백동 신발은 누가 만들어줬나?"

이아연은 드디어 기회다 싶어 얼른 대답했다.

"어느 호남湖南 상인이 준 것이랍니다. 그 상인이 상서湘西에서 서커스를 봤는데, 여자 광대가 이 신발을 신고 쇠줄 위를 걷다가 나무판자를 걷어찼는데, 두께가 1촌인 나무판자에 구멍이 뻥 뚫리더랍니다. 상인이 은자 몇 백 냥을 주고 이 신발을 샀는데, 결국 제게 준 거죠. 이 신발은 보통 신발과 감히 비교할 수 없어요. 신발 면, 바닥, 굽까지 전체가 딱딱한 금속이라 탄력이 전혀 없어요. 발등에 조금만 살이 붙어도, 발이 조금만 길어도, 조금만 비뚤어져도 신을 수 없답니다. 신발이 받아들여주지 않으니 아무리 원해도 소용없지요. 제가 우연히 신어봤는데 이리 딱 맞을 줄 누가 알았겠어요?"

이아연이 이렇게 말하며 만개한 꽃처럼 활짝 웃었다. 그리고 백금보를 힐끗 쳐다보자, 백금보가 기다렸다는 듯이 맞장구를 쳤다.

"그러니까 그게 바로 누구 발이냐고. 말발굽이나 닭발은 절대 안 들어가지!"

향련은 백금보를 무시하고 이아연을 보며 미소를 지었다.

"동서, 내가 좀 신어 봐도 될까?"

이아연은 잠시 당황했지만, 향련이 스스로 신발을 신어보려다 체면을 구기는 것이야말로 가장 바라던 바였다. 이 신발은 딱딱한 금속 재질이라 백에 아흔다섯은 발이 들어가지도 않았다. 이아연은 덫을 던지자마자 향련이 바로 달려들 줄은 몰랐다. 그녀는 속으로 쾌재를 부르며 흔쾌히 백동 신발을 벗어 향련에게 건넸다. 향련의 발이 주머니에 손을 넣듯 신발 안으로 쏙 들어갔다. 향련이 고개를 젖혀 뒤에 서 있던 도아를 돌아보며 말했다.

"가서 솜 좀 가져오렴. 신발이 너무 크구나."

이 말은 단번에 이아연의 자존심을 짓뭉개버렸다. 이아연은 이렇게 작고, 곱고, 부드럽고, 아름다운 전족을 본 적이 없었다. 금속이 아무리 단단한들 그 형태보다 작으면 절대 걸릴 것이 없다. 향련이 백금보를 향해 생긋 웃으며 말했다.

"둘째동서도 한번 신어보지?"

향련은 이 말로 백금보의 자존심마저 밟아버렸다. 백금보는 자신은 결코 이 신발을 신을 수 없음을 잘 알기에 궁색한 표정으로 고개를 저었다. 향련은 조용히 일어나 도아를 데리고 방으로 돌아갔다. 이후로 이아연은 향련을 무서워하게 됐다. 백금보도 며칠 동안 향련의 얼굴을 똑바로 쳐다보지 못했다. 왠지 향련이 늘 뒤에서 자신을 노려보고 있는 것 같았다. 그러나 실제로 향련의 표정은 전혀 악독하거나 사납지 않았다. 오히려 아무 일 없었던 것처럼 평온했다.

그런데 오늘 백금보의 기세가 다시 살아났다. 2촌 2분. 이렇게 작은 전족이라니, 향련도 어쩔 도리가 없으리라. 이런 상대라면 향련도 떨지 않을 수 없을 것이다.

동가 며느리들이 등 나리 딸을 기다리는 동안, 교육교와 육달부 무리가 해대도海大道 경래곤慶來坤 극장에서 〈습옥탁拾玉鐲〉을 보자고 초대했다. 동인안은 그냥 집에서 등 나리 딸의 2촌 2분 전족을 기다리려 했는데 교육교가 그를 부추겼다.

"저쪽에노 대단한 전족이 있습니다. 2촌 2분보다 열 배는 근사할 겁니다. 거짓말이면 제 코를 베어버리셔도 좋습니다!"

이때쯤 대문 앞에 마차가 준비됐다. 동인안이 미심쩍다는 듯이 되물었다.

"2촌 2분보다 열 배나 근사하다면, 겨우 2분 2리**리**란 말이오? 사람 발이 메뚜기만 하단 말이오?"

동인안은 기분 좋게 웃으며 마차를 타고 떠났다.

사실 이 극장표는 동소화가 산 것이고, 교육교에게 동인안을 밖으로 꼬여내도록 부탁한 것이었다. 집안에 향련 편을 들어줄 사람이 없도록 하기 위함이었다. 동인안이 없을 때 등 나리의 딸이 향련을 제압하면 백금보가 다시 집안을 뒤엎을 생각이었다. 한쪽에서는 연극을 보고 다른 한쪽에서는 실제로 연극을 펼쳤다.

한편 동인안이 극장에 도착했을 때는 이미 공연이 시작된 후였다. 손옥교孫玉姣(《습옥탁》의 여주인공 이름)가 무대 한가운데 놓인 긴 의자에 다리를 꼬고 앉아 애교를 부리는 중이었다.

"소녀 이름은 손옥교, 어머니는 부처님께 향을 올리러 가셨어요. 혼자 집에 있으니 심심해요. 바느질이나 하면서 기분을 풀어야지."

이때 꽹과리 소리가 울리자, 손옥교가 위로 꼬아 올린 왼쪽 발목을 안으로 힘껏 끌어 당겼다. 부드러운 청백색 신발 바닥이 갓 자란 죽순 같았다. 순간 동인안은 황홀경에 빠져 정신을 잃을 뻔했다. 그가 다급하게 여배우의 이름을 묻자 곁에 있던 소화가 재빨리 대답했다.

"월중선月中仙입니다."

동인안이 한동안 혼잣말을 중얼거렸다.

"월중선이라, 월중선……."

동인안은 곧이어 이어진 〈백수탄〉白水灘 공연을 보는 둥 마는 둥 하며 월중선이 출연하는 다음 공연 〈활착삼랑〉活捉三郎을 애타게 기다렸다. 잠시 후 월중선이 염석교閻惜嬌의 혼령을 연기하며 그 작은 발로 청백색 연기를 흩날리며 무대를 뛰어다녔다. 동인안은 주변의 시선 따위는 신경도 쓰지 않고 바보처럼 같은 말을 수없이 되풀이했다.

"좋구나, 좋아! 좋아! 아주 좋아!"

주위의 다른 관객이 조용히 하라고 아무리 타이르고 욕해도, 심지어 먹던 사과와 호두를 집어던져도 동인안의 외침은 멈출 줄 몰랐다.

한편, 우봉장은 도포 자락을 말아 쥐고 후다닥, 다급하게 동가 대문 안으로 뛰어들었다. 동가의 네 며느리 앞에 멈춰 서자 백금보가 다급하게 물었다.

"사람은요? 등 나리 딸은요? 도대체 어디 있는 거예요?"

우봉장이 막 입을 열려는데 뚱뚱한 남자가 아담한 여자를 안고 성큼성큼 걸어 들어왔다. 다 큰 성인이면 아무리 가벼워도 칠팔십 근은 될 터이니, 체격 좋은 남자라도 숨이 차는 것이 당연했다. 이 두 사람은 등 나리와 그 딸이 분명했다. 동가 며느리들은 등 나리 딸이 먼 길을 오느라 몸 상태가 안 좋다고 생각해 하녀들에게 얼른 아가씨 시중을 들라고 명했다. 등 나리가 딸을 내려놓고 커다란 수건을 꺼내 땀을 닦으며 겸연쩍게 웃었다.

"아닙니다, 괜찮습니다. 우리 딸은 아무 문제없어요."

등 나리 딸도 미소를 지어보였다. 사람들은 멀쩡한 성인 여자가 왜 아버지 품에 안겨왔는지 도무지 이해할 수가 없었다. 어찌됐든 그건 중요하지 않았다. 모두들 2촌 2분 전족을 보려고 등나리 딸에게 몰려들었나.

그런데, 2촌 2분 전족을 확인하는 순간 모두들 넋 나간 표징을 지었다. 발이 아니라 발목에 작은 싹이 돋아 있는 것 같았다. 귤 한 쪽을 떼어놓은 것처럼 아주 작게 휘어진 발을 선명한 은홍색 신발이 감싸고 있었다. 신발에는 온갖 색깔의 작은 꽃무늬 수가 놓여 있고, 발목 부분 꽃 조각은 참빗 빗살처럼 가늘고 정교했다. 사람이 신으려는 것이 아니라, 그냥 장식용으로 만든 신발 같았다. 간간이 엄지발가락이 꿈틀거리는 것으로 보아 안에 발이 들어있는 것은 확실했다. 사람 발을 이렇게 작게 싸맬 수 있다니, 정말 기적에 가까운 일이었다. 직접 보지 않았다면 도저히 믿을 수 없는 일이다. 겨루기는 고사하고, 동가의 전족은 명함도 내밀기 힘든 상황이었다.

향련이 새하얗게 질린 얼굴로 곁에 있는 우봉장을 노려보며 나지막이 속삭였다.

"흥, 이제 보니 우 나리가 날 못 잡아먹어 안달이 났군요."

우봉장이 부르르 떨며 황급히 변명을 늘어놓았다.

"솔직히 말하면, 등 나리를 초대한 사람은 작은주인어른이에요. 저는 차마 거절할 수 없어서 중간에서 다리 역할만 한 겁니다. 어쨌든 저는 동 나리 사람인데, 감히 큰아씨를 곤란하게 만들겠습니까? 큰아씨께 신기한 것을 보여드리려는 것뿐이에요. 발이 작은 건 신경 쓰지 마세요. 발이 과하게 작으면 제대로 설 수 없습니다. 분명히 누가 부축해야만 밖에 나가고 걸을 수 있을 겁니다. 혼자서는 서 있지도 못할 겁니다. 그래서 북경 사람들은 저 아가씨를 '품속 아가씨'라고 부른다지요. 하지만 아버지 등 나리 외에 다른 사람은 절대 안을 수 없어요. 얼마나 감싸 키웠는지 몰라요. 사실 등 나리도 돈만 많지, 세상을 몰라요."

향련은 저도 모르게 "아하!" 하고 쾌재를 부르며 눈빛을 반짝였다. 마침 백금보가 소리를 지르며 판을 깔았다.

"승복하지 않는 사람이 있으면 나와서 겨뤄 봐요! 어차피 겨뤄도

지겠지만. 세상에 이렇게 대단하고 확실한 전족이 있다니! 안 그래? 아연, 추용, 도아, 행아……."

백금보가 한 사람, 한 사람 이름을 부르며 목소리를 높였다. 향련의 이름은 부르지 않았지만, 질문의 방향은 확실히 향련을 향했다. 그러나 다들 향련을 두려워했기 때문에 차마 고개를 돌려 쳐다보지는 못했다.

향련은 한동안 말없이 서 있었다. 백금보가 난리법석이었지만 기회를 엿보며 나서지 않았다. 백금보는 향련이 겁을 먹었다고 생각하고 더욱 크게 떠들기 시작했다.

"사실, 내가 이런 발을 가지고 어떻게 다른 사람 발이 이렇다 저렇다 할 수 있겠어요? 잠시 후 아버님이 돌아오셔서 직접 보면 식견을 넓히시겠지요. 그럼 더 이상 호박을 꿀참외인 양, 눈 먼 나방을 멋진 나비인 양 받들지 않으시겠지요?"

백금보가 등 나리를 돌아보며 말을 이어갔다.

"등 나리, 따님을 우리 집에 며칠 머물게 하지 않으시겠어요? 제 방에서 같이 지내면서 도아에게 참새머리 신발에 예쁜 수를 놓으라고……."

"둘째아씨가 이렇게 큰 사랑을 베풀어주시니 매우 기쁩니다만, 제 딸아이는……."

향련이 이때다 싶어 미소를 지으며 '품속 아가씨'에게 다가섰다.

"등 소서, 나랑 같이 정원의 복숭아꽃을 구경하지 않겠어요? 어제그제 갑자기 날이 따뜻해져서 복숭아나무가 온통 꽃으로 뒤덮였어요. 꽃이 만개하니 벌과 나비도 날아들고, 정말 장관이랍니다."

"저는 잘 못 걸어요."

등 나리의 딸이 예닐곱 여자아이의 혀 짧은 소리가 섞인 앳된 목소리로 대답했다.

"걱정 말아요. 내가 부축해 줄게요. 정원이 멀지도 않은 걸요."

향련이 다정하게 등 나리의 딸을 붙잡아 일으켰다. 이때까지 향련의 속셈을 알아차린 사람은 아무도 없었다. 향련은 등 나리의 딸을 부축해 대청 밖으로 나가 계단을 내려갔다. 걸음을 떼는 순간 약점이 여실히 드러났다. '품속 아가씨'의 흐물흐물한 발은 제대로 바닥을 딛지도 못했다. 반면 향련은 걸음을 내딛을 때마다 어깨, 허리, 발이 규칙적으로 아름답게 움직였다.

정원 한가운데 도착하자 향련은 고개를 젖히고 나무를 올려봤다. 그리고 자연스럽게 부축하고 있던 팔에서 힘을 빼면서 저도 모르게 이끌리듯 두어 걸음 앞으로 움직였다.

"등 소저! 이것 봐요! 여기, 여기! 어느새 만개했네. 붉게 물든 구름 같아. 너무 사랑스러워! 고개 좀 들어봐요. 바로 머리 위에 있어요!"

향련이 손가락으로 머리 위를 가리키며 소리쳤다. 그런데 '품속 아가씨'는 고개를 드는 순간, 불안하게 내딛은 발이 한쪽으로 기울더니 비명을 지를 새도 없이, 꽈당 엉덩방아를 찧으며 넘어졌다. 살이 없고 피부가 얇아서 엉덩이뼈가 바닥에 딱! 하고 부딪히는 소리가 깜짝 놀랄 만큼 크게 들렸다. 향련이 허둥거리며 말했다.

"돌부리에 걸린 것도 아니고 멀쩡히 잘 서 있다가 왜 넘어졌을까? 도아, 주아, 뭐하고 있어? 빨리 와서 등 소저를 부축하지 않고!"

등 나리와 사람들이 우르르 그녀에게 달려갔다. '품속 아가씨'는 너무 창피해서 바닥에 주저앉은 채 얼굴을 가리고 울음을 터트렸다.

그녀가 일어나려 하지 않으니 아무도 일으킬 수 없었다.

"내 잘못이야. 내가 어쩌다 등 소저를 넘어뜨렸지? 혹시 등 소저는 혼자 못 서나요?"

"큰아씨 잘못이 아닙니다. 제 딸은 부축해주지 않으면 서 있지 못해요."

"정말 이상하네. 혹시 발에 무슨 문제라도 있나요?"

향련의 말투는 너무 자연스러워서 정말 모르는 것인지, 놀리는 것인지 분간이 안 됐다.

"아무 문제없습니다. 단지 너무 작아서 서지 못하는 것뿐입니다."

등 나리가 딸아이를 내려다보며 소리쳤다.

"안 일어나고 뭐 하는 거냐? 바닥에 주저앉아 이게 무슨 꼴이야!"

이 말이 '품속 아가씨'에게 큰 상처를 줬다. 그녀는 이를 악물고 어깨를 흔들며 사람들 손을 뿌리쳤다. 모두의 손을 뿌리치며 두 발을 동동 굴렀다. 그 바람에 신발이 벗겨지고 발싸개 헝겊이 풀렸다. 향련은 그녀의 맨발이 드러나는 것까지 보고 싶었지만, 이것으로 만족했다.

"도아야, 어서 등 소저 신을 신겨드려라. 감기 걸리겠다."

등 나리는 딸이 소란을 피우자 난감한 표정으로 향련에게 몇 번이나 미안하다고 말했다.

"그렇게 어려워하실 필요 없습니다. 다만 등 소저가 걱정돼 마음이 아프네요. 사람 발이 서지도 걷지도 못하면 구제불능 아닙니까? 제 생각엔 발은 어쩔 수 없으니 좋은 방법을 생각해 신발을 만드는 게 좋겠어요. 안 그래요?"

향련은 걱정하는 척하며 말을 돌려 '품속 아가씨'를 실컷 모욕했다. 등 나리는 연신 '예, 예, 예' 맞장구를 치며 얼른 딸을 품에 안고 동 가를 떠났다. 떠나는 발걸음은 들어올 때보다 힘겨웠지만 빨랐다. 우 봉장도 서둘러 향련에게 인사를 하고 등 나리를 따라 나갔다. 그는 향련의 얼굴에 차가운 웃음이 스치는 것을 보며 감히 돌아서지 못하 고 뒷걸음질치며 밖으로 나갔다.

'품속 아가씨'가 떠난 후, 향련은 빙긋 웃으며 도아를 바라보고는 모두 들으란 듯 크게 말했다.

"정말 재밌네. 우 나리가 눈이 삐었나봐. 세상에 저런 돼지족발을 좋다고 데려오다니."

도아는 이 말이 백금보를 향한 것임을 알기에 아무런 반응도 보 이지 않았다. 백금보의 얼굴은 말이 아니었다. 향련은 태연한 표정으 로 가볍게 한마디 던지고 방으로 돌아갔다. 그러나 방에 들어서서는 그제야 벼랑 끝에 선 듯 떨리던 가슴을 쓸어내렸다.

그런데 사흘 후, 향련은 또다시 벼랑으로 내몰렸다. 느닷없이 백 금보가 정원에서 모두들 들으란 듯이 크게 떠드는데, 내용인즉 등 나 리가 초대한 제비처럼 빠른 발이 잠시 후 도착한다는 것이었다. 이 발 의 주인공은 보저현實抵縣의 인기 경극배우 월중선인데 작고 아름다 운 발로 쟁반에 옥구슬이 굴러가듯 자유자재로 무대를 누빈다고 했 다. 사흘 전 제대로 서지도 못하던 등 나리의 딸과는 차원이 달랐다. 사흘 전의 발은 걷는 것은 고사하고 서지도 못했지만 이번에는 물고 기가 강물에 헤엄치듯, 새가 하늘을 날듯 동작이 재빠르다고 했다. 백 금보가 평소처럼 낭랑한 목소리로 한 글자, 한 글자 콩이 튀듯 활기차 게 말했다. 향련의 귀에 들린 마지막 한마디는 이랬다.

"듣자니, 너무 빨라서 아무도 따라잡을 수가 없대."

향련이 등 나리의 딸을 이겼다고 해서 월중선까지 이기리라는 보장은 없었다. 세상은 넓고 기인은 수없이 많으니 감히 장담할 수 없었다. 정말 대단한 전족이 아니라면 백금보가 이렇게까지 호들갑을 떨리가 없다. 향련은 새삼 세상의 이치를 깨달았다. 최고에 오르려면 끊임없이 겨뤄야 하고, 상대를 망가뜨리지 못하면 자신이 망가진다는 것을. 그래서 결코 상대를 얕보지 말아야 하고 매번 최고의 강적이 나타날 것에 대비해야 한다. 향련은 문을 닫아걸고 방법을 강구했다. 하지만 월중선에 대해 아는 것이 없으니 어떻게 대응해야 할지 알 수가 없었다. 정말 난감했다. 일단 방안에 숨어 기회를 엿보기로 했다.

오후가 되자 대청이 왁자지껄하니 떠들썩해졌다. 그중 유난히 귀에 꽂히는 목소리가 있었다.

"동 나리 계십니까? 소첩 월중선 인사드립니다!"

마치 경극 대사를 읊듯 꾀꼬리처럼 맑고 밝고 여리고 애교스러운 목소리였다. 이 낭랑한 목소리에 대청이 더욱 소란스러워졌다. 잠시 후 동인안의 목소리가 들렸다.

"우리 집에 모인 분들은 모두 애련인愛蓮人이라오. 그대의 전족 기예가 가히 절세라는 소문을 듣고 꼭 직접 보고 싶어 초대했소. 우리 집 정원에서 한번 보여주시오."

곧이어 들려온 월중선의 말은 아주 명쾌했다.

"하찮은 재수지만 보여드리지요."

잠시 후, 발소리가 전혀 들리지 않았는데 찬사와 박수가 터져 나왔다. 이아연이 놀라움을 금치 못하고 소리쳤다.

"세상에! 너무 빨라서 그림자밖에 안 보이네!"

동소화도 한마디 거들었다.

"금보, 당신도 따라 해보지?"

"내 발로 가당키나 해요? 너무 놀라 방에 뛰어 들어가 방문을 걸어 잠그고 숨고 싶을 뿐인데."

한바탕 웃음소리, 왁자지껄 떠드는 소리가 지나간 후, 다시 동인안의 목소리가 들렸다.

"참, 향련이는 왜 여태 안 나오는 게냐?"

백금보가 얼른 대꾸했다 .

"고양이가 왔는데 쥐가 나타날 리 있겠어요?"

방에서 꾹꾹 참고 있던 향련은 속이 부글부글 끓어올랐다. 어떻든 승패는 겨뤄봐야 알 수 있는 법이다. 향련이 방문을 벌컥 열고 나가니 정원에 사람이 가득했다. 순간 눈앞이 어지러워 누가 누군지 분간이 안 됐다. 도아가 달려와 눈을 찡긋하며 속삭였다.

"아씨, 저 월중선이란 사람, 남자예요!"

향련이 도아의 가느다란 손가락을 따라 고개를 돌리자 사람들 가운데 가냘픈 남자가 서 있었다. 다시 시선을 내리자 작고 깜찍한 여인의 전족이 보였다. 보아하니 여장 전문 남자 배우 같은데, 어떻게 여자처럼 작은 전족을 가졌을까? 세상에는 정말 이해할 수 있는 일보다 이해할 수 없는 일이 아주, 아주, 아주 많았다. 가냘픈 남자가 향련을 위아래로 훑어보더니 갑자기 소리쳤다.

"어머나! 이분이 그 유명한 천진 동가 큰아씨 과향련이군요!"

월중선이 이렇게 말하며 바람처럼 달려왔다. 그는 두 발을 땅에 딛지도 않고 나는 듯이 다가와 눈 깜짝할 사이에 향련 앞에 섰다. 그리고 두 손을 허리춤에 걸치며 마치 경극 대사를 읊는 것 같은 특이

전족

한 말투로 인사를 건넸다.

"월중선이 큰아씨를 뵈옵니다."

향련은 뭐가 어떻게 된 일인지 이해할 수가 없어 조금 멍했다. 저쪽에서 백금보와 동소화가 향련을 비웃듯 큰 소리로 웃어댔다. 월중선이 갑자기 한쪽 발을 어깨 위로 획 들어 올려 머리 위로 넘기며 동자공童子功을 선보였다.

"아씨, 이 월중선의 발 좀 보시겠어요? 아씨 발이랑 비교가 되겠습니까?"

향련은 머리 뒤로 넘긴 월중선의 발을 자세히 보고서야 그것이 나무로 만든 가짜 전족임을 알았다. 전족 뒤에 헝겊으로 싸맨 진짜 발이 있었다. 대말타기 하듯 나무 전족을 줄로 단단히 고정시키고 윗부분을 치마로 덮어 가리니 감쪽같았다. 이 전족은 애초에 남자 배우가 여장할 때 사용하려고 만든 것이었다. 예전에 들어보기는 했으나 실제로 본 것은 오늘이 처음이었다. 향련은 그제야 어찌된 일인지 깨닫고 안도의 한숨을 내쉬었다.

사람들은 마냥 신기하고 재미난 듯 깔깔거리며 웃었다. 그중에서도 백금보와 등소화가 가장 신나보였다. 특히 백금보는 배꼽을 잡느라 허리도 펴지 못하고 숨이 넘어갈 것처럼 웃었다.

향련은 이 모든 것이 백금보의 계략임을 알았다. 이아연과 등 소저를 동원해도 향련을 이기지 못하자 머리를 쥐어짠 끝에 월중선을 데려다 향련을 겁먹게 해서 사람들 앞에서 망신을 주고 웃음거리를 만들려 한 것이다. 하지만 달리 생각하면 백금보는 도저히 향련을 이길 수 없기 때문에 이렇게 비열한 방법까지 동원한 것 아닌가? 아무튼 월중선의 전족은 가짜이니 한순간의 심심풀이밖에 더 되겠는가?

어차피 자신의 발을 이길 사람은 아무도 없었다. 이렇게 생각하니 갑자기 머릿속이 환해지고 자신감 넘치는 미소가 떠올랐다. 향련이 월중선에게 시선을 돌렸다.

"이 가짜 발로 날 놀래키는 게 무슨 소용인가요? 아버님을 놀래켜야지. 우리 아버님은 뛰어난 혜안을 지니셔서 이런 가짜에는 절대 속아 넘어가지 않아요."

동인안은 향련의 말속에 뼈가 있음을 알고 얼른 해명했다.

"내가 잠깐 판단력을 잃었어. 죽은 물건에만 가짜가 있는 줄 알았더니, 살아 있는 물건에도 가짜가 있다니. 하지만 가짜가 아무리 절묘해도 평범한 진짜를 능가할 수는 없는 법이지."

동인안이 향련의 압박에 떠밀려 내놓은 이 해명은 향련이 하고 싶은 말이기도 했다. 원하는 답이 나오자 향련은 백금보와 동소화를 향해 비웃음을 날리고 동인안의 말에 대꾸했다.

"그렇게 말씀하시면 월중선에게 실례가 되지요. 무대에서는 진짜 가짜를 따지지 않는 법이니까요. 따지고 보면 극중 인물은 모두 가짜잖아요. 발이 가짜든 진짜든 사람을 놀래키면 그만이지요!"

"옳은 말이야, 옳은 말이야!"

동인안이 얼른 맞장구를 치고 손님들을 대청으로 안내했다. 이때 월중선이 향련에게 다가섰다.

"큰아씨도 안으로 드시지요."

경극 말투는 아니지만 월중선의 목소리는 여전히 여자보다 고왔다. 목소리뿐 아니라 표정, 자태, 손짓, 발짓 모두 여리고 부끄럼 많은 천생 여자였다. 월중선이 더 이상 적이 아니니 향련도 기분 좋게 그의 제안을 받아들여 나란히 대청으로 향했다. 이때 월중선의 걸음은 바람처럼 빠르고 향련의 걸음도 구름이 떠가듯 물이 흘러가듯 자연스럽고 민첩했다. 어깨와 허리는 전혀 흔들림이 없고 심지어 발이 움직이는 것도 보이지 않았다. 그저 치맛자락이 휘날렸을 뿐, 언제 움직였는지 모르게 바람처럼 순식간에 대청에 도착했다. 월중선이 손뼉을 치며 감탄했다.

"큰아씨의 명성이 헛것이 아니네요. 저보다 열 배는 훌륭해요!"

월중선은 가늘고 흰 손가락을 최대한 젖혀 여자들처럼 손바닥으로만 박수를 쳤다.

"큰아씨 발을 꼭 보고 싶어요."

향련은 상대가 남자 같지도 여자 같지도 않은, 반은 남자 반은 여자인 사람이라 부끄럼 없이 발을 보여줬다. 월중선이 또 한 번 박수를 쳤다.

"제가 강남으로, 강북으로 두루 돌아다녀 보았지만, 아씨 발은 단연 천하제일입니다. 작은주인어른이 저더러 아씨를 놀래키라 했는데 반대로 제가 놀라 자빠지겠습니다!"

향련은 그저 빙긋 웃을 뿐, 동소화에게는 눈길조차 돌리지 않았다. 그리고 월중선에게 나무 전족을 보여달라고 했다. 그런데 명색이 남자인 그는 의자에 앉아 엉덩이를 돌리고 허리를 비틀며 고개를 숙이고 눈을 내리깔며 부끄러운 표정을 지었다. 잠시 머뭇거리다가 엄지와 가운뎃손가락으로 나무 전족을 고정한 끈을 풀었다.

"아씨 마음에 들면, 드릴게요."

"아니에요. 주려면 둘째동서한테 주세요. 둘째동서가 이런 놀이를 좋아하는 모양이니."

등 뒤에서 갑자기 쿵, 소리가 들리고 뒤이어 여자들의 비명소리가 들렸다. 그중 가장 날카로운 비명의 주인공은 이아연이었다. 고개를 돌려 보니 백금보가 분에 못 이겨 기절을 하고 만 것이었다. 하녀들이 달려들어 팔다리를 주무르고, 동소화가 엄지손가락 끝으로 코 밑 인중을 피가 날만큼 세게 눌러서야 겨우 숨이 돌아왔다. 그동안 향련은 조용히 자리에 앉아 우아하게 차를 마시며 창밖으로 날아다니는 나비에게 눈을 돌렸다. 🐾

제11화
가짜가 진짜가 될 때
진짜는 가짜가 된다

하늘도 땅도 잠든 시간, 암시장에 모인 사람들의 눈빛이 밝게 빛났다. 조씨네 움집에서 강변까지, 이 일대 판잣집, 흙집, 초가집, 오두막 사이에 구불구불 창자처럼 돌고 도는 골목길을 따라 매일 해가 뜨기 직전까지 암시장이 열렸다.

처음에는 쓰레기가 대부분이라 거의 폐품 수집이나 다름없었다. 낡은 옷, 찢어진 도포, 깨진 화병, 낡은 시계, 닳아빠진 신발, 더러운 모자, 헌책, 찢어진 그림 등 온전치 않은 물건들을 바구니째 담아놓고 팔았다. 칠흑 같은 어둠을 틈타 물건을 바꿔치기 하거나 사기를 치는 경우도 많았다. 돈 있는 사람들은 이런 쓰레기를 사러 암시장에 올 이유가 진혀 없었다.

그러나 모든 일에는 예외가 있는 법이라 꼭 그런 것만도 아니었다. 간혹 하나 둘 멀쩡한 물건, 좋은 물건, 진짜 물건이 등장했고 즉석에서 돈과 물건을 교환하고 깔끔하게 거래를 끝냈다. 거래가 끝나면 바로 돌아서서 떠났고, 나중에 다시 만나도 모른 척했다. 이렇게 물건을 파는 사람은 대부분 훔친 물건을 팔러 나온 도둑놈들이었다. 간 큰 놈만 팔 수 있고, 간 큰 놈만 살 수 있었다.

간혹 부잣집 망나니들이 골동품가게에 얼굴을 내밀면 소문이라도 날까봐 어두운 구석에 자리를 잡고 손님을 기다렸다. 안목이 높은 사람은 적은 돈으로 아주 훌륭한 서예, 그림, 보석, 옥그릇, 도자기, 장신구, 장식품, 선본善本(예술적, 학술적 가치가 높은 희귀한 책, 필사본, 판본), 고본孤本(유일본. 세상에 하나뿐인 책. 미간행 원고)을 살 수도 있었다. 절반은 능력이고, 절반은 운이다. 이 둘이 잘 맞아떨어지면 큰돈을 벌 수 있었다.

오늘도 수많은 인파가 암시장 골목에 모여들었다. 삐쩍 마른 노인이 얼굴을 보이지 않으려 고개를 푹 숙이고 걸어갔다. 등은 없지만 날카로운 눈동자로 부지런히 주변을 훑었다. 그러다 갑자기 쥐를 발견한 고양이처럼 눈빛을 반짝이며 인파를 뚫고 지나갔다. 담벼락 앞에 낡은 궤짝을 붙여놓고 웅크려 앉은 남자가 있었다. 그 앞에 깔아놓은 천에는 백동 물담뱃대, 커다란 금박 문양 화장함, 자수 이불 몇 채 등이 어지러이 널려 있었다. 그리고 한 옆에 작은 신발 세 켤레가 놓여 있었다. 모두 빨간 형겊과 파란 형겊을 좌우 대칭으로 맞붙여 만든 것으로 폭이 아주 좁고 얇았다. 신발 끝이 새 부리처럼 뾰족했는데 천진에서는 좀처럼 볼 수 없는 특이한 신발이었다. 마른 노인이 신발을 들고 이리저리 살펴본 후 저도 모르게 외쳤다.

"세상에! 까마귀머리 신발, 소북蘇北 전족화!"

웅크리고 앉은 남자는 이마가 움푹 들어가고 눈알이 툭 튀어나와 두꺼비처럼 생겼다. 남자가 고개를 들어 노인을 바라봤다.

"전문가를 만나기가 쉽지 않은데, 이것이 맞겠습니까?"

노인이 우드득 소리를 내며 남자 앞에 웅크려 앉아 작게 외쳤다.

"전부 다 주시오! 이건 결코 쉽게 볼 수 없는 신발이오!"

이 노인은 아주 이상했다. 암시장에서 물건을 살 때는 아무리 마음에 드는 물건이라도 잘 모르는 척, 별 생각 없는 척, 마음에 없는 척하기 마련인데 마치 보물을 발견한 것 같은 반응이라니! 그런데 물건을 파는 두꺼비 남자도 마찬가지였다. 물건을 팔려는 장사치 같지가 않고 숨겨둔 보물을 자랑하러 나온 사람 같았다.

"어르신, 이런 물건을 아주 좋아하는군요?"

"물론이오. 이 신발, 어디서 났소? 혹시 남방 사람이오?"

"더 이상 묻지 마시오. 어떻든 북방 사람은 아니니까. 솔직히 말하면, 저도 이런 물건을 아주 좋아합니다. 그런데 요즘 강남에서는 '전족 해방' 바람이 불어서…… 내다 버린 전족화가 도처에 널렸어요. 사당 마당에도 있고, 강물에도 떠다녀요."

"천벌을 받을 놈들!"

노인은 그것만으로는 분이 풀리지 않는지 한마디 덧붙였다.

"그런 놈들은 모조리 발을 잘라 버려야 해!"

그리고 다시 목소리를 낮춰 은밀하게 속삭였다.

"이 기회에 여러 가지 전족화를 수집해두면 차후에 진짜 보물이 되지 않겠소?"

"옳은 말씀입니다. 아주 잘 아시는군요. 듣자니, 북방은 아직 '전족 해방' 바람이 거세지 않다지요?"

"여기도 시끄럽기는 하지요. 선동질이 요란해도 아직은 전족을 푼 사람이 많지 않은데, 계속해서 이 바람을 막기는 힘들 것 같소. 지금은 남아 있지만 앞으로 어찌 될지는 모르지요."

노인이 한숨을 푹 내쉬었다.

"예, 저도 그런 말을 들었어요. 그래서 마대 자루 여러 개에 남방 전족화를 가득 담아 북방 지역을 돌아다니고 있습니다. 어르신처럼 물건을 알아보고 기꺼이 값을 치르는 사람이 분명히 있으리라 생각했지요. 저는 남방 전족화를 판 돈으로 북방 전족화를 사들일 계획입니다. 누가 압니까, 온 세상의 전족화를 다 모으게 될지! 사실은 이미 온 집안에 전족화가 가득 쌓여 있는 걸요."

"온 집안에 가득?"

노인의 눈에서 불꽃이 튀었다.

"대단해! 보물 천지라니! 오늘 가져온 것들은 어떤 것들이오?"

두꺼비 남자가 씩 웃으며 등 뒤에 놓인 마대 자루에서 전족화 두 켤레를 꺼내 말없이 노인에게 건넸다. 노인이 물건을 알아보는 눈이 있는지 시험해보려는 것 같았다.

노인이 신발을 이리저리 살폈다. 바닥이 얇게 닳은 아주 낡은 신발이었다. 그러나 모양이 매우 독특했다. 옆면이 장화처럼 높고 앞면이 수직으로 곧게 올라갔다. 신발 전체는 까맣고 반질반질 윤이 났다. 신발 목 아래쪽으로 꽃모양 비단이 빙 둘러 있었다. 모란과 복숭아꽃을 수놓고 그 사이에 옛날 동전을 실로 꿰어 놓았다. 이것은 부귀를 모두 누린다는 뜻이다. 다른 한쪽에는 소나무, 매화, 대나무를 수놓았다. 소나무는 매화를, 매화는 대나무를, 대나무는 소나무를 받쳐주며 서로 잘 어우러졌다. 이것은 세한삼우歲寒三友를 표현한 것이다. 마지막으로 나무 굽과 바닥 사이에 놋쇠가 끼어 있었다.

"이건 고대 진혜晉鞋로군."

두꺼비 남자가 흠칫 놀라고는 밝게 웃었다.

"정말 대단한 고수시군요! 이 신발을 알아보는 사람은 거의 없는데."

"이것도 파는 것이오?"

"물건을 알아보는 사람에게 팔 때는 가격을 따지지 않습니다. 얼마를 주시든 드리겠습니다."

노인은 전족화 다섯 켤레를 모두 사기로 하고 남자에게 은 다섯 냥을 줬다. 이 정도면 순은으로 만든 신발 다섯 켤레를 사고도 남을 돈이었다. 두꺼비 남자는 은자를 얼른 품속에 쑤셔넣고 만면 가득 미소를 지었다.

"솔직히 말해서 지금 이 신발의 가치는 두 푼, 혹은 세 푼밖에 안 됩니다. 저는 돈을 벌려는 게 아니라 이 돈으로 북방 전족화를 사서 돌아갈 생각입니다. 어르신, 혹시 다양한 북방 전족화를 수집해두셨다면 저랑 교환하지 않으시겠습니까? 굳이 돈을 주고 받을 필요가 없을 겁니다."

"그거 아주 좋군! 또 어떤 신발들을 가지고 있소?"

"어르신이 아무리 식견이 넓어도 아마 절동팔부浙東八府 전족화는 본 적이 없을 겁니다."

"예전에 절동팔부 전족화가 기가 막힐 만큼 작다는 말은 들었소. 20여 년 전에 영파寧波 전족화를 봤는데 2촌 4분이었소. 그리고 몇 년 전에는 2촌 2분짜리 북경 아가씨 전족을 본 적이 있지요. 확실히 대단히 작았소."

"그것도 광주廣州 동완東莞 전족화와는 비교가 안 됩니다. 이건 2촌이 살짝 넘는 크기라 신발 한 켤레가 한 손에 쏙 들어와요. 그리고 복건福建 장주漳州에 문공리文公履라는 전족화가 있습니다. 이건 한 선비가 만든 것인데, 아주 기묘합니다."

"어떻게 기묘하오?"

"서책의 기운을 담아 아주 작게 말아놓은 서책 모양이랍니다."

"대단해! 그것도 있소? 오늘 가져왔소?"

"숙소에 있습니다. 교환을 원하시면 시간을 정하시지요."

쇠뿔도 단김에 빼랬다고, 두 사람은 바로 다음날 같은 시간, 맞은편 담장 앞 강변에 서 있는 휘어진 늙은 버드나무 앞에서 만나기로 했다. 다음 날, 정확한 시간에 만난 두 사람은 마치 선물을 주고받듯 만족스러운 거래를 마쳤다.

신발을 교환한 노인은 전족화 열 켤레를 들고 암시장을 벗어나 싱글벙글 웃으며 집으로 향했다. 잠시 후 모퉁이를 돌자 탁본, 서예, 그림, 도자기, 장식품 등을 다루는 골동품가게가 밀집해 있었다. 어느 담장 아래 작은 모자를 눈썹 아래까지 푹 눌러쓴 난쟁이가 옆구리에 그림 두루마리를 끼고 서 있었다. 두루마리 위쪽 축목에 청화도자기 장식이 눈에 띄었다. 노인은 이 도자기 축목이 예사롭지 않은 물건임을 알아보고, 다가가 가격을 물었다. 난쟁이가 오른손을 내밀고 둘째, 셋째 손가락을 교차해 두 번 뒤집어 보이며 딱 한 글자를 내뱉었다.

"청!"

암시장에서는 흥정하며 값을 제시할 때 숫자를 직접 말하지 않고 손가락 표식과 암호를 사용했다. 이 용어를 '암춘'暗春이라고 한다. 1은 초肖, 2는 도道, 3은 도桃, 4는 복福, 5는 낙樂, 6은 존尊, 7은 현賢, 8은 세世, 9는 만萬, 10은 청靑으로 대신했다. 손가락 표식을 두 번 반복하면 두 배라는 의미다. 따라서 난쟁이가 손가락 표식을 반복해 흔들며

'청'이라고 말한 것은 은 20냥이란 뜻이다.

"무슨 그림인데 그렇게 비싸? 어디 보지."

노인이 신발이 든 자루를 바닥에 내려놓고 그림을 펼쳤다. 절반쯤 펼쳤을 때 그림에 찍힌 낙관이 보이자 갑자기 멈칫하며 무섭게 물었다.

"너, 너 누구야?"

난쟁이는 깜짝 놀라 뒤도 돌아보지 않고 부리나케 도망을 갔다. 노인은 몇 발자국 쫓아가다가 신발 자루를 잃어버릴까봐 발길을 멈췄다. 그 사이 난쟁이는 골목 안쪽으로 멀리 사라졌다. 노인은 이러지도 저러지도 못한 채 더듬더듬 외쳤다.

"저, 저놈, 잡아……!"

이때 키 큰 남자가 노인 옆을 지나가며 목소리를 낮춰 중얼거렸다. 어두워서 얼굴은 보이지 않았지만 그림자가 큰 종만큼 컸다.

"소리는 왜 지르시오? 좋은 물건 만났으면 땡 잡았다 생각하고 사가면 그만이지. 괜히 남한테 밉보였다가 가진 거 다 뺏기고 얻어맞기라고 하면 어쩌려고 그러오?"

노인은 이 말을 들었는지 못 들었는지 한참 동안 그 자리에 멍하니 서 있었다.

이날 아침, 동인안은 새벽 산책을 나갔다가 돌아와 곧바로 가게로 향했다. 왠지 모르지만 매우 다급해보였다. 대문 밖에 말을 준비시켜 놓고 계단을 내려가다가는 급기야 쭉 미끄러져 넘어졌다. 하늘도 돌고, 땅도 돌고, 사람도 돌고, 말도 돌고, 나무도 돌고, 굴뚝도 돌았다. 진짜 돈 것은 동인안의 머리였다.

하인들이 서둘러 그를 부축해 의자에 눕혔다. 향련은 동인안의 낯빛과 눈빛으로 보아 상태가 매우 심각하다고 생각해 즉시 침실로 옮겨 눕히라고 지시했다. 그러나 동인안은 당장 가게에 사람을 보내 동소화와 활수를 불러오라고 소리쳤다. 그리고 그림 몇 점을 찍어 창고에서 꺼내오라고 활수에게 전하게 했다. 한참을 기다린 후에야 사람이 나타났지만 그는 동소화도 활수도 아니었다. 가게에서 잡일을 하는 점원 오鄔씨였다.

"작은주인어른은 가게에 안 계시고 활수는 천식이 심해 못 온다고 합니다. 저한테 대신 그림을 가져가라고 했어요."

동인안은 일어서지를 못해 반은 눕고 반은 앉은 자세로 오씨에게 그림을 펴라고 했다. 첫 번째 작품은 이복당李復堂의 난초 그림이었다. 동인안이 눈을 깜빡거리며 물었다.

"혹시 내 눈에 뭐가 들어갔느냐?"

향련이 동인안의 눈을 자세히 들여다봤다.

"아무것도 없어요. 아직 머리가 어지러워 눈이 침침한 것이겠지요. 나중에 다시 보는 게 낫겠어요."

그러나 동인안은 꼭 지금 봐야 한다며 고개를 세차게 흔들었다. 오씨가 다른 그림을 펼쳤다. 문제의 대척자 산수화였다. 평소 동인안은 그림을 품평할 때 절반만 보고도 진위 여부를 판단했다. 절반을 펼쳤는데 별게 없으면 바로 접어버렸다. 이것은 그의 능력이자 자신감의 표현이었다. 활수는 동인안의 이런 습관을 잘 알았다. 그림을 확인할 때 반만 펼치고 그가 고개를 끄덕이거나 흔들면 바로 다시 접었다. 만약 오늘 활수가 와서 그림을 펼쳤다면 이후의 일은 일어나지 않았을지 몰랐다. 그러나 오씨는 아무것도 몰랐기에 그림을 활짝 펼쳤다.

순간 동인안이 크게 놀랐다. 눈알이 튀어나올 것처럼 커지더니 몸을 앞으로 기울이며 소리쳤다.

"아래 절반이 가짜야!"

"절반이 가짜라니, 어떻게 그런 일이 있어요? 아버님이 잘못 보셨 겠지요."

"잘못 본 게 아니야! 이 그림, 글자는 진짜고 그림은 가짜야!"

동인안이 손가락으로 그림을 가리키며 비명을 지르듯 소리쳤다. 향련은 그림 앞에 가까이 다가섰다. 그림 위쪽에 제발題跋(책, 탁본, 그림 등에 작품의 유래, 감상, 비평, 찬사 등을 적어놓은 문장이나 시문) 시문과 낙관 이 있고 아래쪽에 산수화가 펼쳐져 있었다.

"이상한 것이 전혀 없는데요? 아래 절반을 바꿔치기 했다면 중간 에 이음새가 있을 텐데요?"

"네가 그걸 어떻게 알겠느냐? 이건 '전산두'轉山頭라는 절묘한 모작 기법이야. 그림을 물에 불려서 산 그림 테두리를 정교하게 잘라내고, 모작 그림도 똑같이 물에 불려서 똑같은 부분을 잘라내지. 그런 후에 진품의 글자 부분과 모작의 그림 부분을 합해 하나로 만들고, 모작의 글자 부분과 진품의 그림 부분을 합해 또 하나로 만드는 거야. 진품 작품 하나를 반으로 갈라 두 개를 만드는 방법이야. 두 개 모두 반은 진짜고 반은 가짜야. 설사 그 사실을 알아채더라도 일부는 진짜이니 완전히 가짜라고 말할 수가 없지. 아무리 뛰어난 전문가라두 이 작품 은 품평힐 수 없어. 하지만…… 이 방법을 아는 사람은 거의 없어. 전 문 모작꾼 우봉장도 이건 모를 거야. 설마 내가 애초에 그림을 사들 였을 때 잘못 봤단 말인가?"

"아버님은 늘 절반만 보시잖아요. 아래 절반을 안 보셨나 봐요."

"그런가……?"

동인안이 고개를 끄덕이다가 갑자기 소리를 빽 질렀다.

"아니야! 몇 년 전이었지만, 이 그림을 처음 들였을 때 완전히 펼쳐서 벽에 걸고 봤던 기억이 또렷해!"

이 사실을 떠올리자 동인안의 눈에서 불꽃이 뿜어져 나왔다. 그는 오씨에게 다시 명령했다.

"이 그림을 들고 저 문 앞에 서 있어 봐. 높이 들어, 잘 보이게. 다시 봐야겠다!"

오씨가 문 앞으로 가 그림을 높이 들었다. 바깥에서 들어오는 빛이 그림을 환히 비춰 아주 명확하게 잘 보였다. 그림 중간 산 테두리를 따라 긴 이음새가 보였다. 역시 누군가 조작한 것이 분명했다. 동인안은 얼굴이 시뻘겋게 달아오르며 분노를 터뜨렸다.

"이제 알겠군. 방금 전 이복당 그림도 가짜야!"

깜짝 놀란 향련이 물어보기도 전에 동인안의 설명이 이어졌다.

"이건 '게이층'揭二層이라는 방법이야. 화선지를 한 층 한 층 분리해서 1, 3층을 붙여 하나로 만들고 2, 4층을 붙여 또 하나를 만들지. 이것도 진품 하나를 두 개로 만드는 방법이야. 이건 두 작품 모두 완벽한 진품이지만 신기神氣가 사라지지. 그래서 방금 전 봤을 때 빛도 기운도 없었던 거야. 그 생각을 못하고 내 눈이 잘못된 줄 알았으니!"

향련은 이 모든 말이 놀랍기만 했다. 위작, 모작에도 이렇게 놀라운 재주가 필요하다니! 문득 동인안을 돌아보는데 상태가 심상치 않았다. 초점 없는 눈동자에 두 손을 부들부들 떨며 긴 손톱으로 의자 손잡이를 박박 긁었다. 향련은 동인안이 잘못될까봐 가슴이 철렁했다.

전족

"진정하세요. 이까짓 그림이 뭐라고, 몸이 상할 정도로 화를 내세요?"

하지만 동인안의 떨림은 점점 더 심해졌다. 손으로 시작해 발, 턱, 목소리까지 떨렸다.

"무슨 헛소리야! 우리 골동품점에서 진품이 사라졌는데! 내 평생 가짜만 팔고 진짜를 지켜왔는데, 결국 나 자신까지 가짜가 돼 버린 건가? 집안에 도둑놈을 키웠어!"

이마에 핏대를 세우며 분노하는 동인안의 눈동자가 심하게 흔들렸다. 향련은 동인안이 잘못될 것 같아 불안했지만 어떻게 그를 달래야 할지 알 수 없었다. 동인안이 한쪽으로 고개를 떨어뜨리고 한쪽 어깨가 기울고 입이 비뚤어지면서 의자에 널브러지는 과정을 멍하니 지켜볼 수밖에 없었다.

집안이 발칵 뒤집혔다. 온 집안사람들이 고래고래 소리를 지르며 뛰어다녔다. 한참 후에야 누군가 의사를 불러야 한다고 소리쳤다. 향련이 그제야 눈물을 닦으며 말했다.

"뭐하러 그렇게 많이 알아서……. 저는 뭐가 진짜인지 가짜인지 하나도 모르지만, 덕분에 이렇게 마음이 편하잖아요!"

잠시 후 의사가 도착해 대청은 바람이 차니 당장 침실로 옮기라고 했다. 그 사이 향련은 마음을 다잡았다. 일단 오씨에게 작은주인 어른과 활수를 찾아오라고 지시했다. 잠시 후 가게에 다녀온 오씨가 활수는 짐을 싸서 도망갔고, 동소화는 여전히 안 보인다고 했다. 순간, 향련은 마른하늘에 날벼락을 맞은 느낌이었다. 정말 큰일이 벌어진 것이다. 눈치 없는 백금보가 무슨 일이냐고 묻자 향련이 톡 쏘아붙였다.

"잘 알면서 왜 나한테 물어?"

향련은 도아를 데리고 다급히 가게로 향했다. 가게는 도둑이 든 것처럼 난장판이었다. 두 점원이 울먹이며 말했다.

"큰아씨, 저희를 욕하고 때리고 어떤 벌을 내리셔도 좋은데 부디 저희를 탓하지는 마세요. 저희는 정말 아무것도 몰랐어요."

가게에도 집에도 큰일이 벌어졌다. 향련이 일단 진품을 골라 창고에 잘 보관하라고 말하자 두 점원이 울상을 지었다.

"저희는 어떤 게 진짜인지 가짜인지 전혀 모릅니다. 두 분 주인나리께서 말씀하시길, 손님들에게는 전부 진짜라고 말하라고 하셨어요."

향련은 어쩔 수 없이 진짜, 가짜 할 것 없이 전부 창고에 넣고 창고 문을 단단히 잠그라고 일렀다.

집에 돌아오니 백금보가 울며불며 고래고래 소리를 지르고 있었다. 누구한테서 동소화가 집안의 보물을 훔쳐 도망쳤다는 말을 들은 모양이었다.

"천 번을 찔러 죽여도 시원찮을 놈! 그놈이 등쳐먹은 건 제 아비가 아니라 우리 세 모녀야. 망할 놈! 도대체 어떤 더러운 기생년이랑 붙어먹은 거야? 이 나쁜 놈, 나쁜 놈아!"

향련이 무서운 얼굴로 도아에게 행아와 초아를 시켜 백금보를 방에 감금하라고 지시했다. 백금보가 절대 밖으로 나오지 못하도록 지키고, 누구도 백금보 방에 들어가지 못하도록 명했으며, 작은 물건 하나도 밖으로 가지고 나가지 못하게 단단히 감시하라고 일렀다.

백금보는 방문을 지키는 하녀들을 보고 더 크게 울며 난리법석을 피웠지만 향련에게는 찍소리도 못했다. 그녀도 바보는 아니었다.

남편이 죄를 짓고 도망간 이상, 이집에서 자신을 지켜줄 사람이 아무도 없다는 것을 잘 알았다. 잘못 대들었다가는 꽁꽁 묶일지도 몰랐다.

잠시 후 응급처치를 받고 조금 정신을 차린 동인안이 향련을 불렀다. 그는 집 안팎으로 무슨 일이 있는지 자세히 몰랐지만, 이미 모든 것을 다 아는 사람 같았다. 차가운 눈빛을 쏘아대며 떨리는 입술로 한 글자, 한 글자 힘주어 말했다.

"대, 문, 걸, 어!"

"네. 바로 걸겠습니다."

향련이 고개를 끄덕이고 바로 하인들에게 지시했다. 분주한 발걸음과 끼이익 대문을 미는 소리에 이어 쿵! 소리가 울렸다. 대문이 닫혔다. 🐾

제12화
동인안, 눈을 감다

　동인안은 곤죽이 된 채 가만히 누워 고개도 돌리지 못하고 침대에 딱 달라붙어 있었다. 꿈을 꾸듯 늘 몽롱한 표정이라 깨어 있는지 잠들었는지 분간이 안 됐다. 가끔 맑은 정신으로 말할 때도 있었지만 대부분 횡설수설했다. 정신이 들면, 소화가 왜 보이지 않느냐며 계속 추궁했다. 사람들은 그를 진정시키느라 온갖 핑계를 갖다 댔다. 정신이 나가면, 한도 끝도 없이 온갖 전족화 이름을 중얼거렸다. 성안에 이름난 명의名醫 소금산蘇金傘, 신의神醫 왕십이王十二, 묘수하妙手夏, 철괴리鐵拐李, 새화타賽華佗, 성 북쪽 류신선劉神仙, 척 보면 안다는 호이야胡二爺, 없는 병도 찾아낸다는 황구야黃九爺 등 유명한 의사란 의사는 전부 다 데려왔지만, 이미 저승사자가 발목을 붙잡고 있어 치료할 방법이 없다고 했다.

　하루는 도아가 향련의 딸 연심에게 할아버지를 만나게 해주려 동인안의 방에 갔다. 연심은 방으로 들어가자마자 할아버지 침대에 뛰어올라갔다. 그런데 갑자기 울음 섞인 비명 소리가 들렸다. 도아는 처음에 연심이 혼수상태인 할아버지 모습을 보고 놀란 것이라고 생각했다. 동인안이 연심의 발을 움켜쥐었을 줄은 꿈에도 몰랐다. 갑자기 어디서 그런 힘이 생겼는지, 꽉 틀어쥔 손을 떼어놓을 수가 없었다. 죽어가던 얼굴에 생기가 돌고 눈동자가 빛나고 입술의 굳은살이 부르르 떨리며 강한 호흡을 내뱉고 콧구멍이 벌렁거렸다. 도아는 깜짝 놀라 고함을 질렀다. 동인안이 살아나려는 것인지, 곧 죽으려는 것인지 알 수가 없었다.

향련이 비명 소리를 듣고 바로 달려왔다. 눈앞의 상황을 보고 사색이 된 향련은 얼른 연심을 끌어내 품에 안고 도아를 꾸짖었다.

"애를 데리고 어디 갈 데가 없어서 하필 여길 와? 당장 데리고 나가!"

도아가 연심을 데리고 나간 후에도 동인안은 여전히 눈빛을 반짝였다. 정신이 돌아온 것 같았다. 과연 그날 오후부터 조금씩 말을 하기 시작했다. 완벽한 발음은 아니었지만 한 글자 한 글자 확실히 의사 표현을 했다.

"다, 음, 세, 대, 발, 을, 싸, 매, 야, 한, 다!"

잠시 침묵했던 향련이 무표정하게 고개를 끄덕이며 조용히 대답했다.

"알겠습니다."

동인안은 쓰러시기 전까지도 향련을 볼 때마다 이 같은 잔소리를 반복했었다. 그는 밖에서 전족 해방이니 전족 금지니 하는 말을 들을 때마다 눈에 띄게 심기가 불편해지곤 했다. 동가의 다음 세대는 전부 딸이다. 연심이 네 살이고 백금보의 두 딸은 다섯 살, 여섯 살이고 동추용의 딸도 여섯 살이 됐다. 모두 전족을 시작할 때가 됐지만 향련은 연심이 아직 어리다는 이유로 차일피일 미뤘다. 동인안은 대놓고 향련을 다그치지는 않았지만 늘 이 부분이 못마땅했다. 그러나 이제 더 이상은 미룰 수 없었다. 죽기 전에 이 문제를 꼭 해결해야 했다.

"반, 이, 모, 데, 려, 와. 반, 이, 모, 데, 려, 와."

동가의 전족은 반드시 반 이모의 손을 거쳐야 했다. 마지막 전족 경연 날, 반 이모는 향련이 동가 큰마님의 빨간 전족을 신은 모습을 보고 홱 돌아서서 방에 들어가 틀어박힌 후 거의 나오지 않았다. 이후로 하녀들이 신발 본을 뜨고, 바느질을 하고, 바닥을 넣고, 신발 면을 붙일 때면 반 이모 방으로 찾아가 도움을 청해야 했다. 고양이가 들락거릴 때만 가끔 방문이 열릴 뿐, 반 이모가 방안에서 뭘 하고 있는지는 전혀 알 수 없었다. 향련과 반 이모는 어쩌다 한두 번 정원에서 마주쳤지만 서로 알은체하지도 않았다. 향련은 동가에서 왕처럼 군림했지만 반 이모에게만은 예의를 지켰다. 그러나 맛있는 음식이나 귀한 물건이 생기면 하녀들을 통해 전달할 뿐 직접 반 이모를 찾아가는 일은 없었다. 정확히 말해, 향련은 한 번도 반 이모의 방에 들어간 적이 없었다.

오늘 동인안이 수차례 반 이모를 데려오라고 말했지만, 향련은 꼼짝 않고 동인안 곁을 지켰다. 깊은 밤이 되자 동인안은 더 이상 반 이모를 찾지 않았다. 대신 동그랗게 뜬 눈을 쉴 새 없이 깜빡이며 무언가에 귀를 기울이는 것 같았다. 잠시 후 동인안의 손이 침대 머리가 붙어 있는 벽으로 움직이더니 뭔가를 힘껏 잡아당겼다. 그러자 장롱 쪽에서 달그락 달그락 소리가 들렸다.

"누구야?"

깜짝 놀란 향련이 벌떡 일어섰다. 징두리판벽이 꿈틀거리더니 문을 열 듯 홱 젖혀졌다. 그리고 온통 검은 옷을 입은 노파가 나타났다. 향련은 하마터면 비명을 지를 뻔했다. 검은 옷 노파도 방안에 다른 사람이 있을 줄은 몰랐는지, 깜짝 놀라 발걸음을 멈췄다.

검은 옷 노파는 다름 아닌 반 이모였다. 반 이모가 왜 동인안의 방에, 더욱이 아무도 모르게 벽을 뚫고 들어왔을까? 향련은 잠시 후에야 상황을 알 것 같았다. 비밀 통로를 만든 징두리판벽 뒤쪽은 반 이모의 방이었다. 이제야 동가의 모든 것, 가장 밑바닥에 숨겨진 비밀까지 명명백백하게 드러났다.

향련은 모든 상황을 알게 되자 오히려 마음이 진정됐다. 지난 몇 년간 제대로 본 적이 없어 몰랐는데, 반 이모도 많이 변해 있었다. 머리카락은 완전히 백발이 되고 얼굴은 살이라고는 없이 가죽만 남았다. 살가죽이 늘어져 주름이 온 얼굴을 뒤덮었다. 그러나 툭 튀어나온 두 눈만은 어둠속에서도 여전히 날카로운 빛을 내뿜었다.

반 이모와 향련은 한동안 두 눈만 깜빡이며 멍하니 마주 서 있었다. 그러다 먼저 정신을 차린 사람은 향련이었다. 그녀는 동인안을 가리키며 입을 뗐다.

"아버님이 할 말이 있다고 계속 찾으셨어요."

반 이모가 침대 머리맡으로 걸어갔다.

"내, 일, 발, 싸, 맬, 준, 비, 해. 전부 다!"

놀랍게도 마지막 한마디는 아주 빠르고 발음도 정확했다. 반 이모가 고개를 끄덕이고 향련을 힐끗 쳐다봤다. 향련의 심장을 후벼파는 것처럼 날카로운 눈빛이었다. 향련은 이 눈빛이 지난 몇 년 간 반이모가 마음속에 담아두고 하지 못한 말임을 알았다. 반 이모가 홱 돌아서서 비밀 통로가 아니라 방문을 열고 나갔다. 그녀의 검은 옷이 순식간에 어둠 속으로 사라졌다.

다음 날 아침, 향련은 정원에 집안사람들을 모두 모아놓고 말했다.

"주인어른 말씀에 따라 오늘 오후, 동가의 딸들은 모두 전족을 시작할 것이오. 준비를 시작하시오!"

향련은 이 말을 마치고는 제 방으로 들어갔다. 이후 각 방마다 조금씩 다른 분위기가 연출됐다. 어떤 방은 조용하고, 어떤 방은 울음소리가 나고, 어떤 방은 소곤거리는 소리가 났다. 그러나 모두들 조용히 이 의식을 받아들였다.

그런데 잠시 후 정원에서 연심을 애타게 부르는 도아의 목소리가 들려왔다. 향련이 달려나가자 도아가 연심이 보이지 않는다고 말했다. 집안의 하인들이 온 집안을 뒤지기 시작했다. 정원의 가산 틈새, 아궁이, 어항, 변소, 지붕, 굴뚝까지 샅샅이 뒤졌지만 연심을 찾지 못했다. 향련은 사색이 되어 도아의 뺨을 때리고, 때리고 또 때렸다. 도아는 왼쪽 이빨이 날아가고 입가에서는 피가 줄줄 흘렀다. 그러나 애원 한마디 하지 않고 눈물만 흘리며 향련의 화풀이를 묵묵히 견뎠다.

"대문도 잠겨 있는데 어떻게 애가 없어져? 네가 잡아먹었어? 그래? 어서 토해내!"

향련이 울며불며 소리를 지르고 도아를 때리며 미친 사람처럼 난동을 부렸다. 연심이 없어졌으니 이날 전족은 취소할 수밖에 없었다. 동인안이 이 사실을 알고 이렇게 말했다.

"기, 다, 려. 기, 다, 렸, 다, 가, 다, 같, 이, 싸, 매!"

나머지 동가의 딸들이 연심을 기다리는 동안 온 집안사람들은 연

전족

심을 찾아 나섰다. 집안에서 찾지 못하자 집 밖으로 나갔다. 앞뒤, 좌우, 가까운 집부터 시작해 이 골목 저 골목, 성안과 성밖, 강동과 강서, 심지어 서쪽 교외 노예시장까지 뒤졌지만 찾지 못했다. 온 천진을 뒤져보니, 천진이 얼마나 넓고 사람이 얼마나 많은지 새삼 깨달았다. 도아는 하도 뛰어다녀 두 다리가 퉁퉁 부었지만, 잠시도 쉴 수 없었다.

어떤 사람은 귀신이 아이를 홀려갔을 것이라고 하고 또 어떤 사람은 유괴범이 데려가 교회에 팔아먹었을 것이라고 했다. 교회 신부가 아이 심장을 도려내고 눈알을 빼내고 혀를 자르고 창자를 뽑아내고 귀를 잘라 이상한 약을 만들었을 것이라는 소문까지 들렸다. 이때는 천진에 교회가 생긴 지 얼마 안 됐는데, 교회를 두려워하는 백성들 사이에 교회가 아이들을 유괴해 이상한 약을 만든다는 소문이 무성하던 때였다. 도아는 사람들이 지켜보는 가운데 향련 앞에 무릎을 꿇고 두 눈에 핏발이 가득한 채 눈물을 흘리며 사죄했다.

"아마도…… 연심 아기씨를 정말 잃어버렸나 봅니다. 저도 더 이상 살고 싶은 마음이 없습니다. 아씨께서 죽으라시는 대로 그렇게 죽겠습니다."

향련은 아무 말 없이 눈물만 흘렸다. 울다가 그치고, 울다가 그치고를 수없이 반복했다. 반 이모는 벌써부터 발싸개 헝겊 수십 개를 준비해 놓고 있었다. 여러 가지 색으로 물들인 헝겊을 정원 매화나무 가지에 걸어놓아 잔칫집 분위기가 났다. 하녀들은 조용히 눈물을 찍어내며 나지막이 속삭였다.

"연심 아기씨 불쌍해서 어떡해……"

향련이 뭔가 결심한 듯 동인안의 방으로 들어갔다.

"연심이는 돌아올 수 없으니 기다리지 말고 전족을 시작하시지요."

동인안이 당장 숨이 넘어갈 것처럼 부르르 떨며 단호하게 내뱉었다.

"기, 다, 려!"

이레 후, 동인안은 희미한 숨결이 겨우 목구멍을 드나들 정도로 쇠약해졌다. 아무래도 얼마 버티지 못할 것 같았다. 말을 할 때면 뜨거운 두부를 입에 문 것처럼 웅얼거려 무슨 말인지 알아들을 수가 없었다. 나중에는 입이 움직이기는 하는데 소리는 전혀 들리지 않았다.

어느 날 온 가족이 대청에 모여 아침 식사를 한 후, 동추용이 조용히 향련에게 다가갔다.

"형님, 제가 보기엔 아버님이 초하루는 넘겨도 보름은 넘기기 힘들 것 같아요. 이런 말, 아직 듣기 힘들겠지만……, 이 두 가지는 전혀 다른 문제예요. 연심이를 잃어버린 일은 저도 마음이 찢어지는 것 같아요. 하지만 형님은 이 집안을 책임지고 있으니, 어떻게든 기운을 차리고 아버님 일을 준비하셔야지요. 그리고 아버님이 혼미할 때 빨리 전족을 끝내버리는 게 좋지 않겠어요?"

향련은 침착하게 고개를 끄덕이고 하인들을 시켜 대청에 있는 탁자, 의자, 궤짝, 선반 등을 밖으로 내놓고 말끔히 청소한 후 영상靈床(죽은 사람을 염하고 입관한 후 병풍으로 가리고 그 앞에 위패 등을 올리고 차린 상)을 차렸다. 필요한 장례 용품을 빌려놓고 천후궁, 재신전財神殿, 여조당呂祖堂에 사람을 보내 승려, 도사, 비구니, 라마승을 모셔와 네 가지 경전을 모두 준비했다. 장막도 미리 준비하고 나귀 수레, 말 수레, 소 수레, 손수레를 모두 동원해 나무 장대, 죽간, 삿자리, 판자, 삼베, 광목, 청색 무명천, 굵은 노끈 등을 실어와 이도원에 호화롭고 널찍한 막사 여러 개를 세웠다. 이때까지도 일부 하인들은 연심을 찾으러 돌아다 녔지만 그림자도 찾을 수 없었다. 동인안은 또 사흘을 버텼다. 얼굴이 잿빛이라 이미 죽은 사람이나 다름없었다. 그런데 영상에 올렸더니 죽기는커녕 두 눈을 번쩍 뜨더니 눈알을 반짝였다. 행아가 깜짝 놀라 며 소리쳤다.

"저기, 주인어른 눈 좀 보세요. 혹시 다시 살아나는 거 아니에 요?"

향련이 고개를 돌렸다. 동인안의 눈빛이 무섭도록 사악했다. 그녀 는 그 눈빛의 의미를 알아차리고 몸을 숙여 동인안의 귀에 속삭였다.

"연심이를 찾았어요. 이제 모든 아이들의 발을 싸맬 거예요!"

놀랍게도 향련의 말에 동인안의 눈빛에서 사악함이 사라지고 멍 한 눈이 됐다. 곧이어 향련이 도아에게 귓속말 몇 마디를 속삭이고는 바로 처리하라고 일렀다. 그리고 행아에게 반 이모를 모셔와 전족 준 비를 하라고 지시했다. 또 주아와 초아를 각각 백금보와 동추용 방에 보내 당장 아이들을 데리고 정원에 모이도록 했다.

잠시 후 모든 준비가 끝났다. 백금보의 두 딸 월란과 월계, 동추용 의 딸 미자가 모두 정원에 모여 한 줄로 늘어섰다. 행아, 주아, 초아가 반 이모의 지시에 따라 동가 딸들을 한 명씩 맡았다. 하녀들이 대야, 주전자, 가위, 천, 약병, 항아리 등 각종 준비물을 들어 옮길 때마다 동가 딸들은 초상이라도 난 것처럼 울음을 터트렸다.

이 의식은 대청 바로 앞에서 진행됐다. 대청 안 영상 위에 뻣뻣한 몸으로 누워 아직 눈을 감지 못한 동인안이 이 모습을 지켜보도록 대 청 문을 활짝 열어 뒀다. 향련은 한쪽 옆 도자기 의자에 앉아 있고, 그 뒤에 도아가 서 있었다.

반 이모는 오늘도 검은색 옷이었다. 머리부터 발끝까지 다른 색은 전혀 찾아볼 수 없었다. 그녀는 차례로 동가 딸들 앞을 지나가며 원래 신고 있던 신발을 벗겨 내던졌다. 작은 발을 쥐고 앞뒤, 좌우, 안팎으로 자세히 살핀 후 대야에 담긴 따뜻한 물에 담갔다. 그리고 닭을 잡으며 동시에 행아, 주아, 초아에게 앞으로 해야 할 일을 자세히 일러줬다. 잠시 후 폭, 길이, 앞코가 조금씩 다른 신발 몇 켤레를 가져와 정원 한가운데 서서 눈을 크게 뜨고 팔을 뻗으며 쉰 목소리로 외쳤다.

"싸매!"

하녀들이 일제히 행동을 개시했다. 먼저 동가 딸들의 작은 발을 대야에서 건져 물기를 닦아냈다. 아이들은 벌써부터 앙앙 울기 시작했다. 월계가 백금보의 옷자락을 잡아당기며 울먹였다.

"엄마, 다시는 엄마 연지함 만지지 않을게요! 한 번만 살려주세요."

백금보가 월계의 손을 탁 쳐내며 꾸짖었다.

"이런 망할 계집애! 이게 얼마나 큰 복인지 몰라? 다른 사람은 하고 싶어도 못해! 큰 발을 놔뒀다간 평생 망하는 거야!"

사람들은 백금보가 한 말이 향련을 향한 것임을 알고 있었다. 향련은 옆에 앉아 전혀 분노한 기색 없이 천후궁 반진낭랑처럼 담담하고 엄숙한 표정을 유지했다. 꼬마 아기씨들의 울음소리와 어른들의 호통이 어지럽게 뒤섞이고 하녀들이 발싸개 헝겊을 휘감는 사르륵 소리와 반 이모의 고함 소리가 더해졌다.

"세게! 더 조여! 더! 더!"

동추용은 딸 미자를 지켜보며 아이보다 더 많이 울었다. 차마 소리는 내지 못하고 온몸을 부들부들 떨었다. 하도 울어서 물벼락을 맞은 것처럼 옷깃이 흠뻑 젖었다. 그러나 백금보는 눈물 한 방울 흘리지 않았다. 꽃처럼 작고 예쁜 얼굴에 잔인한 미소가 번졌다. 그녀는 행아와 주아의 솜씨가 마음에 들지 않는지, 아예 발싸개 헝겊을 뺏어들고 더 단단히 조였다. 제 마음에 맺힌 한을 자식에게 풀어내려는 것 같았다. 이때 반 이모가 초아에게 소리를 질렀다.

"아기씨가 왜 그렇게 괴성을 지르는 거냐?"

"아기씨 발가락이 너무 뻣뻣해서 이쪽을 누르면 저쪽이 올라와요."

"멍청한 년! 두 번째 발가락이랑 새끼발가락만 누르면 가운데 두 개는 알아서 꺾이는 걸 몰라?"

반 이모가 말한 대로 하자 미자는 더 이상 괴성을 지르지 않았다. 향련은 반 이모가 정말 대단한 전문가임을 다시 한 번 확인했다. 애초에 반 이모가 도와주지 않았다면 지금의 향련은 존재하지 않았을 것이다. 그러므로 나중에 섭섭한 일이 있었더라도 과거의 은혜를 잊어선 안 되었다. 향련은 도아더러 도자기 의자를 갖다주라고 일렀다. 도아가 반 이모 옆으로 의자를 옮겨 놓으며 말했다.

"큰아씨가 잠시 앉아 쉬라고 하세요."

그러나 반 이모는 들은 척도 하지 않고 세 아기씨의 발을 뚫어져라 주시했다. 발싸기가 끝나자 하나하나 꼼꼼히 확인했다. 잘못된 곳을 바로잡고 비뚤어신 곳을 바르게 펴고 발가락을 발바닥 쪽으로 더 단단히 눌렀다. 안쪽을 단단히 조여 발끝을 뾰족하게 만들었다. 마지막으로 머리에 꽂아둔 참빗을 꺼내들었다. 이 빗은 머리카락을 빗는 것 외에 작은 자로도 이용했다. 참빗 길이가 딱 3촌이었다. 반 이모가 길이, 너비, 높이, 대각선 길이 등 구석구석 꼼꼼히 치수를 잰 후 차가운 한마디를 내뱉었다.

"됐다!"

반 이모는 향련에게 눈길조차 주지 않고 휙 방으로 돌아가 버렸다. 향련이 도아에게 귓속말을 속삭이자 도아가 향련 방에서 전족한 발에 작은 신발을 신은 여자애를 데리고 나왔다. 사람들은 연심인 줄 알고 깜짝 놀랐다. 그러나 가까이에서 보니 연심의 옷을 입었을 뿐 연심이 아니었다. 이 여자아이는 연심의 대역이었다. 백금보도 적잖이 놀랐다. 향련이 남자 하인 둘을 데리고 영상 앞으로 걸어갔다. 향련이 앞서 걷고 좌우에 선 두 하인이 한 걸음 뒤에 따라갔다. 하인이 동인안의 머리를 받쳐 들었다.

"보세요, 저기 가운데가 연심 아기씨입니다. 왼쪽이 월계랑 월란 아기씨이고, 오른쪽이 미자 아기씨예요. 모두 다 전족을 했습니다."

동인안은 거의 죽어가고 있었는데 이 말을 듣는 순간 다시 살아났다. 눈알을 돌리며 아이들을 죽 훑었다. 아이들의 다리 아래 종자처럼, 마름열매처럼, 죽순처럼 작고 뾰족한 전족이 줄지어 늘어선 모습을 본 동인안의 눈동자가 갑자기 영롱한 진주알처럼 눈부신 광채를 뿜어냈다. 향련은 이것이 회광반조回光返照(죽음 직전에 이른 사람이 잠시 동안 정신이 맑아지는 것)임을 알았다. 하인들에게 잘 지켜보라고 말하려는데 동인안이 갑자기 큰 숨을 토해냈다. 코 밑 수염이 날리고 눈동자가 뒤집히고 가슴이 들썩이더니 다리가 축 늘어졌다.

그렇게 끝났다. 향련은 물론 두 남자 하인들도 너무 무서워 손을 덜덜 떨었다. 그 바람에 동인안의 머리가 침대 바닥에 떨어져 쿵! 소리가 났다. 그는 다른 사람이 손 댈 필요 없이 스스로 눈을 감았다.

그의 얼굴은 더 이상 무섭고 음울한 잿빛이 아니라 봄날의 고요한 호수처럼 맑고 밝게 빛났다. 동시에 향련이 울부짖기 시작했다.

"아버님! 우리 불쌍한 동가 과부 며느리들과 아비 없는 아이들을 버리고 가시면 어떡합니까!"

향련이 발을 동동 구르며 침대 끝을 두드렸다. 어른, 아이 할 것 없이 정원에 모인 사람들 모두가 통곡을 하기 시작했다. 아이들이 더 크고 서럽게 울었다. 할아버지가 죽은 것이 슬퍼서일까, 헝겊으로 싸맨 발이 아파서일까? 어수선한 가운데 향련의 넋두리가 들려왔다.

"아버님, 너무하십니다, 정말 너무하십니다……. 이제 저는 어찌해야 합니까!"

향련의 통곡은 동가 사람들 귀와 마음을 후벼팠지만 죽은 자에게는 닿지 않았다. 온 집안이 떠들썩했지만 반 이모는 방문을 꼭 닫은 채 찍소리도 내지 않았다. 검은 고양이는 담장 위에 엎드려 발로 턱을 괴고 물끄러미 정원을 내려다봤다.

조상 대대로 전해온 규칙에 따라 집안에 사람이 죽으면 영당靈堂에 잠시 모셔두고 스님이나 도사를 모셔와 경문을 읊으며 죽은 영혼을 위로하고 저세상으로 인도했다. 이를 칠칠재七七齋(七七은 7×7로 49, 즉 49재를 뜻함)라 한다. 원래 재齋는 기한이 다양했다. 일칠一七은 7일, 이칠二七은 14일, 삼칠三七은 21일, 칠칠七七이 가장 긴 49일이다. 돈 있는 집에서는 대부분 온 힘을 다해 칠칠재를 치렀다. 풍문에 따르면 도광道光(청나라 선종의 연호. 1821~1850) 5년에 토성土城 유가劉家의 어르신 상을 치르는데, 세 번째 재를 올리던 날 비구니들이 연주를 시작했다. 이때 어르신이 벌떡 일어나는 바람에 영상을 지키던 가족들이 혼비

백산하고 비구니들이 천막 밖으로 뛰어나가다가 발을 접질렀다. 처음에는 일시적인 경련인 줄 알았는데 어르신은 하품을 하며 기지개를 펴더니 눈을 비비며 역정을 냈다.

"다들 뭐하는 거야? 연극해? 나 배고파!"

누군가 용기를 내어 어르신에게 다가가 살펴봤더니 과연 되살아난 것이 분명했다. 그 시절에는 이렇게 죽었다가도 살아나는 일이 흔했다. 이때부터 천진 부자들은 상을 치를 때 꼭 49재를 치르며 시체가 썩어 냄새가 날 때까지 뒀다가 묘지에 묻었다.

동가에서도 예전부터 49재를 치러 왔다. 집안사람들은 곧 발인 준비에 들어갔다. 상여 수레, 차양, 관 덮개, 상여 깃발, 지전, 금과金瓜, 옥저玉柈 등 장례 용품과 징, 북, 깃발, 붉은 혈류血柳, 하얀 설류雪柳 등을 대문 앞에서부터 상여 나갈 방향 양쪽에 쭉 늘어놓았다. 마치 노점상이 모여든 것 같았다. 담장 밖에 세워둔 개로신開路神(상여 행렬 맨 앞에 세워 사귀를 쫓는 도교신 인형)은 족히 3장은 돼보였다. 담장 위로 상반신을 드러낸 개로신은 머리카락을 풀어헤치고 길쭉한 모자를 쓰고 8척이 넘는 길고 시뻘건 혓바닥을 늘어뜨렸다. 막 전족을 시작해 일어나지도 못하고 침대에 누워 있는 동가 아기씨들은 흉측하고 무시무시한 개로신 때문에 창밖으로 고개도 돌리지 못했다.

과향련, 백금보, 동추용 세 며느리는 삼베로 지은 상복을 입고 밤낮으로 돌아가며 영전을 지켰다. 그러나 동소화는 끝까지 나타나지 않았다. 지금이 골동품가게와 동가를 장악할 절호의 기회인데 돌아오지 않는 것을 보니 아마도 멀리 도망가서 소식을 듣지 못한 모양이었다.

백금보는 동소화가 돌아오길 바랐고, 과향련은 동인안이 살아 돌아오길 바랐다. 누구의 소원이 이뤄지느냐에 따라 동가의 운명이 완전히 달라질 것이다. 그러나 40일이 지나도록 동소화는 돌아오지 않았고, 동인안은 얼굴살이 썩어 들어가 정신이 돌아온다고 해도 산송장이나 다름없을 것이다. 양주에 있는 동소부와 이아연에게 소식을 전하러 간 사람이 돌아왔다. 황하黃河와 회하淮河 물이 불어 건널 수 없어 백하白河를 통해 바다로 나갔다가 돌아와야 하기 때문에 시간을 맞출 수 없다고 했다. 결국 영정을 지킨 사람은 모두 며느리들뿐이었다.

동가에는 조문객이 바글바글했다. 친척이나 친구뿐 아니라 부고장을 받지 않은 아무 상관없는 사람들까지 조문을 핑계 삼아 동가의 세 며느리, 그중에서도 특히 유명한 큰아씨 과향련의 전족을 보려고 모여들었다. 평소 자주 왕래하던 지인들은 오히려 얼굴 보기도 힘들었다. 옛말 하나 그른 것 없다더니, 말 탈 때 친구는 말에서 내리면 끝이고, 살아서 친구는 죽으면 그만인 것이다. 향련은 마음이 무거웠다.

하지만 세상 어떤 일도 단언할 수 없다. 발인을 하루 앞두고 대문 앞에서 종을 치고 고악鼓樂을 울리기 시작했을 때, 갑자기 한 노인이 나타나 대문 안으로 달려 들어갔다. 그리고 영전 앞으로 직진해 무릎을 꿇고 쿵, 쿵, 쿵, 쿵, 쿵 다섯 번 머리를 조아렸다. 보통 사람에게는 세 번, 귀신에게 네 번이니 영전 앞에서는 네 번 절해야 하는데 왜 한 번이 더 많을까? 향련은 갑자기 심장이 강하게 두근거렸다. 혹시 동소화가 부끄러워 모습을 감추고 나타난 것이 아닐까?

잠시 후 고개를 든 사람의 정체는 바로 우봉장이었다. 그는 괴로운 얼굴로 진심을 토해냈다.

"동 나리, 나리가 평생 많은 은혜를 베풀어 주셨는데, 저는 양심도 없이 나리에게 두 가지 죄를 지었습니다. 첫 번째는 나리를 속인 것이고, 두 번째는…… 나리가 죽어서도 용서할 수 없다고 하실 겁니다. 그래도 어쩔 수 없지요. 나리께서……."

그는 이렇게 말하며 향련을 힐끗 쳐다봤다. 그녀의 눈빛이 화살촉처럼 날카로웠다. 덜컥 겁이 난 우봉장이 하던 말을 얼른 멈추고 화제를 돌렸다.

"나리, 귀신이 됐다고 절 잡으러 오지는 마세요. 제가 20년이 넘도록 나리의 도움으로 살아온 거 아시잖아요. 우리 가족 위아래 3대가 저만 바라보고 있다고요."

우봉장이 엉엉 울기 시작했다. 원래 향련은 상주로서 조문객을 맞아 맞절을 하고 막사로 모셔 다과를 대접해야 했다. 그런데 그녀의 반응이 이상했다.

"우 나리, 너무 상심하지 마세요."

그리고는 사람을 시켜 그를 죄인 다루듯 억지로 내보냈다. 왜 그랬는지 아무도 알지 못했다.

과향련은 우봉장이 떠난 후 날이 저물자 집 안팎에 향초와 등롱을 훤히 밝혔다. 내일 발인을 앞두고 그녀가 처리해야 할 일은 아주 많았다. 순간 도아가 다급하게 뛰어왔다.

"큰일 났어요. 큰일……."

도아는 두려움 가득한 눈빛으로 뒤쪽을 가리킬 뿐, 말을 잇지 못했다. 순간 향련은 혹시 또 동인안의 시체가 움직였거나 정말 되살아난 것이 아닐까 하는 생각이 들었다. 그런데 고개를 돌리자 정원에 시뻘건 불꽃이 타오르는 것이 보였다. 정원 가득 널린 여러 가지 물건과 사람들 얼굴에 붉은 불빛이 어른거렸다. 귀신인가, 부처인가, 신선인가, 요괴인가, 악마인가, 괴물인가? 도대체 무슨 조화일까? 잠시 후 사람들이 고함을 지르기 시작했다.

"불이야! 불이야! 불이야!"

향련이 사람들과 함께 안뜰로 달려갔다. 서북쪽 작은 방 창문에서 불길이 뿜어져 나오고 있었다. 마치 큰 구렁이가 온 몸을 비틀며 창문을 뚫고 밖으로 나오는 것 같았다. 불길을 휘감은 검은 연기가 뭉게뭉게 피어올랐다. 향련은 크게 당황했다. 불이 난 곳은 반 이모의 방이었다. 다행히 불은 지붕까지 옮겨 붙지는 않았고 바람이 불지 않아 불길이 강하지 않았다. 주변 수회에서 징을 울리기도 전에 경문을 읽으려 초대된 스님과 도사들이 대야에 물을 떠 나르며 다 함께 힘을 모아 불을 껐다. 향련은 연기 때문에 눈물을 흘리고 콜록거리며 다급하게 외쳤다.

"사람을 구해야지! 어서 반 이모를 구해!"

몇몇 남자 하인들이 물에 적신 이불을 뒤집어쓰고 방으로 뛰어들어갔다. 한참을 기다렸지만 구하러 들어간 사람도 반 이모도 나오지 않았다. 소리쳐 불러 봐도 대답은 없고 기침 소리만 들렸다. 담장 위에 올라선 반 이모의 검은 고양이가 애처롭게 울어댔다. 그 울음소리가 귀를 찌르고 가슴을 후벼파는 것 같았다.

향련은 물과 재, 타다 남은 불씨 등으로 난장판이 된 반 이모 방에 직접 들어갔다. 등불을 비추자 기름 적신 천을 뒤집어쓰고 동그랗게 말린 채 타죽은 반 이모가 보였다. 주변에 타다 남은 전족화 수백 켤레가 어지럽게 널려 있었다. 신발 타는 냄새를 맡자 갑자기 속이 뒤집혔다. 향련은 토할 것 같아 급히 밖으로 뛰어나갔다.

다음 날, 동인안은 64명이 들어올린 상여에 실려 요란하고 위풍당당한 마지막 행차를 마치고 서쪽 교외의 공원묘지에 묻혔다. 같은 시각, 반 이모는 일꾼 네 명에게 들려 후문으로 조용히 빠져나가 남문 밖 공동묘지에 묻혔다. 이 공동묘지는 절강浙江 출신들이 모여 가족, 친지 없는 고아와 독신들을 위해 마련한 것이었다. 사실 얼마나 떠들 썩하게 장례를 치르고 어디에 어떻게 묻을지는 모두 산 사람이 결정 할 몫이다. 그리고 누구든 죽어서 황토에 묻히기는 매한가지다.

제13화

뒤죽박죽

올해가 선통宣統 몇 년이더라? 아차차, 선통은 무슨! 선통황제가 용상에 앉은 지 삼 년 만에 천하가 뒤집혀 청나라가 끝장난 지 오래다. 지금은 민국民國 시대다.

오월 초닷새, 굳은 표정의 두 여자가 마가구馬家口 문명강습소로 향했다. 그리고 강습소 입구에서 육陸 소장 나오라고 소리쳤다. 차림새는 얌전했지만 화가 아주 많이 난 것 같았다. 그렇지 않고서야 저렇게 정숙해 보이는 여자들이 왜 남들 앞에서 큰 소리를 지르고 야단이겠는가?

여자들의 고함소리에 금방 구경꾼들이 모여들었다. 잠시 후 덩치가 크고 비단 두루마기를 걸친 육 소장이 미소를 지으며 나타났다. 크고 둥근 얼굴에 머리를 짧게 자르고 코 밑에 팔자수염을 기르고 찻물색 안경을 꼈다. 반지르르 윤이 나는 잘 정리된 팔자수염은 작은 붓털을 비스듬히 걸어놓은 것 같았다. 그즈음 유행하는 신식 신사의 차림새였다. 그는 입가에서 미소가 가시며 어리둥절한 표정으로 낯선 두 여자를 위아래로 훑어봤다.

"두 분 아가씨가 무슨 일로 나를 찾아오셨소?"

둘 중 키 큰 여자가 먼저 나섰다.

"듣자니, 선생이 전족 금지를 외친다지요? 강의랍시고 사람들을 모아놓고 관부에서 전족한 여자들은 성안 출입을 못하게 금지해야 한다고 했다던데?"

"그렇소. 무슨 문제 있소? 난 당신들처럼 꽁꽁 싸매 고린내 나는 발, 그 발싸개를 풀어버리라고 권한 것뿐이오. 그게 그렇게 큰일날 일이오?"

주변의 시정잡배들이 와하하 웃음을 터트리며 두 여자를 놀렸다. 주위 사람들이 웃음을 터트리자 육 소장은 우쭐해하며 미소를 지었다. 처음에 옅은 미소를 짓다가 허허 웃던 그는 급기야 고개를 뒤로 젖히며 박장대소했다. 이때 나머지 키 작은 여자가 육 소장에게 기름에 튀긴 꽈배기를 내밀었다.

"이게 뭐요?"

키 작은 여자가 씩 웃으며 대답했다.

"이걸 잡아당겨 곧게 펴보시겠어요?"

"뜬금없이, 그걸 잡아당겨서 뭐 하게? 꽈배기는 원래 꽈서 만든 것인데 그걸 어떻게 펴라는 거요? 다 먹고는 배불러서 나랑 장난치자는 거요?"

"선생이 무슨 재미가 있다고 장난을 걸겠소? 꽈배기도 곧게 펼 수 없는 법인데, 전족을 푼다고 발이 곧게 펴지겠소?"

그 말에 육 소장은 대꾸할 말이 없어 두 눈만 끔뻑였다. 주변 구경꾼들은 모두 할 일 없는 소인배들이라 아무 생각 없이 이길 것 같은 쪽을 편들었다. 키 작은 여자가 분위기를 휘어잡자 이번에는 육 소장을 비웃기 시작했다. 키 큰 여자가 이 기회를 놓치지 않고 쐐기를 박았다.

"집에 가서 당신 어머니한테 물어본 후에 나불대시지! 전족이 좋고 나쁘고를 떠나서 결국 선생도 전족한 여자 배 속에서 나왔잖아? 그게 아니면, 왕발여자 배 속에서 나왔다고 말해 보시지!"

육 소장은 그 자리에 멍하니 얼어붙었다. 코 밑 팔자수염만 검은 나비처럼 나풀거렸다. 구경꾼들의 비웃음과 야유가 점점 커지면서 욕설까지 쏟아졌다. 두 여자는 육 소장 앞에 꽈배기를 내던지고 획 돌아서서 가버렸다.

두 여자는 해대도海大道 거리를 따라 성안으로 들어가 집에 도착한 후 곧바로 대청으로 달려가 향련에게 보고했다. 그런데, 기뻐할 줄 알았던 향련은 시종일관 무표정했다. 아마도 그새 집안에 다른 일이 있었던 모양이다. 향련이 손을 휘휘 저으며 두 여자, 즉 행아와 주아를 물러가게 했다. 잠시 후 도아가 들어오자 다급하게 물었다.

"확실히 알아봤느냐?"

도아가 문을 꼭 닫고 목소리를 낮춰 대답했다.

"다 알아봤습니다. 미자 아기씨 말이, 어젯밤에 둘째아씨가 넷째아씨 방에 왔었답니다. 넷째아씨가 문명강습소 강연을 들으러가겠다고 약속했답니다. 그게 언제인지는 모르지만 아직 간 건 아니랍니다."

"네 생각에는 넷째가 가겠느냐?"

향련이 눈썹을 치켜 올리자 도아는 가슴이 철렁했다.

"제 생각에는……."

도아가 눈알을 굴리며 잠시 생각한 후 대답했다.

"제가 보기엔 갈 것 같습니다. 넷째아씨 발은 신통치 않았으니까요. 미자 아기씨가 그러는데, 지난 몇 달 동안 둘째아씨가 잘 때 발싸개를 하지 말라고 했답니다. 넷째아씨도 발싸개를 풀고 잤답니다. 둘째아씨가 부채질한 게 틀림없어요!"

"그리고, 다른 건?"

향련의 작고 새하얀 얼굴이 빨갛게 달아올랐다.

"오늘 아침에……."

"말 안 해도 알아! 둘째가 발싸개를 풀어버리고 실내화를 끌고 회랑을 돌아다녔다는 얘기 아니냐? 나도 다 봤다. 어차피 나 보라고 한 짓 아니더냐?"

도아는 향련의 얼굴이 온통 새빨개진 것을 보고 깜짝 놀라 입을 다물었다. 하지만 향련은 다시 매섭게 추궁했다.

"월란, 월계 쪽은?"

도아가 머뭇거리며 바로 답을 하지 못했다.

"겁내지 말고 말하거라. 내가 알아오라고 한 것이 아니더냐."

"행아가 그러는데, 두 자매가 매일 밖으로 나돌아 다니면서 전족해방 벽보를 집에 가져온답니다. 그리고 월란 아기씨는 종교를 바꿀 거라면서 밖에서 서양 경전을 가져왔대요."

향련의 낯빛이 싹 바뀌었다. 그녀는 하얗게 굳은 얼굴로 무섭게 외쳤다.

"감히 나한테 도전하겠다고?"

향련이 소매를 뿌리치며 벌떡 일어섰다. 그 바람에 찻상에 놓인 찻잔이 엎어질 뻔했다. 도아가 깜짝 놀라 뒤로 물러섰다. 향련이 문

밖을 가리키며 말했다.

"가서 모든 가족에게 전해라. 지금 즉시 한 명도 빠짐없이 정원에 모이라고!"

잠시 후 정원에 온 가족이 모여 북적거렸다. 이제 월란, 월계, 미자도 다 큰 아가씨였고, 하인들까지 모두 모이니 정원이 꽉 찬 느낌이었다. 향련이 굳은 얼굴로 입을 열었다.

"근래 바깥이 시끄럽더니 이제 우리 집안까지 시끄러워졌소."

그리고 월란을 지목하며 말을 이어갔다.

"네가 밖에서 들고 왔다던 전족 해방 벽보, 다 가져오너라. 하나도 빼놓지 말고 전부 다! 다 알고 있으니 하나도 빠뜨릴 생각하지 말고!"

향련은 서론이 길면 빠져나갈 방법을 궁리할까봐 상대방이 생각할 틈을 주지 않고 단도직입적으로 공격했다. 백금보는 상황이 어려워지자 딸 대신 나서서 막아보려 했다. 그러나 소심한 월란은 큰어머니의 기세에 눌려 순순히 방으로 달려가 벽보 여러 장과 소책자 하나를 가져왔다.

〈전족 해방 권고가〉, 〈전족 해방가〉라는 제목이 붙은 낱장 벽보는 지난 몇 년간 사설 여성 서당에서 만든 것으로, 이미 거리마다 크게 유행해 향련도 몇 번 본 적이 있었다. 또 다른 벽보 〈전족 중단 권고 시유示諭〉는 청나라 광서光緒(청나라 덕종의 연호. 1875~1908) 27년에 사천四川 총독이 발행한 것이라, 역시 본 적이 있는 내용이다.《전족 해방 권고 방인》이라는 소책자는 이번에 처음 보는 것인데, 아주 실제적이고 구체적인 내용이 쓰여 있었다. 이 책에는 전족의 유래, 각 시대의 전족 형태, 전족의 고통, 전족의 해악, 전족의 폐해, 전족 해방의 이유, 전족 해방의 이점, 전족 해방 입법, 전족 해방의 기쁨 등 여러 편의 짧은 글과 그림이 실려 있었다. 향련이 소책자를 훑어보는 동안 월란은 심장이 쿵쾅거렸다. 큰어머니가 불같이 화를 낼 줄 알았는데 생각과 달리 향련은 침착한 표정으로 한 걸음 더 가까이 다가서며 말했다.

"이것말고 교회에서 가져온 서양 경전이 있다던데?"

월란은 소스라치게 놀랐다. 큰어머니가 온종일 자기 뒤를 따라다니기라도 한 것일까? 성경이 있는 줄을 어떻게 알았을까? 조금 더 영악한 월계가 언니 대신 해명했다.

"그건 길에서 무료로 나눠준 거예요. 그냥 신발 본을 끼워두는 책이에요."

향련은 월계를 돌아보지도 않고 계속 월란을 노려보며 소리쳤다.

"당장 가져와!"

월란이 바로 방으로 달려가 두꺼운 책을 가져왔다. 책머리와 책배 부분이 은빛으로 반짝거렸다. 월계 말대로 책장 사이에 신발 본이 끼워져 있었다. 향련은 신발 본을 빼내고 도아에게 책을 건넸다. 그녀는 분노하지 않았다. 대신 침착하고 부드럽지만 벼락치듯 강력하고 엄중한 훈계를 시작했다.

"바깥에 전족 해방 풍조가 강한 모양이지만 우리 동가에는 동가의 법도가 있소. 나라에는 나라의 법이 있고 집안에는 집안의 법도가 있다는 옛말은 전혀 틀린 말이 아니오. 주관 없는 사람은 바람이 부는 대로 휩쓸려 가겠지만 우리 동가의 법도는 이미 내가 입이 닳도록 얘기했소. 애써 마음에 새기려 하지 않아도 귀만 있으면 외울 수도 있을 것이오. 하지만 오늘 이 자리에서 특별히 한 번 더 얘기하겠소. 모두들 잘 들어두시게. 법도를 어기면 법도에 따라 벌할 것이니, 나중에 날 원망하지 말고! 총 네 가지 규칙이니 유념하시오. 첫째, 전족을 푸는 사람은 누구든 쫓아낼 것이오. 둘째, 전족 해방을 떠드는 사람은 누구든 쫓아낼 것이오. 셋째, 이런 음란한 책이나 벽보를 가져오거나, 읽거나, 숨기거나, 전달하는 사람은 누구든 쫓아낼 것이오. 넷째, 밤이든 낮이든 몰래 전족을 푸는 사람은 누구든 발견한 즉시 쫓아낼 것이오. 이런 행위는 나에 대한 도전이 아니라 동씨 가문을 무너뜨리는 일이오!"

향련이 마지막 규칙을 말할 때, 동추용과 미자는 얼굴이 화끈거리고 목덜미가 서늘하고 다리에 힘이 빠지고 발이 찌릿찌릿 저려왔다. 치맛자락 안으로 발을 숨기고 싶었지만 마음과 달리 발이 움직이지 않았다. 향련이 도아와 행아에게 벽보와 책을 가져가 태워버리라고 말하고 나머지 사람들에게는 꼼짝 말고 지켜보라고 명했다. 성경은 표지가 벽돌처럼 단단해 불이 잘 안 붙었다. 그러자 도아가 좋은 생각이 났는지 성경을 집어 들고 부채처럼 펼쳤다. 그리고 얇은 내지에 불을 붙이자 금방 활활 타올랐다. 마침 그때 강한 바람이 불어와 재를 공중으로 날렸다. 휙 날린 재가 나무와 지붕 꼭대기까지 올라가 눈 깜짝할 사이에 사라졌다. 불을 피웠던 자리가 흔적도 없이 깨끗해졌다. 정말 이상했다. 바람 한 점 없는 맑은 날씨에 갑자기 바람이 불더니, 재를 날려버리고는 다시 잠잠해졌다. 행아가 혀를 내두르며 중얼거렸다.

"주인어른의 영혼이 재를 거둬갔나 봐요!"

사람들은 두 눈을 동그랗게 뜨고 입을 다물지 못했다. 온몸에 닭살이 돋고 머리카락이 쭈뼛 서고 팔다리가 나무토막처럼 딱딱하게 굳어버렸다.

향련의 기세가 온 가족을 압도하면서 집안은 조용해졌지만 바깥은 그러지 못했다. 담장 안쪽은 고요해졌지만 담장 밖은 여전히 소란스러웠다. 동가의 며느리들은 아예 바깥출입을 하지 않았지만 손녀들은 그럴 수가 없었다. 이후로 월란, 월계, 미자는 물론 행아, 주아, 초아도 꾀가 늘어서 밖에 나갔다 돌아오면 입을 꾹 다물고 아무 말도 하지 않았다. 누가 뭘 물어봐도 말없이 고개만 흔들었다.

하지만 입을 열지 못하다 보면 마음속 불만이 커지는 법이다. 앞에서 말하지 못하니 뒤에서 말했고, 당당하게 말하지 못하니 몰래 하는 말이 많아졌다. 이렇게 떠도는 뒷말은 모두 도아를 통해 향련에게 전해졌다. 향련은 크게 분노했지만 금방 생각을 바꿨다. 지금 집안에서 자신의 눈과 귀가 돼주는 사람은 도아뿐이다. 자신은 밖으로 나가지 않기 때문에 바깥일을 전혀 모른다. 만약 지금 화를 내면 더 이상 도아가 소식을 전하지 못할 테니, 집안일의 내막을 알 길이 없고 바깥 사정은 더더욱 알 수 없을 것이다.

다른 방법이 필요했다. 그래서 향련은 아무것도 모르는 척 사람들 곁에 다가가 귀를 쫑긋 세웠다. 그러나 들으면 들을수록 점점 더 심란하고 흉흉하고 복잡하고 혼란스럽고 걱정스러워졌다. 결국에는 어쩔 도리가 없어 자신도 없고 희망도 사라졌다. 그냥 아무 생각도 나지 않았다.

그 무렵 바깥에서는 관부가 전족을 금지하기 위해 '전족세'를 만들 것이라는 소문이 들려왔다. 6월 1일부터 발 크기가 3촌 이하인 여자들은 하루에 15문을 내야 하는데 1촌 길어질 때마다 10문을 깎아주고 6촌 이상이면 세금을 면제해 준다는 내용이었다. 이렇게 하면 관부는 전족을 금지하는 동시에 가외의 수입을 얻을 수 있으니, 그야말로 일거양득, 일석이조였다. 이어서 조사관들이 집집마다 돌아다니

전족

며 전족세 명부를 만들고 있다는 말도 들렸다. 이 소문이 사실이라면 전족은 세상에서 금세 사라질 것이다. 전족한 여자들은 집안에 숨어 지내거나 멀리 도망가 버릴 것이다.

하지만 얼마 뒤 바보 같은 전족세가 머저리 같은 관리의 머리에서 나왔다고 욕하는 말이 들렸다. 어떤 가난한 망할 놈의 관리가 야밤에 마누라 전족을 만지작거리다가 돈벌이 수단으로 이런 어이없는 생각을 떠올렸을 뿐, 사실 관부는 전족 해방에 반대한다고 주장했다. 관부가 사교邪敎에 빠져 전족을 하지 않으려는 여자들을 벌하기 위해 이미 법을 만들었고 경서警署(경찰서)가 법에 따라 조사해 처벌할 것이라고 했다. 그 법령 내용은 총 세 가지인데, 첫째, 여자가 전족하지 않은 채 돌아다니면 바로 체포한다. 둘째, 경서 내부에 서양 절단기와 발싸개 헝겊을 갖춘 '전족소'를 설치한다. 전족을 원하는 여자에게는 무료로 발싸개 헝겊을 나눠주고 전족을 거부하는 여자는 서양 절단기로 발가락을 잘라버린다. 셋째, 울고불고 생떼를 쓰는 여자들은 일단 강제로 발을 싸맨 후, 미혼이면 1년~3년 동안 혼례를 불허하고 기혼이면 2년~5년 동안 부부 동침을 불허한다. 만약 이를 어길 경우 옥에 가두고 금지 기간 동안 감시원을 붙인다.

이 소문이 퍼지자 가마솥처럼 들끓던 바깥세상이 얼음물을 퍼부은 것처럼 순식간에 조용해졌다. 향련은 이 소문을 듣고서야 안심할 수 있었다. 그러나 안도의 한숨이 사라지기도 전에 또 다른 사건이 터졌다.

어느 날 고급 비단 두루마기를 입은 두 남자가 동가의 대문을 쾅쾅 두드렸다. 경서에서 나온 조사원이라고 밝힌 두 남자는 전족을 푼 여자가 있는지 조사한다며 다짜고짜 대문을 밀치고 들어왔다. 마침 대문 근처에 월란이 있었고, 두 남자는 그녀를 보자마자 쥘부채를 목덜미에 꽂고 작은 자를 꺼내 월란 앞에 쪼그려 앉았다. 그리고 발 크기를 잰다며 그녀의 발을 마구 주물렀다. 월란은 당황해 소리를 질렀지만 감히 도망갈 수조차 없었다. 멀리서 이 모습을 보던 월계가 벽 뒤에 숨어서 거친 남자 목소리를 흉내냈다.

"저 두 놈을 잡아 관부로 가야겠다!"

그 소리를 들은 두 남자는 당장 월란의 발에서 떨어져 뒤도 돌아보지 않고 도망갔다. 월란이 그 자리에서 울음을 터트리자 집안사람들이 몰려와 그녀를 위로하며 두 남자의 정체에 대해 떠들었다. 조사원이란 말은 거짓이 분명하고, 조사원을 사칭해 전족을 희롱하려는 전족광이라고 입을 모았다. 누군가 동가의 전족이 워낙 유명해서 이런 일이 벌어졌다고 말했다.

이 사건 이후 향련은 대문을 단단히 걸어 잠그고 눈에 띄지 않게 뒷문으로 출입하라고 일렀다. 그 후 동가의 대문 앞은 점점 떠들썩해졌다. 문명강습소 사람들이 판자, 의자, 나무 막대 등을 가지고 동가의 대문 앞으로 몰려와 강연 무대를 만들고 돌아가며 일장 연설을 이어갔다. 그중 목소리가 우렁차고 가장 열심인 사람이 바로 육 소장이었다. 그가 목에 핏대를 세우고 온 힘을 다해 외치면 그 목소리가 담장을 넘어 흘러오는 것이 아니라 담장을 뚫고 들어오는 것 같았다. 그 외침은 대청에 앉은 향련의 귀에까지 똑똑히 들렸다.

"존경하는 어르신, 형제자매, 이웃 여러분! 세상의 모든 생명은 타고난 천성이 있습니다. 멀쩡히 잘 자라던 나무가 갑자기 성장을 멈추면 모두들 이상하다고 생각하겠지요? 만약 누군가 나무를 칭칭 동여매 자라지 못하게 한다면 모두들 그 사람을 욕할 겁니다. 그런데 왜 멀쩡한 사람의 발을 동여매 자라지 못하게 하는 것은 아무렇지 않게 생각합니까? 세상에 어떤 부모가 자기 딸을 사랑하지 않겠습니까? 내 딸이 병이 나고, 상처가 나면 부모는 크게 놀라 안절부절못합니다. 그런데 왜 전족만 예외입니까? 전족의 고통은 그 어떤 질병보다 큽니다. 여기 계신 할머니, 아주머니, 아가씨, 꼬마 아가씨 모두 경험하셨겠지요? 더 이상 제가 설명할 필요도 없겠지만, 차마 설명할 수도 없습니다. 그래서 서양 사람들은 우리 중국의 부모들이 모질고 악랄하며 겁 없는 강심장이라고 말합니다. 어떤 사람들은 발이 크면 시집을 못 간다고 말하는데, 이건 전족광들이 자기 취미를 합리화하려고 만들어낸 말입니다. 남자도 사람이고 여자도 사람입니다. 남자들의 흥미를 만족시키기 위해 우리의 어머니, 누이들은 네 살, 다섯 살밖에 안 된 어린 나이에 전족을 시작합니다. 매일매일 발을 싸매고 죽을 때까지 평생 발을 싸매고 걸어야 합니다. 그래서 뛰기는커녕 빨리 걷지도 못하지요. 닭이나 오리보다도 느립니다. 여름에는 땀에 절어 말할 수 없이 고약한 냄새가 나고 겨울에는 발이 얼거나 종기가 나기 일쑤입니다. 계속 발바닥의 굳은살을 깎아내고 티눈을 제거하느라 고통에 시달립니다. 오늘부터 작은 발을 가진 여자가 아니면 결혼하지 않겠다고 말하는 남자가 있으면 평생 홀아비로 살게 해야 합니다. 그런 사람은 대를 끊어놔야 합니다!"

대를 끊어놔야 한다는 말에 환호성, 웃음소리, 욕지거리 등이 동시에 터져 나와 동가의 담장을 뚫고 들어갔다. 그 목소리의 주인공은 대부분 여자였다. 육 소장은 제대로 흥이 올라 목소리에 더욱 힘을 줬다.

"존경하는 어르신, 형제자매, 이웃 여러분! 우리는 서양인들에게 중국이 나약하다는 말을 듣습니다. 그들은 우리 중국인이 터무니없고 어리석고 무능한 폐물이라고 말합니다. 사람이 많아봤자 쓸모가 없다며 우리를 업신여깁니다. 그런데 잘 생각해보면 이게 전족과 아주 큰 관계가 있습니다! 세상의 반이 여자인데, 여자들은 발을 싸매 집에만 앉아 있고 남자들만 밖에 나가 일을 합니다. 그런데 세상에는 세심하게 처리해야 할 일이 많습니다. 예를 들어 농의農醫 분야는 여자가 남자보다 훨씬 잘할 수 있습니다. 외국 여자들은 남자랑 똑같이 밖에 나가 일을 하는데 우리 중국 여자들은 집안에만 묶여 있으니 국력이 절반이 된 겁니다. 그뿐입니까? 전족은 여자들의 체형까지 망쳐 건강한 아이를 낳을 수 없게 합니다. 국가는 집이고 백성은 기둥과 벽돌입니다. 토대가 튼튼하지 않은데 어찌 집이 튼튼하겠습니까? 지금 다들 국가가 강해지려면 먼저 백성이 강해져야 한다고 말합니다. 그러려면 전족부터 없애야 합니다! 어떤 사람은 전족 해방, 즉 자연 그대로의 발은 조상을 거스르고 서양을 배우는 것이라고 말하는데 그렇지 않습니다. 일찍이 요순우탕堯舜禹湯, 문무주공文武周公, 공자 성현 시대에 전족이 있었습니까? 다들 《효경》孝經을 읽어봤을 텐데 거기에 뭐라고 써져 있습니까? '신체와 터럭 하나까지 부모에게 받은 것이니 감히 손상시키지 말아야 한다.' 이렇듯 전족은 부모님에게 물려받은 몸을 손상시키는 일입니다. 그러니 전족 해방이 조상을 거스르는 것이 아니라 전족이 바로 조상을 거스르는 것입니다!"

육 소장의 말은 논리에 빈틈이 없고 공수가 완벽했다. 향련은 저도 모르게 두 손이 덜덜 떨렸다. 머릿속은 어지럽고 온몸에 힘도 쭉 빠졌다. 이때 누가 옆에서 그녀를 불렀다.

"큰어머니, 저분 말하는 게 정말 대단하지요?"

향련이 깜짝 놀라 고개를 돌리니 백금보의 작은딸 월계가 자신을 보며 생글생글 웃고 있었다. 고개를 들어 주변을 돌아보니, 자신이 어느새 담장 아래까지 와서 육 소장의 말에 귀를 기울이고 있는 것이었다. 도대체 언제 어떻게 대청에서 여기까지 왔는지도 몰랐다. 마치 꿈을 꾸는 것 같았다. 그러나 정신이 들자 일단 월계에게 호통을 쳤다.

"어서 방으로 돌아가! 이런 더러운 말로 귀를 더럽히지 말고!"

향련의 호통에 월계가 후다닥 방으로 돌아갔다. 향련은 애꿎은 월계만 꾸짖고 문명강습소 사람들에게는 아무 말도 못했다. 이 사람들은 밤이고 낮이고 매일같이 찾아와 끊임없이 크고 작은 소란을 피웠다.

시간이 지나면서 육 소장뿐 아니라 다른 사람들도 연단에 올랐다. 그중에는 직접 겪은 전족의 고통을 호소하는 여자들도 있었다. 어느 날 자칭 '여성 암살단'이라며 여자들 수십 명이 동가의 대문 앞으로 몰려왔다. 머리와 허리에 빨간 띠를 두르고 빨간 술 장식이 달린 비수를 들고 큰 발에 크고 빨간 헝겊신을 신은 여자들이 비수로 땅바닥에 십+자를 그려놓고 그 위에 침을 뱉으며 알아들을 수 없는 말을 지껄였다.

향련이 밖에서 들리는 요사스러운 말을 믿지 말라고 집안사람들을 다독였지만 바깥사람들의 행동은 점점 과격하고 흉악하고 악랄해졌다. 노골적으로 대문을 쾅쾅쾅 두드리거나 담장 안으로 돌을 던지기도 했다. 쨍그랑! 정원의 화분과 유리로 만든 금붕어 어항에 금이 가고 산산조각이 났다. 1척이 넘는 툭눈붕어가 깨진 어항 틈새로 삐져나와 땅바닥에서 팔딱거렸다. 급한 대로 대야로 옮겨줬지만 큰 어항에서 갑자기 좁은 대야로 옮긴 붕어는 살기가 힘들었는지 이틀 만에 불룩한 배를 뒤집고 죽어버렸다.

향련은 너무 화가 나 방안을 서성거리다가 경솔한 생각을 떠올렸다. 그녀는 하인에게 한밤중에 몰래 뒷문으로 나가 문명강습소 사람들이 세운 연단에 불을 지르라고 시켰다. 그러나 불을 지르자마자 수차례 징이 울렸고 향련은 일을 크게 벌인 것을 후회했다. 평소 침착하고 신중한 자신이 왜 그렇게 무모한 짓을 저질렀을까? 그녀는 문명강습소 사람들이 대문을 박차고 들어와 해코지를 할까봐 무서웠다. 그래서 대문을 더 단단히 잠그고 집안의 모든 불을 끄고 조용히 침대에 숨어 있었다. 바깥에서는 사람들이 연단의 불을 끄고 집으로 돌아갔다. 다행히 소란 없이 일이 마무리되자 그제야 마음을 놓았다.

그런데 야간 경비를 서던 오씨가 갑자기 "도둑이야!"라고 외쳤다. 도아와 향련이 달려 나가 보니 후문이 활짝 열려 있고 빗장이 바닥에 나뒹굴고 있었다. 도둑이 든 것이 분명했다. 도아와 향련도 같이 "도둑이야!"를 외쳤다. 온 가족이 달려 나와 등불을 들고 이리저리 오가며 집안을 샅샅이 뒤졌지만 도둑은 찾지 못했다. 그때 백금보가 펑펑 울며 대성통곡을 했다. 월계가 사라졌다고 했다. 월계를 찾지 못하면 백금보는 정말 죽어 버릴지도 몰랐다.

수년 전 양고재를 거덜내고 도망친 동소화와 활수는 아직까지 아무 소식이 없었다. 향련은 동소화가 돌아와 집안을 뒤집어놓지 않을까 늘 불안했다. 부처님이 지켜주시는지 다행히 동소화는 돌아오지 않았다. 하지만 시간이 지날수록 이상했다. 혹시 타지에서 객사한 것이 아닐까? 교육교는 동소화가 상해에서 방탕하게 살고 있을 것이라고 했다. 그가 양고재에서 훔쳐간 물건들은 평생 놀고먹어도

다 못 쓸 만큼 큰 돈을 받을 수 있는 귀한 것들이었다. 양고재가 거 덜나는 순간 동가는 빈껍데기가 됐고, 돌아와 봤자 백금보에게 욕만 들어 먹을 테니 돌아올 이유가 없을 것이다. 이 말은 확실히 그럴 듯했다.

일 년 후, 천진 서구西沽에서 한 기러기 사냥꾼이 버려진 초가집을 정리하다가 시체를 발견했다는 소식이 들렸다. 향련은 왠지 느낌이 이상해 사람을 보내 확인해 봤다. 얼굴은 다 썩어버려 분간할 수 없지만 동소화의 옷이 확실했다. 관부에 신고해 부검을 해보니 두개골에 둔기에 맞은 함몰 흔적이 있었다. 사람들은 십중팔구 활수가 물건을 독차지하려고 그를 죽였을 것이라고 추측했다. 대대로 이어온 동씨 가문이 결국 보잘것없는 난쟁이의 손에 결딴나리라고는 누구도 상상하지 못했다. 세상일은 처음과 끝이 전혀 다른 법이다.

결국 백금보도 과부가 됐다. 그때 그녀는 정신줄을 놓았었다. 온종일 넋 나간 표정으로 정신을 차리지 못했고 순식간에 늙어버렸다. 그 후로 그녀는 어른이 된 딸의 말을 잘 들었다. 자고로 어렸을 때는 부모 말을 듣고, 늙어서는 자식 말을 들어야 하는 법이다. 월란은 소심했지만 월계는 강단이 있었다. 월계는 둘째네 가족의 중심이었다. 백금보와 월란은 옳고 그름을 떠나 월계가 하자는 대로 따랐다. 그랬던 월계마저 사라지자 백금보는 제대로 일어서지도 못하고 바닥에 엎드려 울기만 했다. 향련은 부드러운 말로 위로했다.

"나도 하나를 잃었는데 자네도 하나를 잃었구먼. 그래도 자네는 하나가 더 있으니 나보다 낫지 않은가? 그리고 집안에 이렇게 많은 사람이 있으니 무슨 일이든 다 함께 힘을 합하면 되고."

이때 옆에 있던 하녀들은 큰아씨 눈에 눈물이 어리는 것을 봤다.

연심이 그리운 것이리라.

다음 날, 동가네 사람들은 상의 끝에 직접 월계를 찾는 동시에 관부에도 신고하기로 했다. 그런데 날이 밝자마자 담장 밖에서 돌멩이가 비 오듯 날아와 정원과 지붕 곳곳에 떨어졌다. 큰 벽돌 조각이 우박처럼 지붕에 떨어져 기왓장이 와르르 쏟아져 내렸다. 사실 강습소 사람들은 연단에 불이 난 것이 동가의 소행이라고 확신했다. 그들은 동가를 불태워 풍비박산내고 전족을 포기시킬 생각이었다. 담장을 포위한 횃불에서 피어오른 검은 연기가 담장 안으로 흘러 들어왔고 대문 두드리는 요란한 소리가 끊임없이 이어졌다. 동가 여인들은 너무 무서워 온몸이 덜덜 떨렸다. 그렇지만 정오가 지나도록 실제로 집안으로 쳐들어오는 사람은 없었다. 담장 밖에서는 여전히 많은 사람이 모여 욕을 하고 고함을 질렀다. 옆에서는 동네 꼬마들이 노래를 불렀다.

"전족을 풀어, 전족을 풀어! 전족한 여자는 뛰지도 못하지!"

향련은 오전 내내 대청에 앉아 작은 입을 꾹 다문 채 한마디도 하지 않았다. 오후가 지나자 얼굴을 활짝 펴고 집안사람들을 불러 모았다.

"사람은 첫째, 도리를 위해 살고, 둘째, 명예를 위해 사는 법이다. 우리 동가는 도리를 지키며 살았으니 고개 숙이지 말고 당당히 맞서야 한다. 명예를 지키지 못한다면 죽는 것보다 못하다. 저들이 계속 전족이 나쁘다고 말하는데 우리가 전족이 뭔지 제대로 보여주자. 내게 좋은 방법이 있다. 도아야, 행아를 데리고 가서 신발 재료와 제작 도구를 전부 가져오너라. 모양을 다시 꾸며 새로운 작품을 만들 것이다. 이 세상의 전족한 여자들에게 용기를 주자!"

하녀들이 신발 재료와 제작 도구를 준비하자 향련은 종이를 펴고 붓을 들어 본을 그린 후 모두에게 따라 하도록 했다. 동가의 여자들은 모두들 반 이모에게 신발 만드는 법을 배웠기 때문에 실력이 대단했다. 처음 보는 견본도 금방 이해했다.

향련이 새로 고안한 신발의 핵심은 신발 입구였다. 전족화의 입구는 보통 뾰족한데, 이 부분을 둥글게 바꿨다. 뾰족한 끝에 헝겊을 덧대고 조금 더 파서 둥글게 만들었다. 앞쪽에 수놓은 작은 새를 붙이고 새 부리에 작은 금을 물리거나 진주알 꾸러미를 달았다. 또 다른 특징은 양쪽 옆면에 화려한 술 장식을 붙여 신발 굽을 감싼 것이다. 온 가족이 오후 내내 부지런히 움직여 각자 신을 신발을 완성했다. 동가 여자들은 새로 고친 신발을 내려다보고 깜짝 놀랐다. 자기의 전족이 이렇게 사랑스러워 보일 수 있다니! 신발을 예쁘게 고쳐 신으니 왠지 기운이 솟았다. 다들 신이 나서 환호성을 질렀다. 도아가 자수 참새를 향련에게 내밀며 신발에 붙이라고 했다. 향련이 다른 사람들에게 자수 참새를 보여줬다.

"다들 이것 좀 봐!"

얼핏 진짜 참새처럼 보였다. 자세히 보니 새털 하나하나가 모두 가느다란 실이었다. 적어도 수천 가닥은 되어보였다. 새털이 수천 가닥이라면 바느질을 수천 번 했다는 뜻이다. 깃털 색이 화려하고 진짜처럼 자연스러워 눈을 어디에 둬야 할지 모를 만큼 아름다웠다.

"이걸 언제 수놓은 거야?"

"이건 제 비장의 무기예요. 백일쯤 걸린 것 같아요. 예전에 주인어른이 이 자수를 보고 저를 이 집안에 들이셨지요."

향련이 말없이 고개를 끄덕였다. 그녀는 동인안의 안목에 새삼 감탄했다. 이때 미자가 끼어들었다.

"도아, 그 솜씨 나중에 나한테도 가르쳐 줘!"

도아가 미자를 보고 조용히 웃으며 은색 실을 집어 들었다. 엄지와 두 번째 손가락으로 실을 쥐고 가운데 부분을 꼬아 순식간에 수십 가닥을 만들었다. 한 가닥 한 가닥이 거미줄처럼 가늘었다. 도아는 그중 하나를 뽑아내고 나머지는 버렸다. 그리고 가슴 앞에 달린 쌈지에 꽂아둔 새털처럼 얇은 바늘을 잡았다. 너무 작아서 바늘귀도 잘 보이지 않았다. 도아가 두 손가락으로 바늘을 잡고 나머지 세 손가락을 쭉 뻗은 채 가볍게 한 번 손목을 털자 실이 바늘에 꿰어졌다.

"가져가세요."

미자는 자기 손이 크고 두껍고 뻣뻣해 재주가 없음을 잘 알았다.

"어디가 바늘이고 어디가 실인지 잘 안 보여."

두 손가락을 꼼지락거리며 혼잣말하듯 중얼거렸다.

"엥? 어디 갔지? 떨어졌나?"

도아가 바닥에 떨어진 바늘을 주워 미자에게 건넸다. 그러나 미자는 또 잡지 못하고 떨어뜨렸다. 미자는 물론 다른 사람들도 바늘을 찾지 못했는데 도아가 미자 치마에서 바늘을 찾아냈다. 언제 빠져버렸는지 실은 보이지 않았고 도아의 손가락 끝에서 반짝거리는 작은 바늘만 보였다.

"도아가 이렇게 훌륭한 솜씨가 있는 줄 오늘에야 알았네! 난 평생 배워도 못할 거야!"

미자는 도아가 부럽기도 하고 자신이 부끄럽기도 해 고개를 흔들다가 혀를 쏙 내밀었다. 가족들은 그 모습에 웃음을 터뜨렸다. 그동안 향련은 도아가 준 자수 참새를 신발에 달았다. 발끝을 움직일 때마다 울긋불긋 화려한 새가 날갯짓하는 것 같았다. 딸을 잃어버려 줄곧 울적하던 백금보가 감격스러운 듯 외쳤다.

"이번에야말로 저놈들 혼을 쏙 빼놔야 해!"

동추용이 머뭇거리며 조심스럽게 말했다.

"신발 입구가 둥그니까…… 좀 이상해 보여요."

동추용이 아차 싶어 얼른 입을 닫았다. 향련이 화를 낼까봐 어색한 미소를 지으며 눈치를 살폈다. 향련 대신 도아가 대꾸했다.

"넷째아씨, 그렇지 않아요. 지금은 늘 하던 대로 답습해서 대충 넘어갈 수 있는 상황이 아니에요. 새로운 방법도 장담할 수 없어요. 그리고 신발 모양을 조금 바꿔도 전족은 그대로예요. 전족이 왕발이 되는 것도 아니잖아요."

도아는 하녀의 신분이지만 현재 실세 순위를 따지면 동추용보다 오히려 위였다. 수년 전 향련이 전족 경연에서 우승할 때 도아가 큰 공을 세운 사실을 모두가 잘 알고 있었다. 그날 향련이 입었던 옷의 아름다운 자수는 모두 도아 솜씨였다. 지금은 향련의 충직한 심복이기 때문에 백금보도 도아를 함부로 대하지 못했다. 말투가 조금 강하긴 했지만 일리 있는 말이었다. 모두들 맞는 말이라며 맞장구를 쳤고 향련도 고개를 끄덕이며 동의했다.

다음 날 아침, 바깥이 다시 소란스러워졌다. 이때 동가의 여자들은 새 신발을 갈아 신고 밖으로 나갈 준비를 하고 있었다. 동추용이 미자의 손을 자기 가슴에 올려놓으며 말했다.

"심장이 터질 것 같아."

미자가 다른 손으로 행아 손을 잡고 제 가슴에 올려놓자 행아가 혀를 날름 내밀며 말했다.

"심장이 튀어나오겠어요!"

"어? 어머니, 어머니는 심장이 안 뛰어요!"

동추용은 제 몸에 이상이 생긴 줄 알고 얼굴이 하얗게 질렸다. 이 때 향련이 굳은 얼굴로 엄하게 말했다.

"그 옛날 전쟁에 나간 열두 과부가 있었소. 지금 우리는 셋뿐이지만 문밖에 십만 오랑캐가 있는 것도 아니니 겁낼 것 없소. 오씨! 대문을 열게!"

향련의 말투는 어느 때보다 결연했다. 이 말이 모두의 가슴을 강하게 울리고 용기를 북돋웠다. 지난 며칠 동안은 족제비가 무서워 닭장 안에 움츠린 닭처럼 살았다. 마음대로 움직이지도 못하고 크게 소리도 내지 못하고 바보처럼 지냈다. 필사즉생, 죽음을 각오하고 싸우면 곧 사는 길이라 했다. 이렇게 생각하니 아무것도 두렵지 않았다.

바깥의 사람들은 동가 대문에 진흙덩어리를 던지고 있었다. 문짝이 온통 진흙으로 뒤덮인 지경이라 동가 사람들이 대문을 열고 나올 줄은 아무도 생각하지 못했다. 끼이익! 하는 소리와 함께 대문이 활짝 열리자 바깥사람들은 깜짝 놀라 뒷걸음질쳤다. 겁을 먹고 후다닥 도망가는 사람도 있었다. 곧이어 향련이 곱게 차려입은 동가의 여자들을 이끌고 당당하게 대문 밖으로 걸어 나왔다. 그 순간 바깥사람들의 반응은 전혀 의외였다. 야유가 아니라 감탄이 터져 나온 것이다.

"저것 봐. 저 작은 발 좀 봐. 세상에, 너무 예뻐! 정말 예뻐!"

사람들의 시선이 자연스럽게 동가 여자들의 전족으로 향했다. 사람들은 전족을 보고 넋이 나갔다. 여자들은 더더욱 정신을 차리지 못했다. 향련은 오늘 밖에서 걸을 때 신발을 감추지 말고 수시로 드러내라고 미리 당부했었다. 신발을 드러낼 때는 새로 고친 신발 입구를 사람들이 볼 수 있게 하라고 일렀다. 또 걸을 때는 발목에 힘을 주고 발끝을 강하게 털어 신발에 달아놓은 술 장식이 쉬지 않고 흔들리도록 하라고 했다.

　동가 여자들은 그동안 갈고 닦은 실력과 재능과 솜씨를 총동원했다. 한 걸음 옮길 때마다 어깨, 허리, 엉덩이를 자연스럽게 흔들었다. 신발 옆면에 두른 화려한 술 장식이 보이도록 일부러 발목을 높이 들었다. 술 장식이 흩날리는 모양이 마치 치마 아래에서 오색 금붕어가 헤엄치는 것 같았다. 동가 여자들이 발걸음을 옮길 때마다 여기저기서 감탄사가 터져 나왔다. 그녀들을 조롱하고 야유하는 사람은 한 명도 없었다. 몇몇 소녀들이 동가 여자들을 따라가며 그녀들의 발을 힐끔거렸지만 보일 듯 말 듯 잘 보이지 않았다. 차라리 바닥에 납작 엎드려 제대로 보고 싶었다.

　향련은 사람들이 안달난 모습을 확인하고서야 천천히 발길을 돌려 집으로 돌아갔다. 대문 문턱을 넘자마자 바깥사람들에게 일격을 날리듯 쾅! 소리가 나도록 문을 세게 닫았다. 이 순간 넋이 나가지 않은 사람은 아무도 없었다. 산송장처럼 눈도 깜빡이지 않고 숨쉬는 것도 잊었다.

　이 일로 동가는 기사회생하는 동시에 천진에 새로운 전족 바람을 일으켰다. 영리하고 손재주 좋은 여자들은 그날 멀리서 지켜본 것을 떠올리며 비슷하게 신발을 만들었다. 그러고는 보란듯이 신발을 신고 거리를 활보했다. 그 모습을 본 또 다른 사람이 보고 따라하면서 이 신발 모양이 대유행했다. 꼼꼼하고 진지한 사람들은 방법을 배우려고 동가의 대문을 두드렸다. 이런 상황을 예상한 향련은 미리 하녀들에게 신발 본을 준비해 놓았다가 찾아오는 사람들에게 나눠주라고 했다. 어느 날 신발 본을 얻으러 온 사람이 물었다.

"이 신발은 이름이 뭔가요?"

그 신발에는 본래 이름이 없었지만 도아는 견본의 둥근 부분을 보고 아무렇게나 말했다.

"월량문月亮門이에요."

"신발 옆면의 술 장식은 뭐라고 불러요?"

"월량수염이에요."

이때부터 월량문과 월량수염이란 명칭이 천진 전체로 퍼져 나갔다. 견본을 얻으러 온 여자들이 전하기를, 천진 불량배 두목 소존왕오의 어머니도 전족으로 유명한데 며칠 전 동문 밖에서 문명강습소 사람들에게 모욕을 당했고 분노한 소존왕오가 강습소를 풍비박산냈다고 했다. 이 소문이 사실인지는 알 수 없었으나 어떻든 그 후로 육 소장은 물론 강습소 사람들은 코빼기도 보이지 않았다.

향련은 확실히 기세를 잡았지만 여기서 만족하지 않았다. 배색, 재료, 장식, 모양 등을 바꿔가며 계속해서 다양한 신발을 내놓았다. 하나하나 깊이 고민하고 심혈을 기울인 결과였다. 이렇게 새로운 견본이 탄생할 때마다 기존 견본의 인기를 능가하며 새로운 유행을 만들었다. 충저혜沖底鞋, 망자혜網子鞋, 아두혜鴉頭鞋, 봉두혜鳳頭鞋, 만궁혜彎弓鞋, 신월혜新月鞋 등에 이어 새롭고 독특한 신발이 계속해서 등장했다.

둥근 신발 입구를 다시 뾰족하게 만들고 덧댄 헝겊을 떼내고 그 자리에 하얀 망사를 붙이는 등 다양한 모양으로 장식했다. 코끼리 눈

모양, 씨실 모양, 만卍자 모양, 봉황 꼬리 모양, 감람 모양, 옛날 동전 모양, 연결된 고리 모양, 상서로운 구름 모양 등 정교하고 아름다운 자수를 차례로 선보였다. 무엇보다 이 신발의 핵심은 바닥이었다. 나무 대신 각배(자투리 천이나 낡은 천에 종이 속을 넣어 만든 도톰한 신발 재료)를 10장 이상 겹쳐서 신발 바닥을 만들었다. 그리고 보이차 찻물로 굽 부분을 물들이고 인두로 지져 갈색을 표현했다. 이렇게 만든 각배 바닥은 가죽 바닥보다 가볍고, 얇고, 부드럽고, 편했다. 이 신발이 등장하자 부녀자들은 미친듯이 열광했다. 향련은 집안사람들을 모두 동원해 매일같이 대문 앞에서 직접 신발을 만들어 보이며 방법을 가르쳐줬다. 이 신발은 코끼리 눈 모양 도안 때문에 만상갱신혜万象更新鞋로 불렸다. 만상갱신혜는 시대 조류에 부합해 천진 전체에 명성을 떨쳤다. 멋쟁이들뿐 아니라 문인들도 '만상갱신'이란 말을 즐겨 사용했다. 전족화를 좋아하는 사람이라면 당연히 전족도 좋아하는 법이니 자연스럽게 전족 반대 풍조가 수그러들었다.

어느 날 교육교가 동가에 찾아왔다. 십여 년 만이니 그 역시 많이 늙었다. 위아래 이가 드문드문 빠져나가 말을 할 때마다 그 빈자리가 까맣게 보였다. 피부는 광택이 사라져 거뭇해졌고 여전히 땋아 내린 변발은 돼지꼬리처럼 얇아졌다. 동인안이 죽은 후 발길을 끊었고, 전족 해방 바람이 부는 동안에는 코빼기도 보이지 않던 사람이었다. 교

월량문
(올려본 모습)

월량문
(내려다 본 모습)

월량수염

만상갱신혜

육교가 자리에 앉자마자 다급하게 소식을 전했다.

"아직 모르지요? 강습소 육 소장이 육 나리, 육달부랍니다!"

"아!"

향련이 한참 후에야 놀란 마음을 추슬렀다.

"제가 어떻게 알아보겠어요? 아버님이 살아계실 때 여러 나리들과 몇 번 다녀갔을 뿐인데. 지금은 변발을 자르고 수염을 기르고 안경까지 꼈으니 더 알아보기 힘들지요. 나리 말씀을 듣고 보니 확실히 닮은 것 같습니다. 목소리도 비슷하고……. 그런데 그자와 우리는 원수진 일이 없는데 왜 그렇게 우리를 괴롭혔을까요?"

"나무가 크면 바람을 세게 맞는 법입니다. 천진에 동가를 모르는 사람이 없고, 동가 아씨들의 전족이 워낙 유명한 탓이지요. 소위 문명파가 전족 반대를 외치면서 동가가 아니면 어디로 가겠습니까? 이름 없는 노파를 찾아가 난리법석을 떨어봤자 아무 소용없을 테니까요."

교육교가 그 옛날처럼 천진한 표정으로 히죽 웃었다.

"정말 이상하네요. 그 사람, 전족광 아니었나요? 어쩌다 반대파가 됐죠? 다른 사람들은 그 사람 실체를 모르는 거겠죠? 다음에 마주치면 사람들 앞에서 그자의 과거를 까발려야겠어요. 흥!"

"이제 그럴 필요 없습니다. 그 사람, 이미 문명강습소에서 쫓겨났거든요."

"아니, 왜요? 답답하게 하지 말고, 빨리 말씀해 보세요."

"기다리면 다 말씀드릴 텐데……. 어떻든 오늘 다 말씀드리려고 온 것 아닙니까? 듣자니, 육달부가 강습소에서 밤마다 강연 원고를 쓰는데 늘 작은 가죽상자를 가지고 다녔답니다. 원고를 쓸 때마다 방문을 꼭 닫고 상자를 열고는 강아지처럼 코를 처박고 냄새를 맡더랍니다. 강습소 사람들이 문틈으로 본 것이라 상자 안에 뭐가 들었는지는 몰랐는데, 어느 날 육달부가 자리를 비운 사이에 방에 들어가 확인해 봤답니다. 사람들은 아주 좋은 코담배 가루나 신기한 서양 물건이 들어있을 줄 알았는데 상자를 열어보니……. 뭔지 한번 맞혀보시겠습니까?"

"도대체 뭐죠?"

교육교가 한바탕 웃음을 터트리자 온 얼굴이 주름으로 뒤덮였다.

"상자 안에 든 것은 바로 자수 전족화였어요. 육달부는 글을 쓰기 전에 전족 냄새를 맡으면 정신이 맑아지고 글이 잘 써졌답니다. 어떻게 생각하십니까? 육달부 이 사람, 정말 이상한 사람 아닙니까? 전족 냄새를 맡고 황홀해하면서 전족에 반대하는 글을 쓴다니, 천하의 기인이 따로 없지요. 어떻든 강습소 사람들은 크게 분노했고, 마침 아씨가 만든 월량문이 크게 유행할 때라 강습소 위세가 약해지면서 내분이 일어난 모양입니다. 육달부는 전족 상자와 함께 밖으로 내동댕이쳐졌지요. 하지만 제가 직접 본 것이 아니어서 이 소문이 얼마나 과장된 것인지는 모르겠습니다."

향련이 크게 놀랐다가 금방 담담한 표정으로 돌아왔다.

"그 소문, 저는 다 믿습니다."

"왜죠?"

"만약 나리가 제 입장이라면 나리도 믿으실 겁니다."

교육교는 향련의 말에 고개를 갸웃거렸다. 그는 타고난 호사가였고, 호사가는 호기심이 큰 법이었다. 하지만 나이가 들다보니 이제 궁금한 것이 있어도 가슴에 묻고 입을 닫는 경우가 많았다.

"나리는 바깥세상을 많이 다니시니 제 부탁 하나만 들어주세요.

저 대신 월계 소식을 좀 알아봐주시겠어요?"

나흘 후, 교육교가 소식을 가져왔다.

"찾을 필요 없겠습니다."

"죽었나요?"

향련은 가슴이 덜컥 내려앉았다.

"죽기는요, 아주 잘 살아 있습니다. 그런데 아씨는 절대 조카딸을 받아들이지 않으실 겁니다."

"혹시, 서양 사람에게 시집갔나요?"

"아니, 아닙니다. 천족회天足會에 들어갔다는군요."

향련은 가슴이 철렁 내려앉았다. 왠지 또 한 번 시끄러운 일이 일 어날 것 같았다. 👣

제14화
묶고, 풀고, 묶고, 풀고,
묶고, 풀고, 묶고······

향련은 지난 반 년 사이에 십 년쯤 늙어버렸다. 매일 머리를 빗을 때마다 참빗이 빠진 머리카락으로 뒤덮였다. 이마가 점점 넓어지고 눈꺼풀 살이 늘어지고 온종일 기력이 없었다. 이 모든 것이 천족회 때문이었다.

지난해 겨울, 혁명당의 모반이 실패로 돌아간 후 무슨무슨 당, 무슨무슨 회 등이 모두 해산됐지만 천족회만은 멀쩡했다. 하지만 조직의 본부가 어디에 있는지 그 실체를 아는 사람은 아무도 없었다. 소문으로는 자죽림紫竹林 이탈리아 조계지, 혹은 중가中街 고든 홀에 있다고 했다. 조계지는 천진성 동가에서 불과 4, 5리 거리에 있지만 향련은 한 번도 가본 적이 없었다. 그저 교회처럼 지붕이 뾰족하고 큰 건물일 것이라고만 상상했다. 고삐 풀린 망아지처럼 왕발을 한 아가씨들은 강연이랍시고 매일 난리법석을 떨며 전족을 욕했다. 또 여러 사람이 모여 물구나무를 서고 공중제비를 돌고 서양인들이랑 같이 자고 서양인들에게 발을 만지게 했다. 뿐만 아니라 천족회는 온갖 악랄한 방법으로 향련을 괴롭혔다. 동가 대문에 허구한 날 섬뜩한 말이 적힌 빨간색, 노란색, 하얀색 종이가 붙었다.

여자들에게 전족을 강요하는 가장은 독사처럼 악독한 인간이다!
전족을 풀지 않는 여자는 영원히 남자의 노리개가 될 것이다!
발이 작은 여자를 아내로 맞으려는 남자는 시대의 반역자다!
발싸개를 버려라! 허리를 곧게 펴고 일어서라!

벽보에는 대부분 천족회의 서명이 있었고, 가끔 방족회放足會가 등장하기도 했다. 천족회와 방족회가 같은 단체인지 아닌지는 분명하지 않았다. 월계는 도대체 어느 쪽에 있을까? 백금보는 월계가 그리울 때마다 몰래 대문으로 달려가 벽보에 적힌 '천족회' 세 글자를 한참 동안 뚫어져라 쳐다보곤 했다. 이 일은 향련의 귀에도 들어갔지만, 향련은 모르는 척 외면했다.

어느 날 동서남북 성문, 고루鼓樓, 해대도, 궁남대가, 궁북대가, 관은호官銀號 등 천진의 주요 거리에 있는 모든 사찰과 교회, 사범학당, 공예학당, 고등여학당, 여자소학당, 여의암 관립중학당 등 모든 학당 대문 앞에, 그리고 골목 곳곳의 깃대와 가로등 아래에 큰 바구니가 놓였고 '전족을 풀면 자유를 얻는다'라는 문구가 적힌 노란 벽보가 붙었다. 사람들은 바구니에 전족화를 갖다 버렸다.

그러자 며칠 후, 누군가가 바구니를 부수거나 태워버리고, 강물에 던져버리거나 엎어버렸다. 교회와 학당 앞에 놓인 바구니만 감히 건드리는 사람이 없어 순식간에 절반이 채워졌다. 헝겊신, 비단신, 삼베신, 망사신, 공단신, 꽃자수 신, 자수 없는 신, 뾰족한 것, 넓적한 것, 새 것, 낡은 것, 떨어진 것 등 온갖 전족화가 다 있었다. 이즈음부터 전족을 푼 여자들이 거리를 활보하기 시작했다. 아직까지 욕하거나 비웃는 사람도 있었지만 부러워하는 사람들도 있었다. 그런 사람들은 집에 돌아가 몰래 발싸개를 풀어보곤 했다. 그런데 갑자기 전족을 풀자 발바닥이 끊어질 듯 아팠다. 걸을 때면 앞뒤로, 좌우로 뒤뚱거려 뭔가를 붙잡고 걸어야 했다. 못된 동네 아이들은 그런 여자들을 보며 놀려댔다.

"저것 봐! 땅바닥에서 외줄타기 한다! 하하하!"

한 할머니가 전족을 풀고 휘청거리며 북문을 지나 성 안으로 들어갔다. 누군가 느닷없이 할머니에게 욕을 퍼부었다.

"할망구가 죽지도 않고 노망났군! 어린 것들은 철이 없어 그런다지만 금방 무덤에 기어들어갈 늙은이가 그렇게 생각이 없어?"

이뿐만이 아니었다. 아이들이 할머니 꽁무니를 쫓아가다가 엉덩이에 전갈이 붙었다고 겁을 줬다. 할머니는 깜짝 놀라 도망가려다가 철퍼덕 엎어졌다.

예전에 발이 큰 아가씨들은 거리를 돌아다니다 온갖 욕을 들어먹었다. 그래서 치맛자락이나 바짓단 안으로 최대한 발을 감췄다. 하지만 지금은 무서울 것이 없었다. 바지허리를 추켜올리거나 아예 바짓단을 말아 올려 왕발을 자랑스럽게 드러내고 당당하고 힘차게, 빠른 걸음으로 거리를 활보했다. 전족을 한 여자들은 그 모습을 부러운 눈으로 바라보다가 머리를 쥐어짜내 큰 신발을 자기 발에 맞추기 시작했다. 전족화 바깥에 큰 신발을 신고 앞뒤 좌우 빈 공간에 솜이나 낡은 천을 채워 가짜 왕발을 만들었다.

서양 학교에 다니는 여학생들은 구둣방에 가서 서양 가죽구두를 주문했다. 4~5촌 길이에 앞코가 뾰족하고 뒤꿈치가 높은 모양이었다. 가죽이 딱딱해 구두를 신으면 근육이 긴장되고 힘이 들어가 전족한 느낌과 비슷했지만 걸을 때 흔들림은 없었다. 서양 구두도 전족과 비슷했지만 발을 싸매지 않아 '모던 여성'이라는 찬사를 얻을 수 있었다. 이 방법은 절묘하고 간단하면서도 가장 큰 찬사를 얻을 수 있는 효과적인 방법이었다.

전통의 전족 여성과 모던 여성이 길에서 마주치면 외나무다리에서 원수를 만난 것처럼 서로 욕하며 물어뜯었다. 전족 여성은 모던 여성을 왕발, 기왓장발, 선인장발, 삽자루발이라고 욕했고, 모던 여성은 전족 여성에게 쉰내 나는 종자, 고린내 나는 족발, 고부리 만두라고 욕했다. 욕으로 시작했다가 화가 끓어오르면 서로 침을 뱉거나 몸싸움도 벌였다. 할 일 없는 사람들에게는 이런 싸움 구경이 낙이었다.

이 모든 이야기가 향련의 귀에도 들어갔다. 그녀가 할 수 있는 일은 사람들이 다시 전족화에 열광하도록 온힘을 다해 새로운 전족화를 만드는 것뿐이었다. 그러나 점점 머릿속이 텅 빈 듯 아무 생각도 떠오르지 않았고 아무것도 할 수 있는 게 없었다. 문득 자신과 자신의 발이 같은 운명이라는 생각이 들었다. 긴장을 푸는 순간 수십 년 동안의 노력은 물거품이 되고 가문이 무너질 것이다. 그러나 자신에게 남은 것은 오직 이 길뿐이니, 온힘을 다해 시련에 맞서기로 했다.

어느 날 단발머리를 한 모던 여성이 비틀거리며 동가의 대문 안으로 뛰어들어왔다. 하녀들이 모던 여성을 발견하고 소스라치게 놀라며 소리쳤다.

"둘째아기씨가 돌아왔어요!"

자세히 보니 월계의 상태가 좋지 않은 듯해 서둘러 방으로 옮겼다. 소식을 들은 가족들이 모두 월계를 보려고 몰려들었다. 월계는 제 어머니 품에 파고들어 한바탕 눈물을 쏟았다. 백금보도 같이 울고 곁에서 지켜보던 월란도 눈물을 훔쳤다. 사람들은 대부분 월계가 서양인의 꼬임에 넘어가 발을 농락당하고 정절을 잃었을 것이라고 추측했다. 월계가 겨우 눈물을 그치고 나서야 향련은 무슨 일이 있었는지 물었다.

월계는 천족회나 방족회에는 가입한 적도 없고 아무 일도 없었다고 했다. 그녀는 뒷동네 사(蔣)씨네 딸을 따라 몰래 여자학당에 다녔다고 했다. 다른 여학생들은 전족 바람을 일으키는 데 혈안이었지만 그녀는 단순히 제 발을 풀고 싶었다. 향련은 월계가 신고 있는 바닥이 평평한 큰 신발을 힐끗 쳐다보고는 냉랭하게 말했다.

"발을 풀었으니 도망갈 수 있는 거 아니었어? 왜 돌아왔대? 울긴 왜 울어?"

월계가 잔뜩 움츠러든 채 억울한 표정을 지었다.

"큰어머니, 이것 보세요……"

월계가 바닥이 평평한 큰 신발을 벗고 그 안에 신은 흰 양말도 벗었다. 발싸개를 하지 않은 맨발이었지만 발이 펴지지는 않았다. 월계의 발은 물에 삶은 오리처럼 통통 부어 펴지기는커녕 발가락이 딱 달라붙은 채 말려 있었다. 여기저기 쓸리고 부딪힌 탓에 온통 피멍투성이고 상처 때문에 발등이 높이 부어올랐다. 처참하고 불쌍한 모습이었다.

"그 고통은 네가 자초한 것이니 어쩔 수 없다!"

향련은 차가운 말을 내뱉고는 방을 나가버렸다. 다른 사람들도 월계와 백금보에게 몇 마디 위로를 건네고는 각자 자리로 돌아갔다.

향련은 오랫동안 혼자 지내는 데 익숙해졌다. 낮에는 주로 대청에서 저녁에는 방에서 시간을 보냈는데, 누가 옆에 있는 것을 싫어해 쫓아버리곤 했다. 그런데 월계가 돌아온 후로는 혼자 있는 것을 견디지 못해 자주 도아를 불러 곁에 있게 했다. 간혹 밤에도 불렀다. 하지만 둘이 같이 있어도 말은 거의 없었다. 도아는 등잔에 바짝 붙어 앉아 수를 놓았고, 향련은 조금 떨어진 침대에 걸터앉아 멍하니 어두운 방 구석을 바라봤다. 두 사람의 명암이 뚜렷하게 나뉘었다. 향련은 도아가 말을 걸어도 대꾸하지 않으면서 도아를 계속 붙잡고 있었다. 도아가 살짝 눈을 들어 향련을 쳐다봤다. 하얗고 정갈한 향련의 얼굴에는 어떤 표정도 보이지 않았다.

도아는 아무래도 향련이 걱정스러웠다. 지난 이틀, 식사 시간마다 향련이 백금보에게 심한 말을 쏟아냈다. 월계가 집을 나간 반 년 동안, 향련과 백금보는 그런대로 사이가 좋았다. 그런데 월계가 돌아오자마자 향련의 태도가 180도로 바뀌어 백금보에게 성질을 부려댔다. 월계 때문이라면 왜 월계에게 직접 훈계하지 않는 것일까?

이틀 전, 향련의 방을 청소하던 도아는 명주실을 꼬아 만든 오색 종자 목걸이가 침대 휘장에 달려 있는 것을 발견했다. 전에는 없던 것이었다. 대략 십 년 전 단오절에 도아가 직접 만들어 연심의 목에 걸어준 액막이 목걸이였다. 세심한 도아는 연심을 잃어버린 후 향련이 연심을 떠올리지 않도록 조용히 향련의 방에 들어가 연심의 옷가지와 장난감 등을 모두 치웠다. 향련도 도아의 마음을 알기에 아무엇도 묻지 않았다. 두 사람은 말하지 않아도 서로의 마음을 잘 알았다.

그런데 이 목걸이를 갑자기 어디서 찾아냈을까? 혹시 그동안 줄곧 몸에 지니고 있었던 것일까? 목걸이는 전혀 상한 곳 없이 멀쩡했고, 먼지 하나 없으니 방금 걸어놓은 것이 분명했다. 도아는 향련의 마음을 제 마음처럼 훤히 이해했다. 그녀는 조용히 침대 옆에 다가가 까치발을 들고 종자 목걸이를 떼어 냈다.

그날 오후, 향련의 방에서 갑자기 고함소리가 들렸다. 도아는 우물가에서 발싸개를 빨다 말고 달려갔다. 무슨 일인가 싶어 행아도 달려갔다. 침대 휘장이 다 뜯겨 있고 얼굴이 새빨개진 향련이 씩씩거리고 있었다. 방바닥에 베개, 베갯잇, 빗자루, 침대보, 대나무 막대 등이 어지럽게 널려 있었다. 침대 밑에는 실내화, 요강, 종이상자, 단추, 옛날 동전 등이 먼지, 거미줄, 좀벌레와 함께 나뒹굴었다. 도아는 단박에 상황을 파악했다. 향련이 눈썹을 치켜뜨며 도아를 노려봤다. 잠시후 영문도 모른 채 멀뚱히 서 있는 행아에게 불똥이 튀었다.

"월계, 그 몹쓸 계집애가 너희들한테 무슨 짓을 한 게냐?"

"아무 일도 없었어요. 둘째아씨가 월계 아기씨한테 아무 말도 하지 말라고 하셨어요."

"혹시라도 네 입으로 요사스런 말을 전했다가는 그 입을 찢어 버릴 테니, 그리 알아!"

향련이 휙 돌아서서 대청으로 가버렸다. 그녀는 오후 내내 꼼짝 않고 대청에 죽은 듯이 앉아 있었다. 날이 어두워지자 도아는 방을 정리한 후, 촛불을 켜고 발 씻을 더운 물을 준비해 놓고 향련을 불렀다. 방에 들어와 종자 목걸이가 다시 침대 휘장에 걸려 있는 것을 발견한 향련은 갑자기 얼굴에 생기가 돌았다. 그녀는 웃지도 화내지도 않고 조용히 도아를 불러 양지옥¥脂玉으로 만든 하트 모양 귀걸이를 선물했다.

한편 향련에게 이유도 없이 욕을 먹은 행아는 어리둥절하기만 했다. 월계가 돌아온 후, 향련은 조용히 행아를 불러 월계를 잘 지켜보라고 지시했다. 특히 월계가 집안사람들에게 어떤 말을 하는지 잘 살피라고 했다.

눈치 빠른 백금보는 향련의 의중을 알아 채고 월계를 아예 방밖으로 나가지도 못하게 했다. 식사는 방으로 들이고 대소변까지도 밖으로 내보내면서 누가 찾아와도 문지방을 넘지 못하게 막았다. 한밤중에 세 모녀가 한자리에 모이면 희미하게 불을 밝히고 이야기꽃을 피웠다. 월계는 입술에 침을 발라가며 반 년 동안 보고 들은 신기한 일들을 구구절절 늘어놓았다.

"동생이 다닌 학당에서는 뭘 배웠어?"

"국문, 수학, 그리고 생리랑 화학이랑……."

"뭐? 그 생, 리라는 게 뭐야?"

"사람 몸에 대해 알려주는 거예요. 눈, 코, 입, 귀, 이, 혀처럼 눈에 보이는 것뿐 아니라 심장, 폐, 위, 창자, 뇌처럼 눈에 보이지 않는 것에 대해서도 배워요. 이런 것들이 어디에 있고 어떤 모양이고 어떻게 쓰이는지 알려줘요."

"뇌랑 심장이랑 똑같은 거 아니야?"

"뇌랑 심장은 달라요. 뇌는 기억하고 생각하는 일을 해요."

"마음으로 생각한다는 말은 있어도, 뇌로 생각한다는 말이 어디 있어?"

"마음이 심장인데, 심장은 생각하는 일을 못해요."

월계가 달빛을 받으며 환하게 웃었다. 그녀는 손가락으로 월란의 머리를 쿡 찌르며 대답했다.

"뇌는 여기에 있어요."

이번에는 월란의 가슴을 살짝 건드렸다.

"심장은 여기 있고요. 잘 생각해봐요. 생각할 때 어디가 움직여요?"

월란이 한참 생각하더니 눈빛을 반짝이며 대답했다.

"어머, 동생 말이 맞아! 그럼, 심장은 뭐에 쓰여?"

"심장은 피가 모이는 곳이에요. 우리 몸의 피는 심장에서 흘러나와 온몸을 한 바퀴 돌고 다시 심장으로 흘러들어가요."

"뭐? 피가 흘러? 세상에! 너, 그렇게 사람 놀리는 거 아니야!"

"언니는 잘 모르겠지만, 그게 바로 과학이에요. 언니가 안 믿으면 내가 말해봤자 무슨 소용이에요?"

"누가 안 믿는다고 그랬나? 계속 얘기해봐. 방금 뭐라고 했지? 뭐였지? 방금 말한 그, 그거, 다시 말해봐."

이때 백금보가 끼어들었다.

"월란아, 자꾸 월계 말 끊지 말고 일단 잘 들어봐야지. 월계야, 듣자니 서양 학당에서는 남녀 학생들이 한데 뒤엉켜 나뒹군다던데, 그것도 흙바닥에서 말이야. 이건 직접 본 사람이 한둘이 아니야."

"말도 안 돼요. 그건 체육 수업인데, 정말 재미있어요! 아, 어머니랑 언니는 아무리 설명해도 이해하기 힘들 거예요. 발만 이렇게 되지 않았어도 돌아오지 않았을 거예요."

"그런 쓸데없는 소리 하는 거 아니야! 네 큰어머니가 들으면 네 입을 꿰매……."

백금보가 호통 치듯 월계의 입을 막았다. 그러나 딸을 바라보는 눈빛은 더없이 사랑스럽고 자랑스러웠고, 심지어 존경하는 느낌마저 들었다.

"애야, 학당에서는 전족을 물어뜯는 커다란 사냥개를 기른다던데, 혹시 네 발이 그 개한테 물린 건 아니겠지?"

"세상에 그런 개가 어디 있어요? 그곳에선 아무도 발을 풀라고 강요하지 않아요. 다른 사람은 다 푸는데 나만 안 풀고 있으면 왠지 이상하니까 스스로 풀게 되는 거지. 그리고 발을 푸는 게 쉽지 않아요. 발싸개를 풀면 보호막이 사라진 느낌이라 고정이 안 되고 여기저기 긁히니까 너무 아파요. 사실 너무 아파서 돌아온 거예요. 난 내 발이 정말 너무 싫어요."

다음 날 아침 백금보는 월란의 발에 약을 바르고 발싸개를 단단히 묶었다. 한동안 발싸개를 하지 않았던 터라 예전에 신었던 신발에는 발이 들어가지 않았다. 어쩔 수 없이 조금 큰 작은어머니의 신발을 빌려 신었다. 처음에는 낯설었지만 조금 걸어다니니 금방 익숙해졌다. 전족화를 신고 정원을 산책하니 발싸개를 풀었을 때보다 뜻대로 움직일 수 있어 훨씬 편하고 자유로웠다. 월란이 물었다.

"어때? 역시 발싸개를 하는 게 낫지?"

월계는 고개를 흔들고 싶었지만 확실히 발이 편했다. 결국 고개를 흔들지도 끄덕이지도 않았다.

향련은 월계가 정원을 돌아다니는 것을 보다가 갑자기 하얀 이를 드러내며 활짝 웃었다. 문득 좋은 생각이 떠올랐기 때문이다. 그녀는 오씨에게 당장 교육교를 모셔오라고 했다. 교육교는 향련과 한참 상의를 하고 돌아갔다. 그리고 보름 후, 〈백화보〉白話報에 아주 기막힌 문장이 실렸다. 〈다시 전족으로 돌아가려는 자매들에게〉라는 이글은 큰 화제를 불러 일으켰다.

다시 전족으로 돌아가려는 자매들에게

옛 사람이 전족纏足을 좋아하고 지금 사람이 천족天足을 좋아하는 것은 낙후와 진화로 구분할 수 없다. 옛날에는 모두 전족 여자였고 지금은 천족 여자가 많은데, 이것은 야만과 문명의 차이가 아니다. 단지 시대와 장소에 따라 풍속이 다르고 미의 기준이 다를 뿐이다.

전족 여자를 노리개라고 하는데, 그렇다면 각 집안 묘지에 묻힌 여자 조상들은 모두 노리개인가? 오늘날 문명인이라 자처하는 자들 중 이 노리개 배 속에서 나오지 않은 자가 몇이나 되겠는가? 옛 사람의 시선으로 지금 사람의 시비를 따지면 당연히 완고하게 반대할 것이고, 지금 사람의 생각으로 옛 사람의 방식을 평가하면 멍청하다고 할 것이다. 추운 지방 사람이 더운 지방 사람에게 짧은 옷을 입는다고 욕하고, 더운 지방 사람이 추운 지방 사람에게 모피와 가죽 모자를 쓴다고 욕하는 것과 똑같다.

전족 여자가 자연미를 버리고 억지로 모양을 만든다고 비난하는데, 신여성이 곱슬머리를 만들고 가슴을 동여매고 높은 구두를 신는 것도 같지 않은가? 이것도 자연을 거스르는 일 아닌가? 신여성이 하는 것들은 모두 서양에서 전해진 것이다. 서양 나라가 강대하니까 중국이 서양의 악습을 배우는 것을 신식 유행이라며 반기는데, 만약 중국이 세계에서 가장 강한 나라라면 서양 여자들이 중국을 따라 전족을 하지 않겠는가?

전족이 고약한 냄새가 난다고 하는데 전혀 틀린 말은 아니다. 하지만 이 세상에 냄새 나지 않는 발이 있을까? 양손을 비비기만 해도 냄새가 나고 신발을 신고 온종일 걸어 다니면 누구든 고린내가 난다. 발이 손보다 냄새가 심한 것은 지극히 당연한 일이다. 설마 천족 여자의 발은 손보다 향기롭다는 말인가? 문명인 중에 그런 향기로운 발 냄새를 맡아본 사람이 있는가?

전족 여자가 약해서 국가가 강해지지 못한다고 말하는데, 그렇다면 아프리카나 호주 원주민 여자들은 신체가 매우 건강한데 그 국가는 왜 유럽, 미국, 일본보다 강하지 못하고 오히려 그들의 노예가 되었나?

중화민족 자매 중 전족 해방에 잘못 휩쓸려 발싸개를 푼 사람은 필시 제대로 걷지 못할 것이다. 뼈가 부러지고 근육이 끊어지는 것처럼 통증이 심할 뿐 다시 평평해질 수는 없다. 천족도 아니고 전족도 아니니 양쪽에서 모두 무시당하고 아무도 당신을 원치 않을 것이다. 남들이 아무렇게나 던진 칭찬 한마디는 거짓이고 자신이 겪는 고통이야말로 진정한 현실이다. 빨리 전족으로 돌아가 다시 발싸개로 싸매는 것이 낫다. 이대로 내버려두면 결국 남는 것은 후회뿐이다. 다시 발싸개를 하면 당장은 조금 아프겠지만 처음 전족을 시작할 때보다는 덜하고, 발싸개를 풀고 걸을 때보다도 훨씬 덜하다. 육체는 조금 불편하더라도 정신의 만족은 영원할 것이다.

고금을 막론하고 여자라면 누구나 미를 추구한다. 아름답다고 손꼽히는 여자들은 몇 가지 불편함을 감수해야 한다. 아무런 규정 없이 미의 모범이 될 수는 없다. 아무런 제약도 없이 최고의 미를 얻을 수는 없다. 고상하고 운치 있는 길을 걸으며 보석처럼 빛나는 전족이 되리라. 전족 여자들이여, 절대 발싸개를 풀지 마라. 이미 풀었으나 다시 전족으로 돌아가고 싶은 여자들이여, 사악한 유언비어를 물리치고 용감하게 이겨내라.

인간 세상에서 미의 우승 깃발을 쟁취하라. 나는 여러분의 우승을 기원한다. 전족의 세계는 영원할 것이다! 전족 세계 만세!

이 문장의 글쓴이 서명은 교육교가 아니라 보련여사保蓮女士였다. 보련여사는 이 글을 통해 지난 십여 년 동안 전족을 폄하하고 비난하고 조롱하고 모욕한 말들을 조목조목 논리적으로 반박했다. 특히 전족 해방의 이유를 하나하나 언급하며 그것이 왜 잘못됐는지 따지고 비난했다.

이 글은 발표된 즉시 파란을 일으켰다. 이날 신문 판매소의 철문이 구부러질 만큼 많은 사람이 몰렸다. 곧이어 신문 판매소에는 왕발 여자들이 판을 치기 시작한 이후 자신의 전족이 얼마나 냉대 받았는지, 발싸개를 푼 이후에 얼마나 고통스러웠는지, 다시 전족을 하고 싶지만 방법을 몰라 얼마나 답답한지 등을 하소연하는 전족 여자들의 편지가 수도 없이 날아들었다. 세상에 전족 해방 때문에 고통스러워하고, 전족 해방에 반대하고 불만을 품은 사람이 이렇게 많은 줄 미처 몰랐다. 이들의 불만이 의미하는 바는 명확했다.

사람들은 보련여사가 누구인지 궁금해 하기 시작했다. 어디로 가야 이 전족 해방의 고통에서 벗어나게 해줄 구세주를 만날 수 있을까? 많은 사람들이 수소문한 결과 보련여사의 정체가 동가 큰아씨 과향련임이 밝혀졌다. 이 말은 교육교의 입에서 나온 것이 아니라, 도이가 동가에 드나드는 화장분 장수에게 일부러 흘린 것이었다. 이 화장분 장수는 입이 가볍기로 유명해서 순식간에 천진 전체에 소문이 퍼졌다.

이때부터 다시 전족으로 돌아가려는 수많은 여자들이 보련여사의 비법을 전수받기 위해 동가로 몰려들었다. 매일 아침 동가 대문이 열리면 경자년庚子年(의화단운동이 일어난 1900년. 서양 세력에 맞서 중국을 지키려는 의화단 정신에 중국 전통을 지키려는 전족 회복 정신을 비유한 것) 그날처럼 난리가 났다. 수많은 여자들이 절뚝거리며, 휘청거리며, 비틀거리며 찾아왔다. 부축 받고 온 사람, 지팡이를 짚은 사람, 업혀 온 사람, 들것에 들려 온 사람, 질질 끌려온 사람, 마차에 실려 온 사람도 있었다. 이들이 내민 발은 퉁퉁 붓고, 찢어지고, 곪고, 변형되고, 변색되고, 냄새가 나는 등 눈뜨고 못 볼 정도였다. 향련은 이런 분위기를 타고 '복전회'復纏會를 결성하고 회장을 자처했다. 보련여사의 명성은 금세 천진에 널리 퍼져 누구나 하루에 최소한 세 번 이상은 그 이름을 들었다.

보련여사는 '복전'에 필요한 각종 도구, 용품, 약품을 갖춰 놓았을 뿐 아니라 다양한 비법을 알고 있었다. 예를 들어 아침에는 뜨거운 물에 발을 담그고, 적당히 조이고, 정신을 다른 데로 돌려 고통을 잊고, 발에 높은 베개를 괴고 눕는 방법, 조급해하지 않고 천천히 진행할 것, 걸음걸이를 고치는 방법 등을 알려줬다. 이 여섯 가지 〈복전결〉復纏訣은 반드시 반복해서 읽고 외워야 했다.

이외에 세부적인 방법도 많았다. 티눈이 생겼을 때는 압축솜을 신발 바닥에 넣으면 통증을 줄일 수 있다. 전족을 푼 지 오래됐다면 발 근육이 변형된 상태로 굳어서 복전이 쉽지 않다. 이런 경우 금련유기산이나 연옥온향분을 복용한다. 종기, 피고름, 화농성 질환으로 고생할 때는 오공거부고를 바르거나 생기회춘환을 복용한다. 이 비법들은 반 이모의 〈전족경〉을 참고해 여러 가지 복전 상황에 맞게 응용해 만든 것인데, 효과가 아주 좋았다. 발싸개를 푼 지 2년이 지나 발꿈치

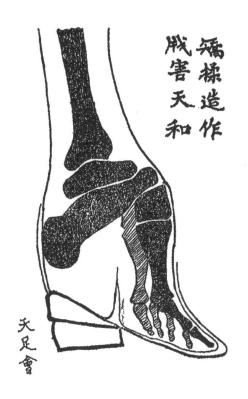

억지로 구부려 만드는 것은
하늘의 뜻을 거스르는 일이다.

-천족회

가 오리배처럼 불룩해진 여자가 있었는데 보련여사의 비법으로 다시 전족 모양을 되찾았다.

천진 여자들은 향련을 살아 있는 반진낭랑으로 받들어 동가 대문 앞에서 향을 피우기도 하고 편액이나 돈을 보내오기도 했다. 향련은 이익이 아닌 명예를 원했기 때문에 재물은 한 푼도 받지 않았다. 혹시라도 악의적으로 그녀의 명성을 더럽히는 일이 없도록 동가에서 만든 용품과 약품을 제공할 때도 제작 원가만 받았다. 거절하지 않고 받아들인 것은 곳곳에 걸린 각양각색의 편액과 향초뿐이었다. 진하고 자욱한 향 연기가 온종일 동가를 감싸면서 영험하다고 소문난 사찰처럼 떠들썩해졌다.

어느 날, 동가 대문에 그림 한 장이 붙었다. 복전하러 온 여자들은 그림 아래에 있는 '천족회' 서명을 보고 소스라치게 놀랐다. 전족 해방 지지자들이 또 동가를 상대를 소란을 피우려는 것일까? 향련이 서둘러 교육교를 불러 상의했다.

교육교가 미간에 팔자 주름을 세우며 한탄하듯 말했다.

"가장 좋은 건 우리도 화가를 찾아가 천족 여자가 하이힐을 신은 추한 모습을 그려 〈백화보〉에 실어 놈들한테 되갚아주는 것입니다. 그런데 안타깝게도 우 나리가 천진을 떠난 후 소식이 없어요. 우 나리라면 틀림없이 그려줬을 텐데 말입니다. 그 역시 전족광이니 틀림없이 천족회를 증오할 겁니다."

향련은 교육교를 보낸 후, 도아와 행아에게 화림을 찾아가 도움을 청해보라고 일렀다.

두 사람은 곧바로 화림의 집으로 달려갔으나 집안에 인기척이 없었다. 대문이 열려 있어 들어가 보니 정원에도 사람이 없고 방문을 두드려도 대답이 없었다. 방문을 밀자 뜻밖에도 화림이 방안에 있었다. 그는 멍하니 벽에 붙은 백지를 보며 서 있었다. 도아와 행아를 보고도 못 알아차리는 듯 표정 변화가 없었다. 그리고 백지를 가리키며 혼잣말을 중얼거렸다.

"아주 좋아! 훌륭해!"

이렇게 알 수 없는 말을 지껄이고는 긴 한숨을 내쉬었다.

도아는 그가 제정신이 아니라고 생각해 행아의 손을 잡고 서둘러 밖으로 뛰어나왔다. 그런데 웬 건달들이 두 사람 앞을 가로막고 전족을 가리키며 그녀들을 희롱했다. 두 사람은 큰일났다 싶어 뒤도 돌아보지 않고 달렸다. 그러나 전족이었기에 빨리 뛰지 못했다. 행아가 건달들에게 붙잡힌 사이, 도아는 골목으로 들어가 도망쳤다. 건달들은 행아의 신발을 억지로 벗기고 발싸개도 풀어헤쳤다. 그중 하나가 행아의 맨발을 만지작거렸고, 누군가 그녀의 신발을 지붕 위로 던져 버렸다.

도아는 집에 도착하자마자 향련에게 사고 소식을 알렸다. 향련은 하인들을 불러 행아를 구해오도록 지시했다. 그때 행아가 맨발로 터덜터덜 돌아왔다. 그녀 뒤로 박수를 치며 그녀를 놀리는 철없는 아이들이 줄줄이 따라왔다. 행아는 머리를 풀어헤치고 남들이 알아보지 못하도록 일부러 얼굴에 진흙을 바른 상태였다. 그녀는 향련을 보자 멍한 표정으로 같은 말을 반복했다.

"좋아! 훌륭한 발이야! 좋아! 훌륭한 발이야!"

그리고 고개를 젖히며 깔깔 웃더니 사다리를 가지고 신발을 찾으러 가야 한다고 법석을 떨었다. 그러다 갑자기 양쪽 눈알이 제각각으로 돌아가더니 제멋대로 팔다리를 흔들어댔다. 향련은 행아가 충격을 받아 정신이 나갔다고 생각해 행아의 따귀를 힘껏 때리며 크게 호통을 쳤다.

"이런 멍청한 것! 그놈들이랑 죽어라 싸웠어야지!"

따귀를 맞은 행아는 바닥에 쓰러져 펑펑 울었다. 향련이 도아, 주아, 초아에게 행아를 방에 데려가 약을 먹이고 재우라고 일렀다. 도아가 분한 표정으로 말했다.

"이건 분명히 천족회 짓일 거예요."

향련이 이맛살을 찌푸리고 한참 생각하다가 월계를 불렀다.

"천족회를 아느냐?"

"알긴 아는데, 그 사람들 있는 곳에 가본 적은 없고 천족회 회장을 본 적은 있어요."

"회장? 그게 누구냐?"

"신여성인데 정말 예쁘고 멋진 아가씨예요!"

월계의 얼굴에 황홀함과 부러움을 담은 미소가 떠올랐다.

"어떻게 생겼는지가 아니라 누구냐고 물었다!"

월계가 깜짝 놀라 미소를 거두고 대답했다.

"그건 잘 몰라요. 그 여자가 천족에 하이힐을 신고 우리 학당, 아니 서양 학당에 강연하러 왔었어요. 다들 그 여자를 얼마나 부러워했는지……."

"학생들이 그 여자를 어떻게 생각했는지를 묻는 게 아니야! 어디에 산다더냐?"

"아, 그건 저도 몰라요. 듣자니 천족회가 영국 조계지 17번길……, 운동장 건너편인데 입구에 푯말이 걸려 있고……."

"조계지에 가봤느냐?"

월계가 더듬거리며 대답했다.

"가, 가봤어요. 하지만 딱 한 번뿐이에요. 선생님이 학생들을 데리고 서양 경마를 구경하러 갔었어요. 서양 사람들은요……."

"서양 사람들이 어떻게 노는지 묻는 게 아니다. 그 여자 이름이 뭐냐?"

"준영이었는데, 성은…… 아! 우씨예요. 사람들이 우준영牛俊英 여사라고 불렀어요. 얼마나 똑똑하고 멋진지, 글쎄……."

"그만! 됐다!"

향련이 단칼에 말을 자르고 손을 휘저었다.

"네 방으로 돌아가라!"

질문을 마친 향련은 아무도 곁에 오지 못하게 하고 대청에 홀로 남아 미동도 없이 깊은 생각에 잠겼다. 하늘이 어두워지고, 어둠이 점점 깊어졌다. 그날 밤 도아는 자다가 몇 번이나 깼다. 창밖을 보니 대청에서 새어나오는 외로운 등불 앞에 쓸쓸한 향련의 그림자가 어른거렸다. 어렴풋이 향련이 등불을 들고 동인안의 방 앞에 한참 서 있다가, 또 반 이모의 방 앞에 한동안 서 있는 것도 봤다. 동인안과 반 이모가 세상을 떠난 후 두 방은 줄곧 굳게 잠겨 있었다. 가끔 쥐새끼가 드나들고 야밤에 깨진 창문 사이로 박쥐 두세 마리가 드나들었다. 이날 밤, 또 다른 곳에서 행아의 울음소리, 웃음소리, 알아들을 수 없는 헛소리가 간간이 들려왔다.

밤새 잠을 설친 도아는 아침에 머리가 묵직했다. 간밤에 본 것들이 꿈인지 생시인지 헷갈렸다. 향련을 깨우려고 가는데 그녀가 이미 대청에 나와 앉아 있었다. 아침 일찍 일어난 것인지 밤새 이곳에 앉아 있었는지는 알 수 없었다. 향련은 굳은 표정으로 오씨에게 편지를 건네며 조계지 천족회로 가 우준영 여사에게 전하라고 명했다. 정오 무렵 오씨가 답신을 가지고 돌아왔다. 천족회가 보련여사의 제안을 받아들여 사흘 후 마가구馬家口 문명대강당에서 복전회와 대결을 하기로 했다. 👣

제15화

천족회 회장 우준영

　마가구의 대형 회색벽돌 건물 앞에 군중이 구름처럼 몰렸다. 단순히 싸움구경을 하러 온 사람도 적지 않았지만 천족회와 복전회 두 파벌의 신도가 대부분이었다. 다들 자기네 회장이 상대편 회장과 겨루는 모습을 지켜보러 온 것이다. 어느 쪽이 더 강할지, 어느 쪽이 이길지, 어느 쪽이 더 잘났는지 궁금했다. 그러나 회장이 나타나기도 전에 신도들끼리 죽자고 싸움이 붙었다. 세상일이 아무리 진지해도 목숨까지 걸 필요는 없는데.

　어떻든 양쪽 신도늘은 마주치자 욕지거리를 내뱉으며 입씨름을 벌이고 과자부스러기, 과일 씨앗, 흙, 돌멩이를 집어던지며 크고 작은 마찰을 빚었다. 어떤 이들은 제 발을 자랑스럽게 내보이며 상대의 발을 조롱했다. 작은 발이 아름답다고 생각하는 전족 여자가 자랑스럽게 발을 내밀자 자연 그대로의 발이 아름답다고 생각하는 천족 여자들이 어이없는 웃음을 터트리며 큰 발을 내밀어 전족 여자의 눈, 코,

입을 전부 가려버렸다. 자기 기준으로만 상대를 평가했기 때문에 비난이 난무하며 혼란스러워졌다. 서로 옷깃, 소맷자락, 멱살, 허리띠 등을 잡아당겼고, 힘껏 뒤로 밀쳐 계단 밑으로 굴러 떨어지는 사람도 있었다. 윗사람이 나서기도 전에 아랫사람끼리 맞붙다가 싸움이 격렬해지는 일은 아주 흔한 일이다.

이때 길을 비키라는 징소리가 울렸다. 그 옛날 높은 관리가 행차하던 때 울리던 징소리가 들리자 마치 청나라 시대로 다시 돌아간 것 같았다. 멀리서 대규모의 가마부대가 등장하고 그 뒤에 수많은 남녀 신도가 뒤따랐다. 여자들은 모두 전족이고 남자들은 모두 변발이었다. 당시 천진 거리에는 변발을 자른 사람, 변발을 기른 사람, 머리카락을 깨끗이 밀어버린 사람, 짧게 자른 사람, 가르마를 탄 머리, 전족, 전족을 푼 발, 다시 전족으로 돌아간 발, 천족, 가짜 천족, 가짜 전족, 전족도 천족도 아닌 발까지 다양한 남녀의 외형이 뒤섞여 있었다. 그러나 이렇게 변발 남자와 전족 여자만 모여 있는 모습도 쉽게 볼 수 없는 매우 특이한 상황이었다.

이들은 모두 보련여사를 따르는 신실한 신도였다. 이중에는 향련의 도움으로 복전에 성공한 여자들이 많았다. 그들은 오늘 향련이 천족회와 대결을 벌인다는 소식을 듣고 향을 피우며 기다리다가 가마가 나타나자 행렬에 합류해 회장의 위세를 드높였다.

사람이 점점 많아지면서 마가구에는 짙은 노란색 연기가 자욱하게 피어올랐다. 복전회 신도가 대략 이삼백 명쯤 모였다. 이렇게 되자 대강당 앞 천족회 신도들의 위세가 갑자기 약해졌다. 하지만 위세가 꼭 사람 수에 비례하는 것은 아니다.

"오늘내일, 오늘내일하는 늙은이까지 다 나왔네!"

천족회 신도들이 요란한 웃음을 터트렸다. 이때 가마 행렬이 대강당 앞에 멈췄다. 가마 문이 열리고 가장 먼저 향련이 모습을 드러냈다. 이날 모인 사람들은 소문으로만 듣던, 명성이 자자한 동가 큰아씨를 처음 봤다. 그녀의 얼굴은 냉정해보이지만 참하고 아름다웠다. 수백 명이 모여 시끌시끌하던 대강당 앞이 그녀가 등장하는 순간 쥐죽은 듯 고요해졌다.

곧이어 백금보, 동추용, 월란, 월계, 미자, 도아, 주아, 초아, 그리고 엄미례, 유소소, 하비연, 공모아, 손효풍, 정취고, 왕 노할머니 등 천진의 전족 유명인들이 대거 등장했다. 주변의 전족 지지자들과 전족광들은 한 명 한 명의 이름을 정확히 짚어냈다. 소문으로만 듣던 대가들이 총출동한 것이다. 특히 왕 노할머니는 동인안과 연배가 비슷한 최고 연장자로 〈백화보〉에 '천족은 발이 아니다'라는 글을 발표했을 뿐 바깥출입을 거의 하지 않아 그 모습을 아는 사람들이 없었는데, 오늘 특별히 지팡이까지 짚고 나온 것이다. 눈빛이 공허하고 피부가 하얀 왕 노할머니는 태양 아래 서 있어도 그림자처럼 음울했다. 어떻든 이들의 등장은 오늘의 만남이 매우 특별함을 의미했다. 이 대결은 죽기 살기로 싸우는 정도가 아니라 이미 죽었다 생각하고 시작하는 싸움이었다.

사람들은 향련 일행을 하나하나 살피며 숨을 죽였다. 오랫동안 본 적이 없던 청나라 초기의 차림새가 대거 등장했다. 요즘 사람들은 절대 흉내낼 수 없는 전통 법도였다. 머리 모양만으로도 이곳에 모인 대부분의 여자들의 넋을 빼놓았다. 낙마형, 쌍쪽형, 일자형, 원보형, 땋아 올린 머리, 참외형, 박쥐형, 구름형, 불수佛手형, 물고기형, 붓꽃이형, 쌍물고기형, 쌍까치형, 쌍봉황형, 쌍룡형, 사룡형, 팔룡형, 백룡형,

백조百鳥형, 백조조봉百鳥朝鳳(수많은 새들이 봉황을 따르다) 형 등등. 왕 노할머니의 소주궐자蘇州橛子형은 가경嘉慶(청나라 인종의 연호. 1796~1820)과 도광 연간에 유행했던 양식으로, 끈을 이용하지 않고 묶는 방법으로 뒤통수에 까치꼬리 모양을 만드는 것이었다. 구경꾼들 틈에 섞인 나이 지긋한 할머니들은 마치 과거로 돌아간 듯 가슴이 뭉클해 주르륵 눈물을 흘렸다.

동가의 전족은 과연 천하절색이었다. 오랫동안 듣기만 하다가 오늘에서야 그 진면목을 확인했다. 경치는 보는 것보다 듣는 것이 낫다는 말도 있지만 전족은 확실히 백문이 불여일견이었다. 오색찬란한 다양한 전족이 치맛자락 아래로 미끄러지듯 들락거리며 나타났다 사라지고, 사라졌다 다시 나타났다. 사람들은 쉴 새 없이 눈알을 굴리느라 눈앞이 어지러웠다. 그리고 다시 제대로 보려는 순간 모두 사라지고 없었다.

향련 일행은 모두 대강당 안으로 들어갔다. 사람들은 꿈에서 깬 듯 정신을 차리고 서둘러 대강당으로 따라 들어갔다. 대강당이 순식간에 물샐 틈 없이 꽉 들어찼다.

향련은 상하좌우를 빠르게 훑었다. 이 큰 공간은 대형 화물창고처럼 아주 컸다. 전체 높이가 5장이 넘고 벽면 높은 곳이 유리창으로 둘러싸였고 창문을 열고 닫을 때 사용하는 줄이 길게 늘어져 있었다. 정면에 나무로 세운 높은 무대가 보이고 책상과 의자가 일렬로 줄지어 있었다. 벽면에 두 깃대가 교차하는 오색 깃발이 꽂혀 있고 그 위에 '문명인이 되려면 먼저 문명인의 발을 만들어야 한다'라는 표어가 적혀 있었다. 빙 둘러 사방 벽에 천족회 표어가 붙어 있었는데, 글씨체가 예사롭지 않았다. 천족회에도 유능한 문인이 있는 모양이었다.

이때 팔꿈치 위에 '천족회'라고 쓴 완장을 찬 두 남자가 향련에게 다가왔다. 두 남자는 공손하게 향련 일행을 무대 위로 안내해 자리에 앉도록 했다. 향련이 일행을 데리고 무대에 올라가 보니 탁자와 의자가 팔八자 모양으로 갈라져 있었다. 무대 배치만 봐도 곧 치열한 대결이 벌어질 것 같았다. 향련 일행은 무대 오른편에 일렬로 앉았다. 도아가 향련의 뒤에서 작게 속삭였다.

"교 나리가 안 보여요. 오씨가 편지를 가져갔을 때 꼭 온다고 했다는데……. 교 나리는 줄곧 동가와 깊은 관계였는데, 설마 무서워서 안 오는 건 아니겠지요?"

향련은 못 들은 척 냉정하고 침착한 표정을 유지하다가 나지막이 대꾸했다.

"사소한 것에 일일이 신경 쓸 필요 없다."

도아는 향련의 마음이 얼음장처럼 차갑다고 느꼈다. 불처럼 뜨거운 투지를 활활 불태울 줄 알았는데, 다소 뜻밖이었다. 이때 사모관을 쓰고 변발을 늘어뜨린 키 작은 남자가 깡충깡충 뛰면서 소리쳤다.

"천족회 회장은 어디 있소? 무서워서 도망갔나? 못 나오는 걸 보니 오줌이라도 쌌나 보네!"

비웃음 소리가 대강당에 퍼져나가는 순간, 무대 한쪽 옆에 난 작은 문이 벌컥 열렸다. 천족회 남자 회원 둘이 안으로 들어와서는 뒤를 돌아봤다. 곧이어 신여성 한무리가 등장했다. 얼핏 보니 등불처럼 보였는데 다시 보니 사람이었다.

맨 앞에 선 여자는 곱고 아름다운 데다 총명하고 활기차 보였다. 빨간 입술과 흑진주처럼 빛나는 눈동자, 생기 넘치는 하얀 피부까지 누구든 시선을 빼앗기지 않을 수 없었다. 긴 머리카락이 어깨에 찰랑 거리고 붉은 깃털 세 가닥을 꽂은 챙 넓은 은색 모자를 썼다. 길이가 껑충한 서양식 금색 원피스 치마에 노란 천을 말아 만든 장미 두 송 이가 달려 있었다. 옷깃이 없어 목이 훤히 드러나고 소매가 없어 팔뚝 도 그대로 보였다. 매끈한 목선에 금목걸이를 하고 반들반들한 손목 에는 다이아몬드가 박힌 금팔찌를 차고 있었다. 치마가 겨우 무릎에 닿는 길이라 종아리 맨살이 드러났다. 신은 듯 안 신은 듯 맨살이 그 대로 보이는 망사 스타킹이 반짝거리고, 활활 타오르는 불꽃처럼 새 빨간 가죽 하이힐이 사람들의 눈길을 사로잡았다.

이곳에 모인 사람들은 대부분 이 위풍당당한 천족회 회장을 처 음 봤다. 서양 옷차림이 기괴하고, 이상하고, 거만하고, 방자하고, 오 만하게 느껴졌지만 한편으로는 당당하고 패기 있어 보였다. 그녀는 무대 아래에서 현장을 혼란스럽게 만드는 복전회 사람들을 단번에 제압했다. 다들 찍소리도 못하고 놀란 눈으로 훤히 드러난 우준영의 목선과 팔다리를 뚫어져라 쳐다봤다. 천족회 사람들은 상대의 놀란 모습을 보며 신나게 웃어댔다. 이쪽 기세가 올라가니 저쪽 기세가 꺾 였다.

향련 일행이 모두 일어나 상대 회장에게 예를 표했다. 그러나 왕 노할머니는 자기 나이 정도면 일어날 필요가 없다고 생각해 그대로 앉아 있었다. 그런데 다른 사람이 모두 일어나자 시야가 가려 아무것 도 보이지 않았다. 도아가 한 걸음 앞으로 나가 향련과 나머지 사람들 을 우준영에게 소개했다. 향련이 담담하게 인사말을 건넸다.

"만나서 반갑습니다."

우준영이 턱을 들며 살짝 고개를 갸웃했다. 그녀는 향련을 향해 순수하고 밝은 미소를 지으며 답했다.

"당신이 보련여사군요! 여사가 쓰신 글은 잘 읽었어요. 만나서 정말 반가워요! 정말 아름다우세요!"

복전회 사람들에게는 이 말이 곱게 들리지 않았다. 희롱하려는 의도로 던진 말이라고 생각했다. 그러나 천족회 사람들은 우준영을 잘 알기에 그녀가 솔직하고 사랑스럽다고 생각하며 흐뭇한 미소를 지었다. 향련이 앉아서 이야기하자고 제안했다.

"OK!"

우준영이 손가락을 흔들며 유쾌하게 영어로 답하고 엉덩이를 흔들며 자리에 앉았다. 복전회 사람들은 그녀가 아주 버릇없고 방자하다고 생각해 분노를 감출 수 없었다. 곳곳에서 고함과 욕설이 터져 나왔다. 월계가 옆에 앉은 월란에게 작게 속삭였다.

"우리 학당에도 저렇게 예쁜 여자는 없었어. 얼마나 예쁜지 봐봐. 정말 예쁘지 않아?"

월란은 우준영을 꼼꼼히 살폈다. 예쁘기도 하지만 이상한 것 같기도 해서 뭐라고 해야 할지 몰라 그냥 입을 닫았다. 이때 향련이 다시 입을 열었다.

"오늘 밤 경연은 어떤 방법이든 좋소. 그쪽에서 말하는 대로 따르겠소."

우준영이 방긋 웃자 입가에 보조개가 살짝 드러났다. 그녀가 오른발을 꼬아 왼다리 위에 올리자 천족을 감싼 빨간 구두 끝이 복전회 사람들을 향했다. 복전회 사람들은 무대 위, 아래 할 것 없이 모두들 경악하는 표정을 지었다.

그러나 향련은 당황하지 않고 똑같이 오른다리를 왼다리 위에 올렸다. 동시에 오른손으로 치맛자락을 살짝 들어 올려 3촌 전족이 치맛단에 가리지 않고 잘 드러나게 했다. 둥글어야 할 곳은 둥글고, 각져야 할 곳은 각지고, 좁아야 할 곳은 좁고, 뾰족해야 할 곳은 뾰족했으며, 길이와 각도, 직선과 곡선, 강약과 매끈함이 모두 적당하고 완벽한 전족이었다. 복전회 사람들은 향련의 전족을 처음 구경했다. 더구나 이렇게 자세히 마음껏 볼 수 있다니, 제대로 눈 호강 하는 날이었다.

사실 이중에는 동가 큰아씨의 전족이 명성만 못할 것이라 의심해 날카로운 눈빛으로 단점을 찾아내려는 사람도 있었다. 그러나 아무리 살펴도 흠 잡을 곳이 전혀 없었다. 게다가 은색 비단으로 만든 전족화도 아주 훌륭했다. 굽에서부터 신발 입구까지 층층이 멋진 자수가 빼곡했다. 장수를 상징하는 조롱박 무늬, 끝없는 부귀를 상징하는 모란 덩굴, 화려한 물결과 상서로운 구름, 연이어진 만자무늬까지 더할 나위 없이 정교했다. 이 전족화는 도아의 손을 거쳐 탄생한 최고의 작품이었다. 물 위에 떠 있는 꽃마냥 파란색을 더해 인생 최고의 작품을 만들었다.

향련의 전족이 등장하자 복전회 신도들은 사기가 충천해 대강당 지붕이라도 뚫을 듯이 큰 환호성을 질렀다. 높은 벽면에 난 유리창이 흔들릴 정도였다.

그런데 도아는 갑자기 가슴이 덜컥 내려앉았다. 향련의 신발을 보다 보니 문득 한 군데 파란색을 제외하면 온통 흰색, 회색, 은색이었다. 모두 장례용 신발에 사용하는 색이 아닌가! 이 색은 모두 향련이 직접 고른 것이고 자신은 수를 놓는 동안 너무 집중하느라 그 점을 미처 깨닫지 못했다. 아무래도 불길했다. 왠지 모르게 불안했다.

전족

이때 우준영이 눈웃음을 치며 하얀 이를 드러내고 활짝 웃었다. 양쪽 입가에 작은 보조개가 패었다. 정말 사랑스러운 미소였다.

"여사님, 틀렸어요!"

"무슨 말이죠?"

"여사님이 분명히 발 경연이라고 했잖아요. 이건 신발 경연이 아니에요. 발 경연은 이렇게 해야죠. 잘 보세요!"

우준영이 신고 있던 빨간 가죽 구두를 벗어 바닥에 던져버렸다. 그리고 허물을 벗듯 스르르 투명한 스타킹까지 벗어던지고 새하얀 맨발을 드러냈다. 복전회 사람들은 큰 충격에 빠졌다. 다 큰 여자가 남들 앞에서 맨발을 내보이다니! 곳곳에서 고함과 욕설이 터져 나오며 시끌시끌해졌고, 어떤 이는 눈 하나 깜빡하지 않고 우준영의 발을 주시했다. 이들은 외간 여자의 맨발을 구경할 수 있는 이 절호의 기회를 놓칠 수 없었다. 천족회 사람들은 박수를 치고 소리를 지르며 흥을 돋웠다. 우준영이 발목을 돌리며 큰 맨발을 자랑스럽게 흔들고 무대 아래 사람들에게 발끝으로 화답했다. 왕 노할머니가 벌떡 일어나 하얗게 질린 얼굴, 파르르 떨리는 입술로 소리쳤다.

"어지러워! 어지러워!"

왕 노할미니가 비틀거리자 도아는 얼른 사람들에게 그녀를 부축하도록 했다. 왕 노할머니는 바로 가마를 타고 집으로 돌아갔다.

향련은 침착한 표정을 유지했지만 심장이 쿵쾅거리기 시작했다. 천족회 회장 우준영은 향련마저 당황스럽게 만들었다. 매끈한 다리와 반질반질한 발 피부가 비단처럼 부드러웠다. 발가락이 작은 새처럼 작고 깜찍하고 부드럽게 반짝거렸다. 발등과 발바닥, 발끝에서 발뒤꿈치까지 부드럽고 자연스러운 곡선이 이어졌다. 꽃처럼, 나뭇잎처럼, 물고기처럼, 새처럼 애초의 모습을 그대로 간직하고 있었다. 있는 그대로 내보이기만 하면 되는 것이다. 향련은 자신의 발을 내보일 수 없었다. 맨발을 어떻게 내보인단 말인가? 설사 내보인다 해도 줄기에 달린 고구마처럼 보이기밖에 더하겠는가? 이때 천족회 신도들이 고함을 지르기 시작했다.

"어서 신발을 벗고 맨발을 보여주시지! 헝겊 안에 싸인 게 도대체 어떻게 생겼는지 보자고!"

"보련여사, 빨리 발을 보여 달라고!"

"발이 있는 거야, 없는 거야?"

"계속 신발을 안 벗을 거면 패배를 인정하시지!"

천족회 기세가 점점 거세질 때 다행히 한 복전회 신도가 기지를 발휘해 상대방의 기세를 맞받아쳤다.

"신발을 안 신으면 그게 닭이고 오리지, 사람이냐? 풍속을 해치는 해괴한 짓을 하면서 부끄러운 줄도 모르고 잘난 척이라니! 당장 그 신발 신지 못해?"

이것을 시작으로 양쪽에서 욕설이 난무하기 시작했다. 욕을 하는 사람은 신도들이고, 욕을 먹는 사람은 두 회장이었다. 향련은 얼굴 근육이 파르르 떨리고 손발 끝이 차갑게 얼어붙더니 점점 감각이 사라졌다. 반면 천족회 회장 우준영은 별일 아니라는 듯 신나게 깔깔 웃었다. 그녀는 주머니에서 서양 담배를 꺼내 입에 물고 불을 붙였다. 한두 모금 담배를 빨아들이고 동그란 연기를 뱉어냈다. 동그란 담배 연기가 층층이 줄지어 위로 올라갔다. 크고 작은 동그라미가 때로는 천천히, 때로는 빠르게 위로 사라졌다. 작고 빠른 동그라미가 크고 느린 동그라미 한가운데를 당당히 뚫고 올라갔다. 잠시 후 복전회, 천족회 할 것 없이 동시에 "와!" 하고 감탄사를 내뱉었다. 욕설과 고함은 더 이상 들리지 않고 대강당 전체가 쥐 죽은 듯 조용해졌다.

사람들은 우준영이 만들어내는 담배 연기에서 눈을 떼지 못했다. 작은 동그라미 연기 하나가 천천히 아래로 떨어지더니 그녀의 엄지발가락 끝에 걸렸다. 눈을 뗄 수 없는 놀라운 재주였다. 그녀가 엄지발가락을 살짝 흔들어 동그라미를 휘젓자 담배 연기가 순식간에 흩어져 사라졌다. 동그란 담배 연기도, 발가락의 움직임도 모두 신기했다. 복전회 사람들은 우준영이 발 경연 중 기예를 선보이는 줄 알았다. 생전 처음 보는 기예에 놀라움을 금치 못하며 입을 다물고 눈만 끔뻑거렸다. 또 다른 동그라미 연기가 천천히 내려와 발가락 위에 걸리고 다시 흩어져 사라졌다. 하나, 또 하나……. 그녀의 담배 연기 기예가 계속 이어졌다. 마지막에 만든 동그라미는 발 전체를 감쌀 만큼 컸다. 동그라미 연기가 발바닥 한가운데 걸렸고, 그녀가 발목을 살짝 잡아당기자 하얀 연기를 두른 새하얀 발이 부드럽게 구부러졌다. 발바닥이 위로 젖혀지고 담배 연기가 사라지자 향련은 우준영의 발바닥 한가운데를 똑똑히 볼 수 있었다. 그 순간 향련의 눈빛이 반짝 빛나고는 크게 놀라더니 갑자기 바닥으로 고꾸라졌다. 쾅당!

가장 먼저 반응한 목소리는 사내 아이였다.

"보련여사가 놀라서 기절했다!"

이 외침과 함께 복전회 진영이 와르르 무너졌다. 천족회가 아무 말도 하지 않았는데 전족 여자들은 '걸음아 날 살려라'라는 식으로 밖으로 뛰어나갔다. 어떤 여자는 피리처럼 날카로운 괴성을 질렀지만 제대로 뛰지도 못하고 이리저리 부딪히며 온몸이 상처투성이가 됐다.

천족회는 아무것도 하지 않고 그 모습을 지켜보기만 하면 됐다. 무대 위, 아래 할 것 없이 복전회 사람들은 정신없이 후다닥 도망쳤다.

동가 사람들은 집에 돌아오자마자 대문을 단단히 걸어 잠갔다. 참견하기 좋아하고, 소란 피우기 좋아하고, 일 만들기 좋아하는 사람들이 쫓아와 또 진흙이나 돌멩이를 던질까봐 두려웠다. 복전회는 결국 무너졌다. 이날 이후로 전족 여자들은 다시 거리로 나갈 수 없게 됐다. 한 가지 이상한 점은 천족회 회장이 발바닥을 젖혔을 때 내공이 강하기로 소문난 복전회 회장이 왜 그렇게 쉽게 무너졌는가 하는 점이었다. 그 이유를 아는 사람은 아무도 없었다. ❧

제16화
글로스터로드 37호

　복전회 참패 이후 한 달이 지난 어느 날, 성문을 나온 비쩍 마른 여자가 조계지에 들어섰다. 옆구리에 작은 보따리를 낀 여자는 큰 형겊신을 신었지만 전족 여자처럼 어깨와 엉덩이를 과하게 흔들며 요리조리 주변을 두리번거리며 걸었다. 맞은편에서 키 큰 서양 남자 둘이 걸어왔다. 한 사람은 수염이 빨갛고 다른 한 사람은 까맸다. 두 사람은 신기한 눈으로 여자를 보면서 서툰 중국어로 물었다.

　"전족입니까?"

　두 남자가 강렬한 눈빛을 내뿜었다. 여자는 전족이 아니라는 뜻으로 큰 신발을 내밀었다.

　"오, 노, 노, 노!"

　두 남자는 알 수 없는 말을 중얼거리며 힘차게 고개를 흔들고 어깨를 으쓱하며 크게 웃었다. 두 남자는 목구멍이 보일 만큼 입을 쩍 벌리고 웃었다. 여자는 남자들이 자신을 괴롭히는 줄 알고 깜짝 놀라 뒷걸음질쳤다. 그러나 두 남자는 빙긋 웃으며 "바이, 바이"라고 꼬부랑말을 지껄이고 가버렸다.

여자는 특별히 조심조심 걸으며 멀리서도 서양 사람이 보이면 다른 길로 돌아갔다. 길에서 만난 중국 사람에게 길을 물어 어렵지 않게 글로스터로드 37호 문패를 찾았다. 쇠울타리 안쪽에 넓은 정원이 있고, 그 뒤에 크고 하얀 서양식 건물이 보였다. 여자는 소리쳐 사람을 불렀다.

소리를 듣고 나온 왕발 하녀의 안내를 받아 넓고 밝은 거실로 들어갔다. 거실 안에는 온갖 서양 장식품이 가득했지만 여자는 그런 것에는 전혀 관심이 없었다. 곧이어 크고 푹신한 소파에 나른하게 누워 있는 천족회 회장 우준영을 발견했다. 빨간 끈으로 머리카락을 하나로 묶었고 맨발을 소파 팔걸이에 올려 놓고 있었다. 대충 아무렇게나 누워 있는 것 같지만 무엇 하나 억지로 힘들게 애쓰지 않는 편안하고 자연스러운 모습이 아름답기까지 했다.

우준영은 낯선 이를 보고도 일어나지 않았다. 상대를 위아래로 두어 번 훑어보고 보조개를 드러내며 생긋 웃었다.

"전족 밖에 신은 신발은 벗어요. 여기선 굳이 큰 신발을 신을 필요 없어요."

여자는 잠시 당황했지만 곧 신발을 벗고 전족을 드러냈다.

"아, 기억나요. 복전회 사람이지요? 그날 마가구에서 보련여사 바로 옆에 서 있었잖아요. 맞죠? 그런데 무슨 일로 날 찾아왔죠? 발싸개 안에서 죽고 싶어 하는 그분 대신 중재하러 온 건가요? 아니면 도전장이라도 들고 왔어요? 한 번 더 겨루자고?"

여자의 눈빛이 날카롭게 번뜩였다.

"아가씨, 지금 한 말은 아가씨 스스로 감내해야 할 것입니다."

전족 여자의 말투는 부드러웠지만 완강함이 느껴졌다.

"아가씨를 찾아온 것은 아주 중요한 일 때문입니다."

"좋아요, 말해 봐요!"

우준영이 나른하게 기지개를 편 후 두 손으로 턱을 괴고는 맨발을 맞대고 비비며 장난스러운 말투로 말했다.

"이거 아주 재미있겠는데? 복전회가 내 발을 싸매기라도 할 건가요? 좀 봐 봐요. 나처럼 이렇게 큰 발도 보련여사처럼 그렇게 작아질 수 있어요?"

"아가씨, 주변을 물려주시지요!"

전족 여자가 명령하듯 크게 외쳤다.

우준영이 조금 놀란 듯 눈썹을 치켜떴다. 복전회 패거리는 생각보다 더 완강하고 고집스럽고 오만했다. 마음 같아서는 당장 한바탕 퍼부으며 싸우고 싶었지만 애써 웃음을 지으며 하녀들을 나가게 하고 문을 꼭 닫았다.

"내가 들어도 된다면 어서 말해 봐요."

우준영의 예상과 달리 전족 여자는 아주 침착한 표정에 담담한 말투로 천천히 입을 열었다.

"아가씨, 저는 동가 큰아씨의 몸종, 도아입니다. 오늘 찾아온 이유는 저 때문이 아니고 우리 큰아씨의 일도 아닙니다. 바로 아가씨에 대한 일입니다! 그 전에 먼저 몇 가지 물어볼 테니 꼭 대답해 주셔야 합니다. 대답하지 않으면 저는 그냥 돌아가겠습니다. 나중에 아가씨가 절 찾아와도 상대하지 않을 겁니다. 혹여 아가씨가 절 괴롭혀 죽게 만든다면 아가씨에게 진실을 말해줄 사람이 영원히 사라질 겁니다."

이상하면서도 무서운 말이었다. 우준영은 저도 모르게 벌떡 일어섰다. 도아가 무슨 말을 하는지 전혀 이해할 수 없었지만 왠지 보통 일이 아니라는 생각이 들었다. 하지만 최대한 침착한 표정을 유지하며 대답했다.

"좋아요. 우리 서로 진실만 말하기로 하죠."

우준영이 특유의 호쾌한 성격으로 받아치자 도아가 고개를 끄덕이고 질문을 시작했다.

"좋습니다. 먼저, 우봉장 나리와는 어떤 관계입니까?"

"그분은……, 그걸 왜 묻죠? 당신이 그분을 어떻게 알죠?"

"이미 말씀드렸지요? 제가 묻는 말에 꼭 대답해 주셔야 합니다."

"음……, 우리 아버지예요."

그 대답에 도아가 코웃음을 치며 처음으로 감정을 드러냈지만 의중은 알 수 없었다. 그녀는 우준영의 반응을 기다리지 않고 다시 물었다.

"그 사람, 지금 어디 있습니까? 아가씨, 꼭 답해야 합니다!"

"아버지는……, 작년에 상해에서 돌아가셨어요. 혁명당 소탕 때 거리를 지나가다가 경찰이 쏜 총에 맞았어요."

"그때 아가씨도 그 자리에 있었어요?"

"옆에 있었어요."

"죽기 전에 아가씨한테 뭔가를 줬죠? 그렇죠?"

우준영이 두 눈을 동그랗게 뜨면서 벌떡 일어섰다.

"당신이 그걸 어떻게 알죠?"

도아가 담담한 표정으로 품속에서 작은 비단함을 꺼냈다. 이를 본 우준영의 눈알은 금세 튀어나올 것처럼 커졌다. 도아가 상자에 꽂

흰 상아집게를 떼어내고 뚜껑을 열자 반쪽짜리 호부虎符가 보였다.

"이건! 당신은 도대체……?"

도아는 우준영의 비명소리를 듣고 입술을 부들부들 떨며 떨리는 목소리로 대답했다.

"아가씨가 갖고 있는 나머지 반쪽을 가져오세요. 먼저 맞춰 봐야 합니다. 맞지 않으면 나머지 얘기는 할 필요가 없으니까요."

우준영은 다급한 마음에 신발도 신지 않고 맨발로 방으로 뛰어가 똑같은 비단함을 가져왔다. 반쪽짜리 호부를 꺼내 도아에게 주고 맞춰 보니 꼭 맞았다. 원래 이렇게 하나였던 호부를 둘로 갈라 나눴던 것이다. 호랑이 등 부분에 은으로 새긴 전서체 글씨가 보였는데, 한쪽에는 '여안문태수'與雁門太守, 다른 한쪽에는 '위호부제일'爲虎符第一이라고 씌어 있었다. 도아는 호부가 딱 들어맞는 것을 확인하고 닭똥 같은 눈물을 흘렸다. 눈물이 찻잔에 떨어져 찻물과 함께 사방으로 튀었다.

"아버지가 죽기 직전에 이걸 주면서 나중에 누군가 나머지 반쪽을 가지고 올 거라고 했어요. 두 조각이 딱 들어맞으면 그 반쪽을 가져온 사람 말을 꼭 들으라고……, 무슨 말이든 다 믿어야 한다고 했는데, 당신이 그 사람이에요? 어서 말해 봐요. 날 속이는 거라도 다 믿을 테니!"

"제가 왜 아가씨를 속이겠어요? 연심 아기씨!"

"어, 어떻게 내 아명까지 알아요?"

"어떻게 모르겠어요? 내 손으로 아기씨 똥기저귀를 4년이나 갈았는데!"

"당신, 도대체 누구예요?"

"난 아기씨 보모예요. 아기씨가 어렸을 때 도아 이모라고 불렀지요.”

“당신이 보모라고요? 그럼 우리 아버지랑도 아는 사이일 텐데, 왜 아버지가 당신 얘기를 한 번도 안 했죠?”

“우 나리는 아기씨 아버지가 아니에요. 아기씨 아버지 동 나리는 일찍 돌아가셨어요. 아기씨는 동가 후손이에요. 한 달 전에 겨뤘던 보련여사 과향련이 아기씨 어머니예요.”

“뭐라고요?”

우준영이 조금 전보다 더 크게 비명을 지르며 자리를 박차고 일어섰다. 그녀는 갑자기 무서워졌다. 이 일이 너무 무섭게 느껴졌다. 온몸의 털이 곤두서는 느낌이었다.

“정말이에요? 아냐, 말도 안 돼! 아버지는 생전에 그런 말을 한 번도 하지 않았어요!”

“우 나리가 죽기 전에 왜 그런 말을 했겠어요? 왜 나머지 호부 조각을 가진 사람을 만나면 무슨 말이든 다 믿어야 한다고 했겠어요? 방금 전에 아기씨 입으로 사기치는 거라도 믿겠다고 했잖아요. 당연히 아기씨를 속일 생각은 없어요. 솔직히 난 끝까지 감추고 말하지 않으려고 했어요. 아기씨가 이 큰 충격을 어떻게 감당하겠어요?”

“말해요. 다 말해 줘요……”

우준영의 목소리가 떨렸다. 도아는 연심이 어떻게 태어났는지, 어떻게 자랐는지, 어떻게 잃어버렸는지는 물론이고 향련이 어떻게 동가에 시집왔는지, 어떤 수모를 당하고 얼마나 고생했는지, 어떻게 집안을 장악했는지까지 세세히 이야기했다. 이야기 중간중간 감정이 북받쳐 제정신이 아니라 이 얘기 저 얘기 뒤죽박죽이었다. 하지만 그녀의 말과 감정은 모두 진실이었다. 도아가 이야기를 마쳤을 때 우준영의

전족

얼굴은 이미 눈물범벅이었다. 눈물로 세수를 해도 될 정도였다.

"내가 왜 우 씨 집안에 오게 된 거죠?"

"그때 우 나리는 잘못된 선택으로 동가 둘째 나리, 창고지기 활수와 작당해 모작을 만들어 동가 주인어른을 죽게 만들었어요. 큰아씨는 이 사실을 알고 관부에 신고하려 했는데, 우 나리가 찾아와 용서를 빌었어요. 큰아씨는 우 나리가 원래 나쁜 사람이 아니라 잠시 재물에 눈이 멀어 남에게 이용당했다는 걸 알았지요. 그래서 용서하는 대신 따로 큰돈을 마련해주고 아기씨를 우 나리에게 맡겼어요. 그때 이 호부를 반으로 갈라 줬죠. 나중에 되찾을 때 확인하려고……."

"직접 내줬단 말이에요? 왜요? 방금 전에는 잃어버렸다고 했잖아요?"

"진짜 잃어버린 게 아니었어요. 큰아씨가 지어낸 말이에요. 곧 전족을 시작하는 날이 되는데, 그 날을 피하게 하려고요."

"뭐라고요?"

이 말에 우준영이 또 한 번 의자에서 튕기듯 벌떡 일어섰다.

"왜요? 보련여사는 전족을 지지하는 사람이잖아요? 그런데 자기 딸이 전족을 하는 것은 반대했다고요? 이해할 수가 없네요."

"그 부분은 저도 늘 이상했어요. 하지만 큰아씨가 아기씨를 우 나리한테 보낸 건 사실이에요. 제가 직접 아기씨를 데려다줬으니까요."

"어머니는 왜 좀 더 일찍 날 찾지 않았어요?"

"주인어른, 그러니까 아기씨 할아버지 장례를 치르던 날, 큰아씨가 우 나리에게 멀리 떠나라고 했어요. 가까이 있으면 누군가 아기씨를 알아볼지도 모르니까요. 그때 우 나리에게 어디를 가든 꼭 소식을 전하라고 했지만 그 후로 소식이 끊어졌어요. 큰아씨는 얼마 전까지도 계속 아기씨를 찾고 있었어요. 수소문 끝에 남쪽으로 갔다는 말은 들었지만, 남쪽에 도시가 한둘이 아닌데 어떻게 찾겠어요? 큰아씨는 남몰래 얼마나 많은 눈물을 흘렸는지 몰라요. 아침에 이부자리를 정리하다 보면 베갯잇이 푹 젖어 있을 때가 한두 번이 아니었어요. 그런데 여기 있었다니, 이렇게 가까이 있었다니⋯⋯."

"아니에요. 아버지가 돌아가신 후에 돌아온 거예요. 난 줄곧 상해에서 살았어요. 그런데 날 어떻게 알아봤어요?"

"아기씨 오른쪽 발바닥에 표식이 있어요. 한 달 전 그 날, 발바닥을 내보였을 때 큰아씨는 그걸 알아본 거예요."

"어머니는 어디 계세요?"

우준영이 벌떡 일어나 안달난 목소리로 외쳤다.

"당장 뵈어야겠어요!"

도아가 말없이 고개를 흔들었다.

"안 돼요?"

"그게 아니라⋯⋯."

"날 미워하시나요?"

"아니에요, 아니에요. 큰아씨는 절대 누구도 미워하거나 원망하지 않으세요. 그리고 아무도 큰아씨를 원망해선 안 돼요."

"무슨 뜻이에요? 혹시⋯⋯ 아니죠? 어머니가 돌아가신 건 아니죠?"

"연심 아기씨, 제가 너무 늦게 찾아왔지만 절 탓하진 마세요. 큰아씨가 원치 않으셨어요. 그날 아기씨를 알아보고 집에 돌아간 후, 큰아씨는 제게 이 호부 반쪽을 주면서 자신이 죽은 후에 알리라고 하셨어요. 그리고 몸져 누웠는데 먹지도 마시지도 않고 약도 거부하면서 고집스럽게 입을 닫고 계셨어요. 아씨가 숨을 거둔 후에야 알았죠. 이미 죽을 결심을 하셨던 거예요."

우준영은 완전히 넋이 나가버렸다. 아직 젊은 그녀는 자신이 이렇게 복잡한 일에 연관돼 있을 줄은 꿈에도 몰랐다. 당연히 겉으로 드러나지 않은 근본적인 원인은 상상도 못할 것이다. 그동안 자기를 떠받치고 있던 진실이 한순간에 사라졌다. 공허하고 고통스럽고 괴롭고 억울했다. 그녀는 "도아 이모!"를 외치며 도아 품에 얼굴을 묻고 펑펑 울면서 끝없이 후회했다.

"내가 어머니를 죽게 만들었어. 내가 내 어머니를 죽게 만들었어. 발을 보이라고 하지 않았으면 어머니는 죽지 않았을 거야."

도아는 이미 마음을 굳게 먹고 있던 터라 침착하게 우준영을 위로했다.

"아무것도 몰랐으니 아기씨 탓이 아니에요. 사실 큰아씨는 벌써부터 별로 살 생각이 없었어요. 저는 알고 있었어요."

우준영이 천천히 울음을 그치고 작고 고운 얼굴을 들고 이해할 수 없다는 표정으로 물었다.

"왜요? 어머니가 왜 그랬어요? 도대체 왜요?"

도아가 무슨 말을 하겠는가? 그녀는 말없이 우준영 얼굴에 남은 눈물자국을 닦아줄 뿐이었다.

세상일은 대부분 이유가 있지만 이유가 없는 일들도 많다. 때로는 이유가 있다가 없어지기도 하고, 이유가 없다가 생기기도 한다. 이유 없는 시간이 길어지면 이유가 생겼을 때를 대비하지 못해 당황한다. 그러나 이유 있는 시간이 어느 정도 지나면 또 이유가 사라지기도 한다. 이유가 있든 이유가 없든 이유를 따지고 도리, 사리, 공리, 천리를 따지는 것이 인생이다. 도리가 통하는 세상에서는 도리 없이 살기가 힘들다. 간혹 정해진 도리가 없는 일도 있지만 천리는 변하지 않는 법이다.

동가는 대문에 '서보불주'恕報不周('경황이 없어 미리 알리지 못하고 준비가 소홀한 점을 너그러이 이해해주십시오'라는 의미. 갑자기 상을 당해 준비가 소홀할 때 붙이는 문구)라고 적은 종이를 붙이고 또 한 번 상을 치렀다. 보련여사의 부고장을 발송하자 조문객들이 엄청나게 몰려들었다. 그중에는 친척도 친구도 아닌 전족 여자들이 부고장도 받지 않고 찾아왔다. 이들은 자기 가족이 어떻게 생각하든 아랑곳하지 않고 상복을 입고 영전을 지켰다. 보련여사의 영전 앞에서는 온종일 통곡소리와 종종거리는 전족걸음 소리가 끊이지 않았다.

천족회는 쓸데없이 찾아와 소란을 피우지 않았다. 고인과 생전에 있었던 일로 타인의 죽음을 조롱하는 것은 매우 부도덕한 짓이다. 그런데 사칠일四七日(네 번째 7일, 즉 28째 되는 날)에 소존왕오가 장호호, 손사안, 동칠파, 만능노리 등 흉악하기로 소문난 건달들을 데리고 와서 큰아씨의 아름다운 전족을 꼭 봐야겠다며 소란을 피웠다. 이 기회를 놓치면 영원히 그렇게 아름다운 전족을 볼 수 없기 때문이라고 했다. 동가 사람들은 건달들에게 은자를 두둑이 찔러주고 곁채로 데려가 음식을 배불리 대접하고 나서야 겨우 그들을 달랠 수 있었다.

이제 조용히 입관하고 발인하고 묘지에 안장하는 일만 남았다. 그런데 입관 하루 전날 하얀 옷에 하얀 하이힐을 신고 하얀 면사포로 얼굴을 가린 신여성이 찾아왔다. 면사포에 가린 얼굴이 새하얗게 보여 마치 백인여성 같았다. 꽃다발을 들고 대문 안으로 들어선 신여성은 한 발 한 발 천천히 영전 앞으로 향했다. 눈썰미가 좋은 월계가 가장 먼저 그녀를 알아보고 월란에게 속삭였다.

"천족회 회장 우준영이야! 저 발 좀 봐! 어떻게 여기 올 생각을 했지?"

"흥! 고양이 쥐 생각하는 척하는 거야. 분명히 다른 꿍꿍이가 있을 거야."

도아가 두 사람 옷자락을 잡아당기며 조용히 하라고 눈치를 줬다. 우준영은 영전 위에 꽃다발을 올려놓은 후 정오부터 해질 무렵까지 서쪽 곁채 뒤편에 조용히 서 있었다. 무슨 생각을 하는지 공허한 눈빛으로 꼼짝 않고 서 있었다. 마지막에는 머리가 무릎에 닿을 정도로 깊이 허리를 숙여 네 번 절한 후 돌아갔다.

동가 사람들은 혹시 그녀가 영전 앞에서 소란을 피울까봐 줄곧 경계하는 눈빛으로 주시하고 있었다. 그런데 그녀가 조용히 돌아가자 다들 영문을 몰라 어리둥절했다. 우준영의 진심을 아는 사람은 도아뿐이었다. 꼭 모든 사람이 다 알아야 할 필요는 없다. 도아는 이 모든 것을 영원히 마음속에 담아두기로 했다.

이때 막사 안에서 요란한 악기소리가 들려왔다. 이번 장례의 상주는 월계었다. 그녀는 그 시절 풍속에 따라 승려, 도사, 비구니, 라마승을 모셔 왔고, 마가구 서양 악단과 구세군교회 악단까지 불렀다. 한쪽에서는 가사를 입은 승려가 불경을 읊조리고 다른 흰쪽에서는 커다란 챙모자에 '구세군' 명찰이 빛나는 제복을 입은 악단의 연주가 한창이었다. 또 한쪽에서는 피리와 퉁소를 불고 다른 한쪽에서는 북을 두드리고 나팔을 불었다. 서로 상대에게 신경쓰지 않고 각자 일에 열심이었다. 여러 소리가 뒤섞여 정신이 없었다. 애초에 백금보는 이 방법에 반대했다. 하지만 그 시절 부잣집에서는 서양 악단을 부르지 않으면 체면이 서지 않는다고 생각했다. 왜냐고? 그 이유는 아무도 몰랐고 아무도 따지지 않았다. 그냥 유행이니까 부른 것뿐이다. 그게 전부였다.

동가 대문을 나서던 우준영은 머리가 멍하고 다리에 힘이 하나도 없었다. 요란한 악기 연주 소리를 한나절 내내 들었더니 귀가 멍하고 자기가 누군지도 모를 지경이었다. 나는 우씨인가, 동씨인가?

이날 동가 대문 앞에는 철없는 아이들이 모여 신나게 노래를 지어 불렀다.

구세군이
난리법석을 떠네.
정신없이 북을 치고
멋대로 나팔을 부네.

아이들은 노래를 부르면서 빨간 끈으로 머리 양쪽 위에 둥글게 묶은 머리카락을, 가랑이가 뚫린 바지 사이로 튀어나온 고추를 흔들며 깡총깡총 뛰어다녔다. 👣

전족은 풀었지만
또 다른 악습에 묶인 현대인들에게!

삼촌금련三寸金蓮, 사촌은련四寸銀蓮, 오촌동련五寸銅蓮, 육촌철련六寸鐵蓮.

중국에는 '발'을 칭하는 단어가 다양하게 발달해 있는데, 이 소설의 원제가 바로《삼촌금련》三寸金蓮이다.

촌寸은 서양식 인치inch와 같은 길이 단위로 1촌이 3.3cm이니, 3촌은 9.9cm, 대략 10cm가 된다. 연은 연꽃이고, 금은 귀하고 좋은 것에 붙이는 접두사다. 요즘 유행하는 '금손'의 '금'과 같은 의미이니 '금련'은 아주 좋은, 가장 아름다운 연꽃이라는 뜻이다. 전족을 왜 연꽃에 비유하게 됐는지, 전족이 언제 시작됐는지 등에 대해서는 여러 가지 설이 있는데, 본문에 자세히 소개돼 있다. 아무튼 '삼촌금련'은 '3촌 길이의 아름다운 전족', 즉 최고의 전족이란 뜻이다. 이보다 큰 4촌 발은 은련, 5촌 발은 동련, 더 큰 6촌 이상은 철련이라고 한다.

성인 여자의 발 길이가 10cm라니! 그게 정말 가능할까? 처음에는 단지 어린 아이의 발이 더 이상 자라지 않도록 천으로 감싸두기만 하는 것인 줄 알았다. 그러나 10cm 전족을 만드는 것은 상상 이상으로 무서운 일이었다. 발가락을 발바닥으로 접어 넣고 발등뼈를 꺾어 넣어 비정상적인 발 모양으로 성형시키기까지 뼈가 부러지고 근육이 손상되는 극심한 고통의 시간을 겪어야 했던 것이다. 그렇기에 전족을 한 여자들은 뛰지 못할 뿐 아니라 빨리 걷지도 못한다고 했다. 그런 사실을 알고서야 전족이 왜 그렇게 비인간적인 악습의 대명사인지 이해할 수 있었다.

하지만 이런 악습이 그 옛날 중국에만 있었던 일은 아닌 것 같다. 영화 〈바람과 함께 사라지다〉는 명작 중의 명작이지만, 여주인공의 17인치 개미허리로도 유명하다. 17인치 허리라니, 10cm 전족만큼이나 비현실적이다. 여주인공이 코르셋을 조이는 장면은 이 영화에서 가장 유명한 장면 중 하나다. 이 코르셋 때문에 갈비뼈가 부러지거나 호흡 곤란으로 죽은 여자도 많았다고 한다. 17인치 허리를 유지하기 위해 밤에도 코르셋을 입고 잤다니, 전족과 다를 것이 없다. 코르셋의 압박은 칼에 찔려 죽으면서도 통증을 느끼지 못할 정도였다고 한다.

칼에 찔리는 고통이라고 하니 자연스레 칼로 째는 고통이 떠오른다. 현대 사회, 특히 대한민국에서 대유행하는 성형수술말이다. 성형수술은 아직 악습까지는 아니지만, 최근 유행하는 탈코르셋 운동의 대표적인 비판 대상이다. 20여 년 전에는 연예인 지망생이나 예뻐지고 싶은 욕구가 강한 일부 여성들만 성형 수술을 했지만 요즘에는 모두 다 하는데 나만 안 하면 혼자 뒤처지는 것 같아서 한다는 사람이 많다.

전족의 시작도 비슷했다. 처음 시작은 한두 사람이었다. 그런데 그 한두 명이 황제의 총애를 받아 천하를 쥐락펴락하며 여성들의 워너비가 됐다. 그렇게 상류층 여성을 중심으로 유행하다가 수백 년이 지나면서 모든 여성의 '의무'가 됐다. 송나라와 명나라를 거치면서 전족은 점점 가학적으로 변해갔고, 어느 순간부터는 전족을 하지 않거나 발이 큰 여자는 결혼도 하기 힘들게 되었다고 한다.

전족은 지난 세기 치열한 투쟁을 거쳐 완전히 사라졌고 지금은 그저 과거의 악습으로 기억될 뿐이다. 그러나 지금 우리는 또 다른 악습을 물리치기 위해 여전히 투쟁 중이다. 최근 페미니즘, 미투 운동, 탈코르셋 운동 등 여성 억압과 관련된 문제가 주목받고 있다. 그래서인지 이 소설에 등장하는 전족파와 반전족파의 갈등과 대립이 낯설지 않다.

"…… 그런데 난 그자와 원수진 일이 없는데 왜 그렇게 우리를 괴롭혔을까요?"

"나무가 크면 바람을 세게 맞는 법입니다. 천진에 동가를 모르는 사람이 없고 동가 아씨들 전족이 워낙 유명한 탓이지요. 소위 문명파가 전족 반대를 외치면서 동가가 아니면 어디로 가겠습니까? 이름 없는 노파를 찾아가 난리법석을 떨어봤자 아무 소용없을 테니까요."

과향련이 전족파 수장이 된 것은 본인의 의지가 아니었다. 동가 가풍이 전족을 중요시했지만 어디까지나 가풍일 뿐, 외부와는 철저히 단절돼 있었다. 그러나 반전족파가 그들의 목표를 이루기 위해 동가를 타깃으로 삼고 공격을 퍼붓자, 과향련은 어쩔 수 없이 전족을 고수해야 한다는 입장을 대변하게 되었다. 그러나 그녀의 진정한 속마음이 어떤지는 누구도 몰랐다. 손녀의 전족을 미루다 미루다 어쩔 수 없어서 시작하는 할머니, 자기 딸에게만은 전족을 시키지 않기 위해 멀리 떠나보내고 그리워하는 전족파 수장 과향련의 피눈물 나는 노력이 애달프다. 그런 점에서 이 소설은 위화의 『허삼관 매혈기』를 능가하는 풍자소설로, '과향련 전족기'라 할 수도 있다.

전족파와 반전족파의 대결은 개인적으로 꼽는 이 소설의 명장면이다. 전족파는 전족파대로, 반전족파는 반전족파대로 자신의 논리와 이유가 있다. 또한 그들 나름의 고충이 있고, 약점도 있다. 이런 부분은 최근 일부 탈코르셋 운동 지지자들이 탈코르셋을 지지하지 않는 여성을 공격하는 사례와 매우 비슷하다. '강요된' 개혁은 '억압된' 악습보다 크게 나을 것이 없다.

신은 듯 안 신은 듯 맨살이 그대로 보이는 망사 스타킹이 반짝거리고 활활 타오르는 불꽃처럼 새빨간 가죽 하이힐이 사람들의 눈길을 사로잡았다.

서양 학교에 다니는 여학생들은 구둣방에 가서 서양 가죽 구두를 주문했다. 4~5촌 길이에 앞코가 뾰족하고 뒤꿈치가 높은 모양이다. 가죽이 딱딱해 구두를 신으면 근육이 긴장되고 힘이 들어가 전족한 느낌과 비슷했지만 걸을 때 흔들림은 없었다. 서양 구두도 전족과 비슷했지만 발을 싸매지 않아 '모던 여성'이라는 찬사를 얻을 수 있었다.

망사 스타킹에 새빨간 하이힐을 신은 여성은 바로 반전족파 수장 우준영이다. 그녀뿐 아니라 당시 반전족파 여성들 사이에서는 하이힐이 선망의 대상이었다. 이들은 훗날 하이힐이 탈코르셋 운동이라는 이름 아래 악습으로 비난받을 줄 상상이나 했을까? 전족을 벗어나 하이힐에 묶인 여성들, 정말 아이러니하다. 당시 사람들 눈에도 전족과 하이힐은 큰 차이가 없었다. 반전족파의 개혁은 과연 진정한 개혁이었을까?

이런 모순은 전족파와 반전족파 여성 모두에게 큰 아픔과 상처를 남겼다. 전족 여성이 탈전족하는 과정도, 탈전족에서 다시 전족으로 돌아가는 과정도 모두 고통이었다. 다행히 전족파가 쉽게 무너진 덕분에 이 모순과 대립으로 인한 고통이 빨리 막을 내렸다. 전족파가 이렇게 쉽게 무너진 이유는 역사적으로 수천 년 동안 이어져 온 봉건사회가 무너지는 시점과 맞물렸기 때문일 것이다.

그러나 오늘날 보수와 개혁의 대립은 쉽게 끝나지 않을 것 같다. 당장은 그때처럼 천지가 개벽하는 큰 구조적 사회 변화는 일어나지 않을 테니까. 앞으로도 페미니즘, 미투 운동, 탈코르셋 운동이라는 이름으로 많은 대립과 갈등이 계속될 것이다. 이미 우리는 성 대립을 넘어 성 혐오란 말에 익숙해졌다. 사회가 발전하려면 개혁은 필수다. 다만 그 옛날처럼 모순에 가득 찬 대립으로 상대에게 고통을 주는 개혁이 아니길 바란다. 👣

더봄 중국문학전집 03

전족

제1판 1쇄 발행 2018년 7월 25일
제1판 2쇄 발행 2018년 7월 31일

지은이 펑지차이
옮긴이 양성희
펴낸이 김덕문

기획 노만수
책임편집 손미정
디자인 블랙페퍼디자인
마케팅 이종률
제작 백상종

「더봄 중국문학전집」 기획위원
심규호 중국학연구회 회장, 제주국제대 중국언어통상학과 교수(현)
홍순도 매일경제·문화일보 베이징특파원, 아시아투데이 중국본부장(현)
노만수 경향신문 문화부 기자, 출판기획자 겸 번역가(현)

펴낸곳 **더봄**
등록번호 제399-2016-000012호(2015.04.20)
          12088 경기도 남양주시 별내면 청학로중앙길 71, 502호(상록수오피스텔)
대표전화 031-848-8007 ‖ 팩스 031-848-8006
전자우편 thebom21@naver.com
블로그 blog.naver.com/thebom21

한국어 출판권 ⓒ 더봄, 2018
ISBN 979-11-88522-13-2 03820